中國語言文字研究輯刊

二 編

許鈗輝 主編

第13冊

中古佛經完成動詞之研究（下）

曾昱夫 著

花木蘭文化出版社

國家圖書館出版品預行編目資料

中古佛經完成動詞之研究（下）／曾昱夫 著 — 初版 — 新北市：花木蘭文化出版社，2012〔民101〕

目 2+192 面；21×29.7 公分

（中國語言文字研究輯刊 二編：第 13 冊）

ISBN：978-986-254-869-1（精裝）

1. 佛經 2. 漢語語法

802.08　　　　　　　　　　　　　　101003087

中國語言文字研究輯刊

二 編　　第十三冊　　　　ISBN：978-986-254-869-1

中古佛經完成動詞之研究（下）

作　　　者　曾昱夫

主　　　編　許錟輝

總 編 輯　杜潔祥

出　　　版　花木蘭文化出版社

發 行 所　花木蘭文化出版社

發 行 人　高小娟

聯絡地址　新北市永和區中正路五九五號七樓之三

　　　　　　電話：02-2923-1455／傳眞：02-2923-1452

網　　　址　http://www.huamulan.tw 信箱 sut81518@gmil.com

印　　　刷　普羅文化出版廣告事業

初　　　版　2012 年 3 月

定　　　價　二編 18 冊（精裝）新台幣 40,000 元

中古佛經完成動詞之研究（下）

曾昱夫　著

目

次

第七章　中古佛經完成動詞之連文形式

　　漢語詞彙系統，從單音節詞爲主要表達形式，發展到以雙音節形式爲主，乃是漢語語法史上的一大變化。而中古漢語時期，是整個漢語雙音詞化快速發展的階段。一般認爲，漢語從單音詞向雙音詞發展，主要是受到社會文化變遷的影響，在社會文化快速發展的變化中，一方面，單音詞詞彙系統，無法滿足人們內在思維能力不斷提升的需要。另一方面，單音詞詞彙系統，無法因應外在社會文化日益發展所產生出來的新概念。在外在與內在因素的需求下，因而促使漢語詞彙系統，朝向雙音節化的方向發展。然而除了這兩個因素以外，朱慶之還指出，中古漢語雙音化的發展，有很大的程度，是受到佛經翻譯的影響。朱慶之（1990）云：

> 佛典所採用的基本上是一種便於記誦的講求語言節拍字數但不押韻的特殊文體。爲了滿足這種文體的需要，佛典詞彙系統不但著意吸收了漢語已有的雙音節詞，而且還臨時製造了一些多音節的表義形式。〔註1〕

又云：

〔註1〕　朱慶之《佛典與中古漢語詞彙研究》，頁 125～126，文津出版社，台北，1992。

佛典的譯作者為了滿足音節的需要，往往把二個以至三個甚至更多的「同義」詞連在一起用，這就促進了並列關係雙音詞的發展。〔註2〕

俞理明（1993）也提及：

為了組成整齊的四言結構，譯師們往往改動詞語，五字句中，只要可能，就把其中一個雙音詞語改作單音詞，並常常采用縮略的辦法。比如何為、何所、何緣、何從、奈何、爾許等，常常簡縮成為、所、緣、從、奈、爾（或者『許』）等，以湊成四字。……在文句三缺一的情況下，譯人們常常用同義連文的方法把其中一個單音詞改成雙音詞。〔註3〕

朱、俞兩位先生都指出，佛經翻譯對於中古漢語朝雙音詞化發展的特殊現象，乃是為了配合句式的節律，大量運用同義詞並列的複音節形式。而「已」、「畢」、「訖」、「竟」在中古翻譯佛經當中，就出現了許多「已畢」、「畢已」、「已訖」、「訖已」、「已竟」、「竟已」、「畢訖」、「畢竟」等，並列連文的用法。這些用法是否即為並列式雙音詞的用法呢？它們在佛經中的用法，是否就是因為受到佛經翻譯，特殊格式的影響而產生的呢？

除了雙音連文結構外，佛經中也出現如「已畢竟」、「畢竟已」、「已畢訖」、「已訖竟」等連文形式，竺家寧（2003）討論佛經中「都盧皆」與「悉都盧」二詞時曾指出：

我們認為三音節的「都盧皆」不是一個臨時的構詞，而是固定的社會常用詞。也就是說，當時詞彙逐漸從單音節發展到複音節，並非都向雙音發展，雙音化反而是後來詞彙形式選擇淘汰的結果，慢慢才固定為雙音節，成為漢語構詞的主流。〔註4〕

就「已」、「畢」、「訖」、「竟」而言，這是否又與「都盧皆」、「悉都盧」相同，都是屬於三音節詞的用法呢？

〔註2〕 朱慶之《佛典與中古漢語詞彙研究》，頁226，文津出版社，台北，1992。

〔註3〕 俞理明《佛經文獻語言》，頁33，巴蜀書社，成都，1993。

〔註4〕 竺家寧〈論佛經中的「都盧皆」和「悉都盧」〉，《文與哲》第三期，頁199，2003。

以下我們分別就「已」與「畢」、「訖」、「竟」之間的連文現象，「畢」、「訖」、「竟」之間的連文現象，以及「已」、「畢」、「訖」、「竟」三字連文現象等三方面來討論。

7.1　「已」與「畢」、「訖」、「竟」連文

在中古佛經文獻裏，可以發現有許多「NP＋已 X」、「NP＋X 已」、「V＋（Object）＋已 X」、「V＋（Object）＋X 已」[註5] 等，語法形式的使用，就這些句法結構中的「已 X／X 已」形式而言，其內部的語法關係為何？它們是屬於同義並列的雙音節詞，還是同義並列的詞組結構，亦或者有另一種語法關係。本節首先針對佛經此一語法現象進行討論。

7.1.1　「已畢／畢已」、「已竟／竟已」、「已訖／訖已」

要了解「已畢／畢已、已竟／竟已、已訖／訖已」在佛經中，是否為雙音節詞的性質，首先必須說明，如何判斷一個語言形式為「雙音節詞組」或「雙音節詞」的標準。程湘清（1980,1994）探討先秦雙音節詞現象，提出「從語法結構上區別」、「從詞彙意義上區別」、「從修辭特點上區別」、「從出現頻率上區別」四個原則，區分雙音節詞與詞組。張萬起（1995,2000）探討《世說新語》中的複音詞時，也提到：

> 有的學者在研究先秦複音詞時，根據結合是否緊密，是否具有新的完整的詞彙意義這兩點，把劃定複合詞的標準具體化為幾條：（一）兩個成分結合後，構成新義，各成分的原義融化在新的整體意義中，這樣的複音組合是詞，不是詞組。如先生、京師。（二）兩個同義或近義成分結合，意義互補，凝結成一個更概括的意義，這樣的複音組合是詞，不是詞組。如道路、恭敬。（三）兩個成分結合後，其中一個的意義消失了，只保留一個成分的意義。這樣的複音組合是詞，不是詞組。如市井、場圃。（四）重疊的複音組合，如果重疊不是原義的簡單重複，而是在原義的基礎上增加某種附加意義，這樣的重疊式是詞，不是詞組。如冥冥、滔滔、霏霏。（五）兩個結合的成分，

〔註5〕此處「X」代表完成動詞「畢」、「訖」、「竟」出現在句中的位置。

其中一個是沒有具體詞彙意義的附加成分，這樣的複音組合是詞，

不是詞組。如惠然、率爾、婉如、沃若、有北。〔註6〕

這些原則的提出，可幫助我們在判斷一個語言形式，是屬於「雙音節詞組」或「雙音節詞」的時候，能有一個依據的標準。不過，張萬起同時也指出：

實際情況是很複雜的，有了標準，也不一定所有的問題都能迎刃而

解。我們在處理語言材料時，還要對具體問題進行具體分析……總

之，我們要盡力尊重語言事實，重視語言形式本身所呈現的特徵，

它是我們判定複音詞的主要依據。〔註7〕

因此，在判斷「已畢／畢已、已竟／竟已、已訖／訖已」是否為雙音詞用法時，必須以具體的語料進行比較與分析。底下，我們將依據它們在中古翻譯佛經中，出現的實際狀況，探討它們是否具有「雙音節詞」的語法性質。

首先，「已畢／畢已、已竟／竟已、已訖／訖已」在佛經當中出現的情形如下表：

表 7.1.1-1、「已X／X已」連文次數統計表〔註8〕

時期	朝　代	已竟〔註9〕	竟已〔註10〕	已畢〔註11〕	畢已	已訖	訖已	總　計	
古譯時期	東漢	4	0	0	1	0	1	6	79
	三國	1	0	1	0	0	0	2	
	西晉	27	11	7	0	24	2	71	

〔註6〕 張萬起〈《世說新語》複音詞問題〉，《中古漢語研究》，頁 80～81，商務印書館，北京，2003。

〔註7〕 張萬起〈《世說新語》複音詞問題〉，《中古漢語研究》，頁 81，商務印書館，北京，2003。

〔註8〕 本表根據「已」字與「畢」、「訖」、「竟」在佛經裏的連文形式進行統計，表中出現的數字為「已X／X已」等形式在佛經文獻裏的使用次數。

〔註9〕 「已竟」在梁代的 68 個例子都出現在句末，並且都有「已經結束」的意思。

〔註10〕 東漢 6 個例子皆為「作禮遶竟已去」，此例「已」當為「以」，故不列入計算。又西晉有兩例為「愛重至德無窮竟已」、「展轉五趣而無竟已」。前涼、後涼的 2 個例子為「竟已戒」、「見諦則無竟已」。元魏一例為「無復竟已」。蕭齊有一例為「終常無竟已」，這些例子的「竟已」似可分開。「已」字可分析為句末助詞的性質。

〔註11〕 前涼、北涼的 32 個例子都作「修敬已畢卻坐一面」（同時亦有「修敬畢已卻坐一面」2 例）。

舊譯時代前期	東晉	22	7	5	7	23	10	74	386
	三秦	44	0	8	2	30	12	96	
	前涼、北涼	17	2	32	4	3	1	59	
	劉宋	6	2	13	6	5	7	39	
	元魏	47	1	1	2	39	7	97	
	蕭齊	13	3	0	0	5	0	21	
舊譯時代後期	梁	68	1	0	0	0	1	70	89
	陳	7	1	1	0	0	0	9	
	北周	0	0	0	0	1	5	6	
	高齊	1	0	0	0	2	1	4	
總　計		257	28	68	22	132	47	554	

　　表 7.1.1-1 顯示，「已竟／竟已」與「已訖／訖已」出現最多的階段，爲西晉到元魏、蕭齊。梁、陳以後，「已竟／竟已」大體還出現在南方譯者的作品中，「已訖／訖已」則主要出現在北方譯者的作品裡，不過兩者在使用的例子上，都有逐漸變少的趨勢。「已畢／畢已」則出現最多的階段，爲西晉到劉宋。元魏、蕭齊以後，漸趨消失。這應該與蕭齊以後，「畢」字就很少出現在「V＋（Object）」結構後面的現象有關。〔註 12〕就全部使用的數據觀察，出現的情形大體「已竟」、「已畢」、「已訖」使用的次數，都比「竟已」、「畢已」、「訖已」來得高。

　　太田辰夫（1988）提及「已畢」、「已竟」、「已訖」，與「畢已」、「訖已」的問題時，把「已畢」、「已竟」、「已訖」視爲，副詞「已」加動詞「畢」、「竟」、「訖」的結構，而把「畢已」、「訖已」視爲複合詞。他說：

> 表示終了的動詞在中古有時複合而用。其中像「已畢」「已竟」「已訖」和「畢竟」「畢訖」解釋作副詞「已」「畢」置於動詞之前也成立，但也有像「訖已」「畢已」這類應看作同義複合詞的。〔註13〕

但是，在佛經當中有如下幾個例子，顯示出「已畢／畢已」、「已竟／竟已」、「已訖／訖已」可出現在相同的語境當中：

〔註 12〕有關「畢」字在蕭齊以後就很少出現在「V＋（Object）」之後的現象，可參考本論文第三章的說明。

〔註 13〕太田辰夫《漢語通考》頁 34～35，重慶出版社，重慶，1991。

一、「已畢／畢已」

（例1）諸比丘尼及優婆夷。供養 畢已 。即還本處。爾時阿難。又復普告諸
　　　　餘人言。諸比丘尼及優婆夷。供養 已畢 。汝等可前次第供養。（東
　　　　晉法顯譯・大般涅槃經 p0205c）

例1「供養畢已」與「供養已畢」兩句，「已畢」、「畢已」同時出現在動詞「供養」之後。

（例2）爾時阿難及諸比丘。聞佛此語。倍增悲絕。阿難流淚奉敕而去。至
　　　　彼樹下灑掃敷施。皆悉如法。還歸白言。灑掃敷施。皆悉 已畢 。爾
　　　　時世尊。與諸比丘。入娑羅林。……（東晉法顯譯・大般涅槃經
　　　　p0199a）

（例3）爾時迦葉既聞此語。心懷惆悵。怪責阿難曾不呵止致此點汙。即以
　　　　香華。供養佛棺。禮拜讚歎。皆悉 畢已 。於是雙足自然還入。迦葉
　　　　即便還下於地。（東晉法顯譯・大般涅槃經 p0207a）

例2、3，都出自東晉法顯所譯《大般涅槃經》，其中「皆悉已畢」與「皆悉畢已」相對。

（例4）此寒地獄壽命歲數。如四天王日月八千萬歲。罪既 畢已 。生賤人中
　　　　貧窮鄙陋。五百世中爲人奴婢。衣不蔽形食不充口。此罪 畢已 遇善
　　　　知識發菩提心。（東晉佛陀跋陀羅譯・佛說觀佛三昧海經 p0670a）

（例5）廣爲時會人　更作大利益　所化既 已畢　還入於涅槃　師子既見佛
　　　　示大威神力（劉宋功德直譯・菩薩念佛三昧經 p0796c）

例4「罪既畢已」，與例5「所化既已畢」，「畢已」、「已畢」前面都爲「NP＋既」的結構。

二、「已竟／竟已」

（例6）諸菩薩比丘僧各各悉坐。伅眞陀羅。語釋梵四天王。今具已辦各各
　　　　布之。中宮一切各持飲食而悉供養。飲食 已竟 。行澡水訖。伅眞陀
　　　　羅。以机坐佛前聽佛說經。（東漢支婁迦讖譯・佛說伅眞陀羅所問
　　　　如來三昧經 p0356a）

（例7）於是阿恕伽王。扶宿大哆著御座上。以上妙飲食手自過與。飲食 已

　　　　竟行清淨水。取一小座在前而坐求使說法。（西晉安法欽譯・阿育

　　　王傳 p0107b）

　（例 8）如是天人飲漿時。便於其口中自消滅。飲食竟已即長大。（西晉法

　　　立、法炬譯・大樓炭經 p0297c）

例 6、7「飲食已竟」，與例 8「飲食竟已」，「已竟」、「竟已」都出現在動詞「飲食」之後。

　（例 9）眾生之類。敢有見知。咸發無上正眞道意。斯雨眾華。微妙如是。

　　　光繞諸佛眾會道場。十匝已竟。入佛足下。華光忽然。照諸如來眾

　　　菩薩。見其佛世界。立行如斯諸菩薩號。（西晉竺法護譯・漸備一

　　　切智德經 p0490c）

　（例 10）彼時佛子。復有大光。名一切慧。神通聖君。出諸如來至眞等正覺。

　　　眉間毫相。各演無限。光明眷屬。照於十方無邊世界。繞諸佛土。十

　　　匝竟已。顯諸如來無極神足感動變化。（西晉竺法護譯・漸備一切

　　　智德經 p0490c）

例 9、10，都出自西晉竺法護所譯《漸備一切智德經》，其中「十匝已竟」與「十匝竟已」相對。

　（例 11）復有光明名無畏辯。應時眉間大人之相放斯光曜。遶諸菩薩七匝已

　　　竟。因復遶於總勢王菩薩身百千匝。尋入總勢王菩薩之頂。（西晉

　　　竺法護譯・大哀經 p0415b）

　（例 12）於時世尊睹見大眾僉然來會。有神光曜名曰顯現。諸菩薩力眉間演

　　　出於此光明。遶諸菩薩七匝竟已。於諸菩薩頂上而沒。（西晉竺法

　　　護譯・大哀經 p0413a）

例 11、12，同樣也都出自西晉竺法護所譯《大哀經》，其中「遶諸菩薩七匝已竟」與「遶諸菩薩七匝竟已」相對。

　（例 13）迦葉自念。如來是我大善知識當報佛恩。報佛恩者所謂佛所欲作我

　　　已作訖。以法饒益同梵行者。爲諸眾生作大利益。示未來眾生作大

　　　悲想。欲使大法流布不絕。爲無慚愧者作擯羯磨。爲慚愧者作安樂

　　　行。如是報恩皆悉已竟。重作思惟。我極年邁身爲老壞臭爛之身甚

可厭惡。（西晉安法欽譯・阿育王傳 p0114b）

（例 14）毗首建磨。既爲彼王造作宮城。皆悉 竟已 。與王辭別。忽然不現。
還歸天上。（東晉法顯譯・大般涅槃經 p0202a）

例 13「皆悉已竟」與例 14「皆悉竟已」，「已竟」與「竟已」都出現在副詞「皆悉」之後。

三、「已訖／訖已」

（例 15）婆羅門善解世事。即便答言。汝實我兒何所復言。但作方便早見發
遣。即將歸家。告家中言。我所親來。其婦歡喜。辦種種飲食。奉
食 已訖 。小空閑時。密禮婆羅門足。而問之曰。……便大與財物。
教婦作食。自行爲主求伴婦。於後奉食 訖已 。禮足辭別請求先偈。
即教說偈言。（東晉佛陀跋陀羅譯・摩訶僧祇律 p0285c）

例 15，「奉食已訖」與「奉食訖已」兩句相對，「已訖」、「訖已」都位於動賓詞
組「奉食」之後。

（例 16）時。毗紐迦旃延氏婆羅門尼知食 已訖 。著好革屣。以衣覆頭。別施
高床。現起輕相。憍慢而坐。語優陀夷言。欲有所問。寧有閑暇見
答與不。 優陀夷答言。姊妹。今是非時。作此語已。從坐起去。……
時。和上尼知食 訖已 。脫革屣。整衣服。更坐卑床。恭敬白言。欲
有所問。寧有閑暇見答與不。 優陀夷答言。汝今宜問。當爲汝說。
（劉宋求那跋陀羅譯・雜阿含經 p0061c）

例 16，「知食已訖」與「知食訖已」兩句相對，「已訖」、「訖已」同樣位於「知
食」的後面。

（例 17）爾時薩陀波倫及長者女五百女人供養 已訖 。前以頭面著地。爲法上
作禮卻住一面。以恭敬意叉手白法上菩薩言。（西晉無羅叉等譯・
放光般若經 p0144c）

（例 18）彼諸力士聞此語已。共相謂言。諸天意爾。宜應順從。即舁佛棺。
繞城一匝。從北門入。住城之中。聽諸天人恣意供養。……供養 訖
已 。即便從城東門而出。往於寶冠支提之所。（東晉法顯譯・大般
涅槃經 p0206b）

例 17「供養已訖」，與例 18「供養訖已」相對，「已訖」、「訖已」皆位於動詞「供養」之後。

（例 19）眾僧上座即爲咒願。咒願 已訖 得阿羅漢。（西晉安法欽譯・阿育王傳 p0122c）

（例 20）太子即復作如是言。我爲成熟一切眾生故。受此食。咒願 訖已 。即受食之。（劉宋求那跋陀羅譯・過去現在因果經 p0639b）

例 19「咒願已訖」，與例 20「咒願訖已」相對，「已訖」、「訖已」位於動詞「咒願」的後面。

從上舉例 1 到例 20，這三組例子顯示，「已畢」與「畢已」、「已竟」與「竟已」、「已訖」與「訖已」前面可接上相同的語法成分，這似乎表示「已畢／畢已」、「已竟／竟已」與「已訖／訖已」，在中古漢譯佛經當中，是屬於「同素異序」中，AB／BA 的構詞現象。〔註 14〕顏洽茂（1984）認爲，南北朝佛經中大部分「同素異序」的雙音形式，是詞而非詞組，他說：

> 芻見以爲，六朝時同素反序現象，未必就是不成詞的標誌，有的同素
> 反序現象恰恰是一個詞的正、變兩種交替形式。……南北朝佛經中同
> 素反序現象應該被認爲是一個詞的正變兩種交替形式……〔註 15〕

如此，則「已畢／畢已」、「已竟／竟已」與「已訖／訖已」在佛經當中，似乎都是屬於雙音節複合詞的用法。然而，董志翹（2007）討論漢譯佛典中，形容詞複疊現象時，也指出「由於複疊修飾的單音形容詞爲同義，故可形成 AB-BA 兩種形式，而其意義沒有顯著差別」〔註 16〕因此「已畢／畢已」、「已竟／竟已」與「已訖／訖已」的這種「同素異序」現象，又不必然代表它們就具有雙音節複合詞的性質，而有可能還是詞組結構的關係。

如果我們只考慮「已畢／畢已」、「已竟／竟已」與「已訖／訖已」前面所

〔註 14〕有關「同素異序」的現象，可參竺家寧《佛經語言初探》，頁 22～36 的解釋。

〔註 15〕顏洽茂《南北朝佛經複音詞研究——《賢愚經》、《雜寶藏經》、《百喻經》複音詞初探》，頁 434～435，遼寧師範大學中文系碩士學位論文，《法藏文庫中國佛教學術論典》第 65 輯，佛光山文教基金會印行，2001。

〔註 16〕參董志翹〈漢譯佛典中的“形容詞同義複疊修飾”〉，《語文研究》第 4 期，頁 42，2007。

接的語法成分相同，那麼所得到的看法，可能就如上面所言，是屬於「同素異序」的構詞現象。但是如果我們把上述「已畢／畢已」、「已竟／竟已」出現在相同語境中的例子，與其他相同句式的佛經例句，互相比較，就可以發現，實際上，這些例子所顯示的，應該是句法結構上的差異，而不是構詞層次的區別。例如，上述「已畢／畢已」、「已竟／竟已」的用法裏，例2、3、4、5、13、14等，出現如下幾組對比的例子：

「皆悉已畢」:「皆悉畢已」

「皆悉已竟」:「皆悉竟已」

「罪既畢已」:「所化既已畢」

而在翻譯佛經裡，我們也發現有如下兩組句式的用法，與此處「皆悉已畢／畢已」、「皆悉已竟／竟已」，以及「既畢已／既已畢」相對照的例子：

一、NP 既已 V／NP 既 V 已

（例 21）<u>王既知已</u>。王即以白衣服與諸外道。驅令罷道。（蕭齊僧伽跋陀羅譯・善見律毘婆沙 p0684b）

（例 22）舍利弗當知　諸佛法如是　以萬億方便　隨宜而說法　其不習學者　不能曉了此　<u>汝等既已知</u>　諸佛世之師　隨宜方便事　無復諸疑惑　心生大歡喜　自知當作佛（後秦鳩摩羅什譯・妙法蓮華經 p0010b）

例 21「既知已」，與例 22「既已知」相對，一屬「既 V 已」結構，另一爲「既已 V」結構。

（例 23）復次。我爲彼說法。勸發渴仰。成就歡喜。無量方便爲彼說法。勸發渴仰。成就歡喜已。即彼處沒。<u>我既沒已</u>。彼不知誰。爲人。爲非人。（東晉瞿曇僧伽提婆譯・中阿含經 p0478a）

（例 24）我時爲寶女　具足淨梵音　身出金色光　周照四萬里　<u>日光既已沒</u>　中夜閑寂然　我當於爾時　神瑞降善夢（東晉佛陀跋陀羅譯・大方廣佛華嚴經 p0726c）

例 23「我既沒已」，與例 24「日光既已沒」，也是一組相對的例子，一爲「既 V 已」結構，另一爲「既已 V」結構。

（例 25）大仙人。我復見有世尊弟子三比丘等。亦從世尊修習梵行。不捨離

欲。身壞命終。生餘下賤伎樂宮中。**<u>彼既生已</u>**。日日來至三十三天
供事諸天。奉侍瞿婆天子。（東晉瞿曇僧伽提婆譯・中阿含經 p0634b）

（例 26）爾時彼國有大長者。名一切施。長者有子名曰戒護。在母胎時母信
　　　　敬故。豫爲其子受三歸依。**<u>子既生已</u>**年至八歲。父母請佛於家供養。
　　　　（東晉佛陀跋陀羅譯・佛說觀佛三昧海經 p0688a）

（例 27）如我力所能　演說退過已　今當說住過　修行者善聽　若於入出息
　　　　無見亦無覺　不解方便求　是則初門住　**<u>聞慧既已生</u>**　應起思慧念
　　　　不善解次第　愚癡住所縛　若數已成就　息去應隨去（東晉佛陀跋
　　　　陀羅譯・達摩多羅禪經 p0303c）

例 25「彼既生已」、26「子既生已」，皆爲「NP＋既 V 已」結構，例 27「聞慧既
已生」，則屬「NP＋既已 V」結構，其中例 26、27，譯者皆爲東晉之佛陀跋陀羅。

（例 28）我今雖貪無漏之道不斷受因。則不能得無漏道果。是故應當先斷是
　　　　觸。**<u>觸既斷已</u>**受則自滅。受既滅已愛亦隨滅。是名八正道。（東晉
　　　　法顯譯・大般涅槃經 p0584b）

（例 29）明智者命終　不墮於眾數　**<u>眾數既已斷</u>**　永處般涅槃（劉宋求那跋
　　　　陀羅譯・雜阿含經 p0119c）

（例 30）於初中最後　諸聚無障礙　**<u>諸聚既已斷</u>**　了知受無餘（劉宋求那跋
　　　　陀羅譯・雜阿含經 p0260b）

例 28「觸既斷已」，屬「NP＋既 V 已」結構。例 29「眾數既已斷」、30「諸聚
既已斷」，皆屬「NP＋既已 V」結構。兩者亦屬「既 V 已」與「既已 V」的對
照。

（例 31）**<u>王既至已</u>**山自開張。（西晉安法欽譯・阿育王傳 p0115a）

（例 32）佛語盡磨滅　都棄清淨業　**<u>大死既已至</u>**　皆當墮惡道　世間如虛空
　　　　悉離於星月（西晉安法欽譯・阿育王傳 p0128a）

例 31「王既至已」，與例 32「大死既已至」，都出自西晉安法欽所譯之《阿育王
傳》，兩者亦屬於「既 V 已」與「既已 V」的對照。

（例 33）**<u>火既滅已</u>**從三昧起。復更發大炎盛之火。（劉宋功德直譯・菩薩念
　　　　佛三昧經 p0801c）

（例 34）息則是身行　世尊之所說　亦名根本依　眾生所由轉　**是息既已滅**
命則無所依　以能持命根　故說眾生數（東晉佛陀跋陀羅譯・達摩
多羅禪經 p0306c）

（例 35）滅盡三摩提　第四禪亦然　**般那既已滅**　次第阿那生（東晉佛陀跋
陀羅譯・達摩多羅禪經 p0306a）

例 33「火既滅已」，與例 34「是息既已滅」、35「般那既已滅」，亦構成一組對
照的例子。

（例 36）乞者人不喜　不與致怨憎　**我既已出家**　不應復有求（劉宋佛陀什
共竺道生譯・五分律 p0014a）

（例 37）如一婆羅門人所憎惡。知他憎己是故出家。**既出家已**師及同友。亦
生憎惡不與智慧。自知薄福往邊村住。自謂此處無婆羅門可安居住。
既往住已多得施食。其所餘者還施親友。（陳眞諦譯・金七十論
p1258b）

例 36「我既已出家」，與例 37「既出家已」兩者亦相對。

從上舉例 21 至例 37，都是屬於「既 V 已」與「既已 V」相對的例子，它
們與「罪既畢已」、「所化既已畢」的對應關係平行。

二、皆悉已 V ／皆悉 V 已

（例 38）爾時尊者舍利弗。富樓那彌多羅尼子。大目犍連。摩訶迦葉。摩訶
迦旃延。摩訶拘絺羅。如是等諸大聲聞。各從住處俱詣佛所。在外
而立。佛知眾會**皆悉集已**。爾時如來從住處出。敷座而坐。（梁曼
陀羅仙譯・文殊師利所說摩訶般若波羅蜜經 p0726b）

（例 39）爾時天主夜叉主。乾闥婆主阿修羅主。迦樓羅主緊那羅主。摩睺羅
伽主龍主等及諸眷屬。**皆悉已集**。爾時父王及釋摩男。三億諸釋入
佛精舍。當入之時見佛精舍如頗梨山。為佛作禮。未舉頭頃。即見
佛前有大蓮華眾寶所成。於蓮華上有大光臺。（東晉佛陀跋陀羅譯・
佛說觀佛三昧海經 p0645c）

例 38「皆悉集已」，與例 39「皆悉已集」，「已集」、「集已」都位於副詞「皆悉」
之後。

（例 40）汝等比丘。勿懷憂惱。若我住世一劫會亦當滅。會而不離終不可
　　　　得。自利利人法皆具足。若我久住更無所益。應可度者若天上人
　　　　間**皆悉已度**。其未度者皆亦已作得度因緣。自今已後。我諸弟子
　　　　展轉行之。則是如來法身常在而不滅也。（後秦鳩摩羅什譯‧佛
　　　　垂般涅槃略說教誡經 p1112b）

（例 41）如來如是最後夏坐時。於跋祇境界毘將村中夏坐。世尊已度愛淵如
　　　　是。曩昔諸佛所作惠施利根皆悉成就。諸行普至志性柔和**皆悉度已**。
　　　　次度中根次度軟根。漸漸使至須陀洹。與外學演說。世尊皆周遍。
　　　　（苻秦僧伽跋澄等譯‧僧伽羅刹所集經 p0144b）

例40「皆悉已度」，與例41「皆悉度已」，「已度」、「度已」也都位於副詞「皆
悉」之後。

（例 42）如是一切種種化現。**皆悉作已**。與其天眾。入花臺中。復更觀察。
　　　　遍觀察已。第一悲心。為利天眾。出蓮花臺。共諸天眾。出華臺已。
　　　　即攝神力。化事皆滅。（元魏婆羅門瞿曇般若流支譯‧正法念處經
　　　　p0334b）

（例 43）又言本作。療病王身。已療一切閻浮提人一切病苦。如是種種無量
　　　　苦惱**皆悉已作**有大饒益。我已證得如是菩薩種種苦行得果示現示現
　　　　饒益。（元魏毘目智仙譯‧轉法輪經憂波提舍 p0357a）

（例 44）婆蹉比丘白世尊言。我已供養世尊。具足奉事。令歡悅。非不歡悅。
　　　　大師弟子所作**皆悉已作**。供養大師。令歡悅。非不歡悅。（劉宋求那
　　　　跋陀羅譯‧雜阿含經 p0247c）

例42「皆悉作已」，與例43、44「皆悉已作」，「作已」、「已作」亦都處於副詞
「皆悉」之後。

（例 45）即於其中起七十億諸僧房舍。妙衣覆地。有七十億經行之處。床榻
　　　　臥具亦七十億。**皆悉辦已**往詣佛所。頭面禮足而白佛言。唯願世尊。
　　　　哀愍我故及諸大眾受明日請。（後秦鳩摩羅什譯‧佛說華手經 p0202c）

（例 46）爾時長老舍利弗。問諸比丘言。汝等今者真是沙門。所作自利**皆悉
　　　　已辦**耶。諸比丘言。長老舍利弗。我等今者。得諸煩惱染不可作而

作。（元魏菩提流支譯‧勝思惟梵天所問經 p0067a）

例45「皆悉辦已」，與例46「皆悉已辦」，「辦已」、「已辦」都位於副詞「皆悉」
之後。

（例 47）當於二萬歲　　供養佛乃生　　彼則出家已　　淨修于梵行　　便於賢劫中
　　　　　普見一切佛　　**皆悉供養已**　　淨修梵行竟　　訖六十億劫　　當得成正覺
　　　　　（西晉竺法護譯‧持心梵天經 p0032a）

（例 48）過去諸世尊　　及以當來佛　　十方世界中　　現在人中尊　　若有受持此
　　　　　如來所說經　　**皆悉已供養**　　師子牟尼尊　　以資生供養　　此是世間智
　　　　　受持此經者　　無上智慧供（梁月婆首那譯‧大乘頂王經 p0605a）

例47「皆悉供養已」，與例48「皆悉已供養」，「供養已」與「已供養」亦都位
於副詞「皆悉」之後。

　　從上舉例38至48之間的對照，都屬「皆悉 V 已」與「皆悉已 V」的相對
句法結構，它們與「皆悉已畢」／「皆悉畢已」、「皆悉已竟」／「皆悉竟已」
之間的對照，亦屬句式相同的平行關係。

　　就句子內部的語法關係來說，例21至37這組「既 V 已」與「既已 V」，
以及例38至48「皆悉 V 已」與「皆悉已 V」，當中的「V 已」／「已 V」成分，
都不屬於「並列結構」的語法關係，而是屬於「偏正結構」。因此，和它們有平
行句式的「罪既畢已」／「所化既已畢」，以及「皆悉已畢」／「皆悉畢已」、「皆
悉已竟」／「皆悉竟已」，當中的「已畢／畢已」、「已竟／竟已」，也應分析為
偏正的語法關係。也就是「畢」與「竟」，與上述兩組句式（皆悉已 V ／皆悉 V
已；既已 V ／既 V 已）中的動詞 V，所處的句法位置相同，它們的語法性質，
應該是擔任主要謂語動詞的功能，「已」則與副詞「既」、「皆悉」等，都屬於修
飾或補充的語法成分。

　　除此之外，我們也可以舉出如下幾個例子，顯示「已竟」、「已畢」等，在
佛經裏，並不屬於並列詞組或雙音複合詞的例證：

一、已　竟

（例 49）諸菩薩比丘僧各各悉坐。伅真陀羅。語釋梵四天王。今具已辦各各
　　　　　布之。中宮一切各持飲食而悉供養。飲食已竟。行澡水訖。伅真陀

羅。以机坐佛前聽佛說經。（東漢支婁迦讖譯・佛說伅眞陀羅所問如來三昧經 p0356a）

（例 50）佛便坐蓮華上。其座高四丈九尺。諸菩薩及比丘僧。各各坐蓮華之上。如所言。所以者何。惟加哀我各坐 已竟 。則時以右手。自以神足而擎舉之。（東漢支婁迦讖譯・佛說伅眞陀羅所問如來三昧經 p0356a）

（例 51）伅眞陀羅。語釋梵四天王。今具已辦各各布之。中宮一切各持飲食而悉供養。飲食 已竟 。行澡水訖。伅眞陀羅。以机坐佛前聽佛說經。（東漢支婁迦讖譯・佛說伅眞陀羅所問如來三昧經 p0356a）

（例 52）則時伅眞陀羅夫人。讚嘆 已竟 各各復問。雖發阿耨多羅三藐三菩提心。難以母人。自致阿耨多羅三耶三菩提（東漢支婁迦讖譯・佛說伅眞陀羅所問如來三昧經 p0361b）

例 49 中，「已竟」與前文「已辦」相對，顯示「已」爲副詞的用法。例 50，上下文之間，有順承的語意關係，故「惟加哀我，各坐已竟」，乃敘述前文「佛便坐蓮華上」與「諸菩薩及比丘僧，各各坐蓮華之上」，所以用副詞「已」（表已然、已經）修飾「竟」。例 52「讚嘆已竟，各各復問」，與例 51 中的「今具已辦，各各布之」，乃相同句式的結構，「已辦」與「已竟」相對照，顯示「已竟」亦爲「副詞（已）＋竟」的結構。

（例 53）即問阿難。如來今爲所在。阿難報曰。世尊在此。爾來三月。前受卿請。尊無二言。一時 已竟 。告別當去。（東漢曇果共康孟詳譯・中本起經 p0163a）

（例 54）時日舍利弗。從天來下。**歲節已過**。當詣拔耆國。阿耆達取供養餘具。遍散道中。欲令佛蹈上而過。（東漢曇果共康孟詳譯・中本起經 p0163b）

例 53「一時已竟」，當分析爲「副詞（已）＋竟」，而不是雙音複合詞的「已竟」。這一點可從例 54 得到印證，例 53 與例 54，出現在同一經文內，其中「歲節已過，當詣拔耆國」，與「一時已竟，告別當去」，句式相類，「已過」與「已竟」相對照，顯示「已」在句中擔任副詞的功用。

（例 55）常為諸世間　勤求好事者　具足解說此　第二地 已竟 （東晉佛陀跋
　　　　陀羅譯・大方廣佛華嚴經 p0551a）

例 55，為《大方廣佛華嚴經》第二十四卷的經文，就本卷經文的脈絡來看，分
別在解說「第一地」、「第二地」、「第三地」、「第四地」的經義。而在解說「第
四地」時，則以「無量福慧者　今已解說竟」作結。與此參照，顯示「已」字
在這兩個相對照的句子裡，都是擔任副詞的功能，且副詞「已」可出現在「解
說」前，亦可出現在「解說」後。

（例 56）何故如來聚會四輩。諸天龍神及人非人。為講說經初夜欲 竟 。佛告
　　　　阿難。取中衣來吾體少冷。阿難受教即取奉進。上夜已 竟 入於中夜。
　　　　復命阿難取上衣來。吾寒欲著。即復進之。中夜已 竟 入於後夜。復
　　　　命阿難。取眾集衣來。吾欲著之。即復重進。（西晉竺法護譯・慧
　　　　上菩薩問大善權經 p0162c）

例 56「初夜欲竟」，與「上夜已竟」、「中夜已竟」對照，明顯顯示出「欲」與
「已」，都是副詞性的修飾成分。

（例 57）婦人言。若不從我者。當如是如是謗。強牽我。是比丘畏故便入。
　　　　入已婦人語婢守門。我與比丘行欲。女人入已欲心熾盛即臥。比丘
　　　　蹴已而去。守門婢問。尊者作事 竟 耶。答言。 已竟 。（東晉佛陀跋
　　　　陀羅共法顯譯・摩訶僧祇律 p0468c）

例 57，就回答的內容而言，顯然「已竟」為副詞「已」加上動詞「竟」的結構。
而從上述這些不同結構的例子來看，都說明「已竟」在中古漢譯佛經中，不管
是在「VP 已竟」、「NP 已竟」的結構裏，或者是獨立出現於問答對句中，顯然
都不是雙音節複合詞。

　　二、已　畢

（例 58）梵志梵摩告御者曰。汝速嚴駕。我今欲往詣沙門瞿曇。御者受教。
　　　　即速嚴駕訖。還白曰。嚴駕 已畢 。尊自知時。（東晉瞿曇僧伽提婆
　　　　譯・中阿含經 p0688a）

例 58，就上下文的語意而言，前文「即速嚴駕，訖」顯示御者所從事「嚴駕」
的動作已經完成，故用「訖」說明「嚴駕完」的概念。因此下文「嚴駕已畢」，

明顯是在「嚴駕完」之後，所回報的內容。此時就語意的先後關係，可以推測「已」爲副詞的用法，表示「嚴駕的工作已經完結」的概念。

（例59）本未應離欲　心常樂法句　既離欲相應　誦說事已畢　先知道已備
用聞見道爲　世間諸聞見　無知悉放捨（劉宋求那跋陀羅譯・雜阿含經 p0369a）

例59，「已畢」、「已備」相對照，顯示「已畢」的「已」仍然具有副詞的語法功能。

三、竟已、畢已

除了與「皆悉已V／皆悉V已；既已V／既V已」對應的例句之外，「竟已」跟「畢已」還有底下的幾個例子，也呈現出它們並非雙音節詞的用法：

（例60）此聲聞比丘大迦葉者。曾已供養三千億佛。方當供養如此前數。奉敬承順諸佛世尊。稟受正法奉持宣行。竟斯數已當得作佛。（西晉竺法護譯・正法華經 p0086b）

（例61）佛告光燿海神。汝前後供養萬佛普立大殿。又護正法。次當供養賢劫興佛將導正法。竟賢劫已。當生無怒佛國妙樂世界。轉女人身得爲男子。（西晉竺法護譯・佛說海龍王經 p0153a）

（例62）爾時梵志令百千億無量眾生住三福處。及發阿耨多羅三藐三菩提心。太子不眴供養如來及比丘僧。竟三月已所奉噠嚦。八萬四千金龍頭瓔。唯無聖王金輪白象紺馬玉女。藏臣主兵摩尼寶珠。其餘……如是等物。各八萬四千。以奉獻佛及比丘僧。作是施已。白佛言。（北涼曇無讖譯・悲華經 p0176a）

（例63）彼時四眾比丘比丘尼優婆塞優婆夷。以瞋恚意輕賤我故。二百億劫常不值佛不聞法不見僧。千劫於阿鼻地獄受大苦惱。畢是罪已。復遇常不輕菩薩教化阿耨多羅三藐三菩提。（姚秦鳩摩羅什譯・妙法蓮華經 p0051a）

例60至63，顯示「竟已」、「畢已」中間，可插入其他句法成分，說明「竟」、「畢」與「已」之間的結合並不緊密，同時我們也可在佛經中，找到與之相對比的例子，如：

（例 64）爾時世尊重復宣告諸比丘眾。比丘欲知堅固取要分別平等。是我聲聞大迦旃延。後當供養奉侍八千億佛。佛滅度後各起塔廟。高四萬里。廣長各二萬里。皆七寶成。金銀琉璃水精車磲馬瑙珊瑚碧玉。香華雜香搗香繒綵幢幡供廟。如是過斯數 [已]。當復供養二十億佛。然後來世當得作佛。（西晉竺法護譯・正法華經 p0087b）

（例 65）佛告阿難。若有眾生欲觀像坐。當如是觀。作是觀者名爲正觀。若他觀者名爲邪觀。若有眾生觀像坐者。除五百億劫生死之罪。未來值遇賢劫千佛。過賢劫 [已] 星宿劫中。值遇諸佛數滿十萬。一一佛所受持佛語。身心安隱終不謬亂。一一世尊現前授記。過算數劫得成爲佛。（東晉佛陀跋陀羅譯・佛說觀佛三昧海經 p0691c）

（例 66）善男子。時轉輪王過三月 [已]。以主藏寶臣貢上如來閻浮檀金作龍頭瓔。（北涼曇無讖譯・悲華經 p0175c）

將例 60 至 63，與例 64、65、66 對比，「竟 NP 已」、「畢 NP 已」與「過 NP 已」相對，顯示「竟」、「畢」與「過」，同爲主要動詞，後接賓語名詞（斯數、賢劫、三月、是罪）與補語「已」。這些例子說明「竟已」、「畢已」在中古佛經裏，仍不屬於太田辰夫所謂的「同義複合詞」。

（例 67）舍利弗。若有菩薩摩訶薩。欲疾成無上正眞道最正覺者。當受是德號法經。當持諷誦。受持諷誦已。爲若干百若干千若干百千人解說之。便念如所說事。即得大智慧。其罪即畢。以得是大智慧。其罪畢 [已]。其人自以功德。便盡生死之道。（東漢支婁迦讖譯・阿閦佛國經 p0763b）

例 67，「其罪畢已」的句法結構，表面上可以有兩種分析的方法。一種是將「畢已」視爲連動複合的雙音詞，如此則爲「主語（其罪）＋謂語（畢已）」的結構；另一種是將「畢」視爲主要謂語動詞，「已」爲修飾主要動詞的補語成分，如此爲「主語（其罪）＋謂語動詞（畢）＋補語（已）」的結構。根據這個例子的上下文語境來看，前文有「當受是德號法經，當持諷誦。受持諷誦已，爲若干百若干千若干百千人解說之」的文句，其中「受持諷誦已」即承接上二句而來，爲「受（是德號法經）持諷誦＋已」的縮略。同樣的，「其罪畢已」乃承接上文「其罪即畢」的句子而省略副詞「即」，形成「其罪畢＋已」的結構。

把上面「皆悉畢已／已畢」、「皆悉竟已／已竟」、「既畢已／既已畢」與「皆悉Ｖ已／皆悉已Ｖ」、「既Ｖ已／既已Ｖ」對比的句式，與這幾個例子合起來看，可以推論，「已畢」／「畢已」、「已竟」／「竟已」在佛經中的用法，並非雙音節複合詞或並列的詞組結構，而是偏正結構，或述補結構的語法關係。

四、訖已、已訖

佛經中的「訖已」、「已訖」，並沒有出現像「既訖已／既已訖」與「皆悉訖已／皆悉已訖」這種能與「既Ｖ已／既已Ｖ」、「皆悉Ｖ已／皆悉已Ｖ」句式相對比的例子。但是在佛經經文當中，我們仍然可以發現一些具有對比性質的例證。例如：

（例 68）復次舍利弗。阿閦佛身中自出火。還燒身已便作金色。即碎若芥子。不復還復。訖已便自然生。譬如舍利弗。有樹名坻彌羅。若髮段段斷已不復見。自然生。（東漢支婁迦讖譯・阿閦佛國經 p0761a）

在例 68 中，「訖已便自然生」的「訖已」，顯然與下文「斷已不復見。自然生」的「斷已」相對，顯示「訖」與「斷」，皆具有主要動詞的語法性質，「已」則為補充成分，修飾動詞「訖」跟「斷」。其次，在佛經中又有如下幾個例子：

（例 69）時。首陀會天於一年後告諸比丘。汝等遊行已過一年。餘有五年。汝等當知。訖六年已。還城說戒。（後秦佛陀耶舍共竺佛念譯・長阿含經 p0010a）

（例 70）時。諸末羅即共入城。街里街里。平治道路。掃灑燒香。訖已出城。於雙樹間。以香花伎樂供養舍利。訖七日已。時日向暮舉佛舍利置於床上。（後秦佛陀耶舍共竺佛念譯・長阿含經 p0028a）

例 69、70，顯示「訖已」中間，亦可插入其他語法成分，這與「竟已」可擴充為「竟 NP 已」的情形，是相同的。同時在《大般涅槃經》中，我們也發現了這一個例子：

（例 71）世尊昔日或在毘耶離城。或在王舍城。或在舍衛國并及餘處。安居訖已。諸比丘眾從四方來。問訊世尊。我等因此。得於路側見諸比丘。禮拜供養。聽受經法。長獲福利。世尊今者既般涅槃。諸比丘僧。安居竟已。無復問訊。（東晉法顯譯・大般涅槃經 p0199b）

例 71 中「安居訖已」，下文用「安居竟已」，顯示「訖」、「竟」可以互換，「竟已」、「訖已」是一種平行的語法現象，具有相同的內部結構。

另外，「已訖」在佛經裏使用的情形，也有幾個例子，出現與「已Ｖ」相對照的用法。例如：

（例 72）**大慧已足方便已備生死已斷著行已盡**所作已訖不復還受。自然無師稱一切智是謂十力也。（西晉無羅叉等譯·放光般若經 p0026a）

（例 73）眾大會譬如大海。皆是羅漢諸漏已盡。無復塵垢。皆得自在。意已得脫。已出解慧。悉捨重擔。**眾事已辦**。譬如大龍。**所應已逮**。習緒已訖。得等解脫。已度諸願。（西晉無羅叉等譯·放光般若經 p0105b）

（例 74）酒者。十種和甜成動酢漬黃屑澱清。和者。飯屑麴屑水和著器中。如是不得草滴髮滴入口。況復器飲。波夜提。是名和。甜者。和釀已訖始變生甜。乃至飲者。波夜提。是名甜。成者。氣味成就。乃至飲者。波夜提。是名成。動者。**酒勢已壞**乃至飲者。波夜提。是名動。（東晉佛陀跋陀羅共法顯譯·摩訶僧祇律 p0387a）

（例 75）皆悉備有。**施設已辦**。白世尊曰。食具已訖。唯聖知時。（元魏慧覺等譯·賢愚經 p0409c）

例 72 至 75 四個例子，「已訖」所處位置，都是與「已足」、「已備」、「已斷」、「已盡」、「已辦」、「已逮」、「已壞」等「已Ｖ」結構相對照的語境。又如：

（例 76）來時念取。辭別已竟。引路而去。憶識故處。至彼人所。與食已訖。還來本處。取金三釜持至其家。（元魏慧覺等譯·賢愚經 p0370c）

例 76，也表現出「已訖」、「已竟」具有互相對照的結構。而從這種互文對照的例子來看，也可推斷「已訖」跟「已畢」、「已竟」一樣，並非雙音複合詞的用法或並列結構的詞組。

鍾兆華（1995）探討近代漢語完成動詞的歷史沿革時，認為近代漢語「已罷」、「已了」、「已畢」、「已訖」等，已經是複合詞的性質，他所提出的第一個理由是：「已畢」、「已完」在近代漢語語料中，出現的語境，可以是表示將來之事，因此「已」不適合解釋為「已然」的意義。第二個理由是：近代漢語有「大

惠禪師下了火巳了」、「管待了王甲巳畢」這種「前一分句動詞與賓語之間都有表示完成態的助詞『了』」的用法，助詞「了」正扮演表達「巳然」義的功能，因此在句末的「巳了」、「巳畢」中，「巳」不應該視爲表「巳然」的修飾成分。第三個理由在於，馮夢龍將《陳巡檢梅嶺失妻記》「這陳巡檢將禮物拜謝了長老與一寺僧行巳了」改寫爲「這陳巡檢將禮物拜謝了長老，與一寺僧行別了」，顯示「巳了」在句末的作用，相當於事態助詞「了」。第四個理由爲「巳畢」與「了畢」表達方式相同，因此必須將「巳畢」、「了畢」等，都視爲複合詞，才能解釋此種語法現象。他並且進一步推論南北朝時期《百喻經》、《搜神記》中，「巳畢」之類的用法，也應該是複合的完成動詞。〔註17〕

對於鍾先生的說法，我們有不同的意見。因爲從近代漢語的論證結果，並不能往上直接推論中古漢語中的「巳畢」，就是複合詞的用法。況且，他所提出的四個理由，在中古翻譯佛經中都沒有辦法成立。首先，「巳畢」出現在表將來之事的語境中，並不保證「巳」字就不能是表「巳然」的用法。梅廣（2004）曾經指出漢語屬於「位制語言（情態語言）」，情態語言是以「實然」與「非實然」的對立爲句法的基礎。而關於「實然」與「非實然」的情態範疇，他說：

> 所謂實然非實然對立，它本身是沒有時間參考點的。這跟動貌的情形一樣，不一定以說話時間爲基準，可以有相對時間的用法。它可以選擇過去任何一個時間定點爲參考點，以此點劃分實然（巳發生）、非實然（未發生）。因此非實然的句子也可以用來描述過去事件，如「我昨天晚上要吃飯時，沒有菜了。」〔註18〕

「非實然」可用來描述過去的事件，顯示漢語「相對時間」用法的特性。就現代漢語而言，我們可以說：「等到所有的事情都已經做完了，我就回去」，「巳經做完」即爲一表「巳然」的概念，而整個句子所表達的，乃是將來可能發生的事件。因此就漢語的特性而言，「巳畢」即使出現在表將來之事的句子當中，「巳」字仍然可以表達「巳然」的概念。

其次，一般認爲動態助詞「了」的用法，在中古漢語時期尚未產生，因此

〔註17〕鍾兆華〈近代漢語完成態動詞的歷史沿革〉，《語言研究》第 1 期，頁 84～85，1995。

〔註18〕梅廣〈解析藏緬語的功能範疇體系——以羌語爲例〉，《漢藏語研究：龔煌城先生七秩壽慶論文集》，頁 191，中央研究院語言學研究所，台北，2004。

鍾兆華所舉第二個理由，並不能用來證明中古時期「已畢」的「已」不表「已然」。更何況，在中古翻譯佛經中還有如下的例子：

（例 77）天帝釋白佛。我已奉受此經本 $\boxed{已}$。佛所建立當令廣普。（西晉竺法護譯・佛說海龍王經 p0156c）

（例 78）斯謂如來心之所念精修聖慧志所暢達心等慧事聖明自在。彼已達 $\boxed{已}$。一切慧心等聖自在。善修現在諸佛目前顯立三昧。（西晉竺法護譯・寶女所問經 p0467a）

在例 77、78 兩個例子裏，不論是處在狀語位置的副詞「已」，或是句末「已」，就語義來看，正好都表示「已然」的概念。

鍾兆華所提第三個理由，從馮夢龍的改動裡，並沒有任何跡象顯示「已了」的作用，就等於事態助詞「了」的用法。至於「已畢」與「了畢」等，在近代漢語互相對應的關係，這一點，在中古佛經裡，正如本文上面所舉出的例證，「已畢」所對應的反而是「副詞＋動詞」的結構，而不是並列的複合詞。

根據上面的討論，我們大體可以推論，中古佛經裡「畢已／已畢」、「竟已／已竟」、「訖已／已訖」之間的結合，並非是一種詞彙雙音化的複合詞，也不是並列結構的詞組，它們之間的連文形式，應該是屬於句法層次的運作，也就是句法結構裏，修飾與被修飾的語法關係。這也是為什麼「畢」、「訖」等詞，在舊譯時代後期逐漸不出現在「動賓＋完成動詞」句式當中以後，「畢已／已畢」、「訖已／已訖」的用法，也跟著減少的原因。

7.1.2 「已」與「以」通用

「竟已」除了上文所討論的例子之外，在東漢支婁迦讖所譯佛經當中，還有如下幾個特殊的例子。這些「竟已」的用法，與上面所討論的情況不同，它們之所以出現在佛經當中，比較有可能的解釋，是出於文字通用的現象。這些例子如：

（例 79）復次拘翼。善男子善女人。書般若波羅蜜。持經卷者天上四天王。天上諸天人。索佛道者往到彼所。問訊聽受般若波羅蜜。作禮遶 $\boxed{竟以}$ 去。忉利天上諸天人索佛道者往到彼所。問訊聽受般若波羅蜜。作禮遶 $\boxed{竟已}$ 去。鹽天上諸天人。索佛道者往到彼所。問訊聽受般若波羅蜜。作禮遶 $\boxed{竟已}$ 去。善男子善女人。心當作是知。十方無央數

佛國。諸天人。諸龍。阿須倫。諸閱叉鬼神。諸迦樓羅鬼神。諸甄陀羅鬼神。諸乾陀羅鬼神。諸摩睺勒鬼神。諸人諸非人。都盧賜來到是間。問訊法師聽受般若波羅蜜。作禮繞竟各自去。皆賜功德無異。（東漢支婁迦讖譯・道行般若經 p0434c）

（例 80）兜術陀天上諸天人。索佛道者往到彼所。問訊聽受般若波羅蜜。作禮繞竟以去尼摩羅提羅憐㮶天上諸天人。索佛道者往到彼所。問訊聽受般若波羅蜜。作禮繞竟已去。波羅尼蜜和邪拔致天上諸天人。索佛道者往到彼所。問訊聽受般若波羅蜜。作禮繞竟已去。梵天上諸天人索佛道者。梵迦夷天。梵弗還天。……阿迦貳吒天等。天上諸天人。皆往到彼所。問訊聽受般若波羅蜜。作禮遶竟已各自去。及諸阿迦貳吒天。尚悉來下在諸天輩中。何況拘翼。三千大國土諸欲天人。諸色天人。悉來問訊聽受般若波羅蜜。作禮遶已畢竟各各自去。（東漢支婁迦讖譯・道行般若經 p0435a）

（例 81）如我有時與諸天共於天上坐。持異特座。乃至自我座。敢有天人來至我所承事我。我未及至座所。我不坐上時。諸天人皆爲我坐作禮繞竟已便去。（東漢支婁迦讖譯・道行般若經 p0435c）

例 79、80、81，皆出自《道行般若經》，這三段例句中的「竟已」，語法關係究竟爲何？在判斷上有其難度。首先，就例 79、80 佛經經文「作禮繞竟已去」，也可以寫作「作禮繞竟以去」，顯示「已」可以讀爲「以」。這麼一來，整句的節律當爲「作禮、繞竟、已（以）去」，「已」通「以」，具有連接詞的性質。

但是如果考慮到「作禮繞竟已便去」、「作禮遶竟已各自去」、「作禮遶已畢竟各各自去」這幾句經文的文句，則似乎又可以推測，「作禮遶竟已去」應當讀爲「作禮遶竟已，去」，即「去」與「便去」、「各自去」、「各各自去」，自成一句法單位。此時「竟已」與「已畢竟」相對照，屬雙音節或三音節的連文用法。但是這樣的分析，有一困難之處，在於把「作禮遶竟已去」的節律，停頓在「已」跟「去」之間，那麼在誦讀上，將會顯得非常不自然。

呂澂《新編漢文大藏經目錄》指出，支婁迦讖譯《般若道行品經》、支謙譯《大明度無極經》、苻秦曇摩蜱共竺佛念譯《摩訶鉢羅若波羅密經鈔》、鳩摩羅什譯《小品般若波羅密經》等經，皆勘同玄奘譯《大般若波羅密多經》第四會。

〔註 19〕在這些重譯經典當中，可以發現與上列《道行般若經》三段經文分別相對的內容：

（例 82）釋言。我取智度。何以故。我不敢不敬舍利。天中天舍利由斯明度出。天人所尊矣。如我與諸天共坐坐持異床。我未至諸天子為坐<u>作禮繞以去</u>。〔註 20〕是坐尊故。吾於斯受經。諸天於彼為禮。（吳支謙譯・大明度經 p0485b）

（例 83）復次拘翼。善男子善女人。書般若波羅蜜持經卷書。四天王上諸天人索佛道者。當到彼所問訊聽受般若波羅蜜。**作禮遶**竟便去。忉利天上諸天人索佛道者。當到彼所問訊聽受般若波羅蜜。**作禮遶**竟便去。鹽天上諸天人索佛道者。當到。彼所問訊聽受般若波羅蜜。**作禮遶**竟便去。是善男子善女人心當知。無央數阿僧祇佛刹。諸天人龍閱叉揵陀羅。阿須倫。迦樓羅。甄陀。摩睺休。人非人。當來到是間問訊聽受般若波羅蜜**作禮遶**竟各自便去。是即為施。兜術天上諸天人索佛道者。當到彼所問訊聽受般若波羅蜜。**作禮遶**竟便去。尼摩羅提天上諸天人索佛道者。當到彼間問訊聽受般若波羅蜜。**作禮遶**竟便去。波羅尼蜜和耶拔致天上諸天人索佛道者。當到彼所問訊聽受般若波羅蜜。**作禮遶**竟便去。（苻秦曇摩蜱共竺佛念譯・摩訶般若鈔經 p0516c）

（例 84）釋提桓因言。我寧取般若波羅蜜。何以故。我不敢不敬舍利。天中天。其舍利者為從般若波羅蜜出而得供養。如我於諸天中而獨持坐。或時不在座上。敢有天人來到者。皆承事為座作禮。所受教處<u>便即而去</u>。（苻秦曇摩蜱共竺佛念譯・摩訶般若鈔經 p0517b）

例 82，《大明度經》中的「已」作「以」，並且有版本傳抄的問題存在。而例 83、84，曇摩蜱共竺佛念譯《摩訶般若鈔經》中，與「作禮遶竟已去」相對的句子，皆作「作禮遶竟便去」，與「諸天人皆為我坐作禮繞竟已便去」相對的句子，作「皆承事為座作禮。所受教處便即而去」。

〔註 19〕呂澂《新編漢文大藏經目錄》，《呂澂佛學論著選集卷三》，頁 1682，齊魯書社，山東，1996。

〔註 20〕「以」字「南宋思溪藏」「元大普寧寺藏」「明方冊藏」「宮內省圖書寮本」作「已」。

（例 85）男子善女人現世功德。復次憍尸迦。般若波羅蜜經卷所住處。四天
王天上諸天發阿耨多羅三藐三菩提心者。皆來至般若波羅蜜所。受
持讀誦供養**作禮而去**。忉利天夜摩天兜率陀天化樂天他化自在天上
諸天。發阿耨多羅三藐三菩提心者。皆來至般若波羅蜜所。受持讀
誦供養**作禮而去**。梵天梵世天梵輔天梵眾天大梵天光天少光天無量
光天光音天淨天少淨天無量淨天遍淨天無陰行天福生天廣果天無廣
天無熱天妙見天善見天無小天上諸天。發阿耨多羅三藐三菩提心
者。皆來至般若波羅蜜所。受持讀誦供養**作禮而去**。憍尸迦。汝勿
謂但有無小天為供養般若波羅蜜故來。三千大千世界中欲色界諸
天。發阿耨多羅三藐三菩提心者。皆來至般若波羅蜜所。受持讀誦
供養**作禮而去**。善男子善女人應作是念。十方無量阿僧祇國土中。
所有諸天龍夜叉乾闥婆阿修羅迦樓羅緊那羅摩睺羅伽人非人。是等
來至般若波羅蜜所。受持讀誦供養作禮。時我當以般若波羅蜜法施。
（姚秦鳩摩羅什譯・小品般若波羅蜜經 p0544c）

（例 86）復次憍尸迦若善男子善女人等。書寫如是甚深般若波羅蜜多。種種
莊嚴置清淨處。供養恭敬尊重讚歎時此三千大千國土及餘十方無邊
世界。所有四大王眾天乃至廣果天。已發無上菩提心者。常來此處
觀禮讀誦甚深般若波羅蜜多。供養恭敬尊重讚歎。**右遶禮拜合掌而
去**。諸淨居天亦常來此。觀禮讀誦甚深般若波羅蜜多。供養恭敬尊
重讚歎。**右遶禮拜合掌而去**。有大威德諸龍藥叉廣說乃至人非人等
亦常來此。觀禮讀誦甚深般若波羅蜜多。供養恭敬尊重讚歎。**右遶
禮拜合掌而去**。憍尸迦。是善男子善女人等。應作是念。今此三千
大千國土及餘十方無邊世界一切天龍廣說乃至人非人等常來至此。
觀禮讀誦我所書寫甚深般若波羅蜜多。供養恭敬尊重讚歎。**右遶禮
拜合掌而去**。此我則為已設法施。作是念已歡喜踊躍。令所獲福倍
復增長。（唐玄奘譯・大般若波羅蜜多經 p0780b）

（例 87）世尊。如我坐在三十三天善法殿中天帝座上為諸天眾宣說正法時。
有無量諸天子等。來至我所聽我所說。**供養恭敬右遶而去**。我若不
在彼法座時。諸天子等亦來其處。雖不見我如我在時恭敬供養咸言。

此處是天帝釋爲諸天等說法之座。我等皆應如天主在**供養右遶禮拜**
而去。甚深般若波羅蜜多亦復如是。若有書寫受持讀誦。廣爲有情
宣說流布。當知是處恒於此土及餘十方無邊世界。無量無數天龍藥
叉阿素洛等皆來集會。設無說者敬重法故。亦於是處**供養恭敬右遶**
而去。（唐玄奘譯・大般若波羅蜜多經 p0781c）

例85、86、87，鳩摩羅什與玄奘譯本中，與「作禮遶竟已去」相對應的句子，
都以「而去」作結。從《摩訶般若鈔經》、《小品般若波羅蜜經》、《大般若波羅
蜜多經》中「便去」、「而去」作結的翻譯，都顯示「去」前的語法單位，應該
是個連接詞。再加上《道行般若經》本身，與《大明度經》，都存在著「已」與
「以」互通的用字情形，〔註21〕因此，我們認爲《道行般若經》中的「作禮遶
竟已去」，應該理解爲「作禮遶竟以去」較爲合理。至於「作禮繞竟已便去」、「作
禮竟已各自去」二句，將「已」讀爲「以」，於整句的句義也仍然可通。

7.2 「畢」、「訖」、「竟」連文

關於中古漢譯佛經中，「畢」、「訖」、「竟」三者連用的情形，根據我們的統
計，其分布數據如下表二：

表 7.2-1、畢訖竟連文次數統計表：〔註22〕

時　期	朝　　代	畢竟〔註23〕	竟畢	畢訖	訖畢	訖竟	竟訖	總　　計	
古譯時期	東漢	2	0	0	0	0	0	2	62
	三國	0	0	1	1	4	0	6	
	西晉	31	2	16	0	5	0	54	

〔註21〕 在第五章討論「已」字在佛經文獻中的使用情形時，我們也提到在佛經裏，「已」
字往往與「後」、「往」、「去」、「來」等構成「已後」、「已往」、「已去」、「已來」
等語法形式，這些形式中的「已」都是因爲與連詞「以」有文字通用的關係所形
成的。它們與此處「作禮遶竟已去」的例子可互相參照。

〔註22〕 本表根據「畢」、「訖」、「竟」在佛經裏的連文形式進行統計，表中數字代表此一
連文形式出現的次數。

〔註23〕 東漢「畢竟」有一例爲「作禮遶已畢竟各各自去」。西晉有一例爲「已畢竟」，東
晉一例「已畢竟」

舊譯時代前期	東晉	20	0	2	0	2	0	24	2288
	三秦	1299	0	0	0	1	1	1301	
	前涼、北涼	266	0	0	0	0	0	266	
	劉宋	143	0	0	0	0	0	143	
	元魏	534	1	15	0	3	0	553	
	蕭齊	1	0	0	0	0	0	1	
舊譯時代後期	梁	29	0	0	0	0	0	29	82
	陳	33	0	0	0	0	0	33	
	北周	0	0	0	0	1	0	1	
	高齊	19	0	0	0	0	0	19	
總　計		2377	3	34	1	16	1	2432	

　　上表 7.2-1 的數據顯示：「訖畢」、「竟訖」在中古漢譯佛經中，都僅只出現一次。其中，「竟訖」出現在《摩訶般若鈔經》裏，其經文如下：

（例 88）爾時優婆夷。從坐起前爲佛作禮長跪白佛。我聞是語不恐不怖。必後欲爲一切人說法令不恐怖。應時佛笑。口中五色光出笑 竟訖 。以優婆夷者。即以金華持散佛上。（苻秦曇摩蜱共竺佛念譯・摩訶般若鈔經 p0531a）

例 88，「訖」字在「宮內省圖書寮本」中作「說」，「以優婆夷者」之「以」字，在「南宋思溪藏」、「元大普寧寺藏」、「明方冊藏」等版本中作「此」。因此，此處是否確爲「竟訖」連文的用法，尚有問題。如果排除此一有爭議的例子，則「竟訖」可說在中古漢譯佛經中，並沒有出現。

　　「訖畢」所出現的唯一一個例子，是在《六度集經》當中。「竟畢」在佛經中，共出現三次，其經文分別如下：

（例 89）明日王身。捧香鑪迎之。阿群就座。王襃衣膝行。供養 訖畢 。即說經曰。廁前日之污豈可於飯乎。對曰不可。（吳康僧會譯・六度集經 p0023c）

（例 90）自知壽向盡　餘過有七日　聚會眾僧類　應時爲說法　晝夜講諸要蠲除貪嫉妒　說法未 竟畢 　於彼便命過（西晉竺法護譯・佛五百弟子自說本起經 p0198a）

（例 91）日天子壽。天上五百歲。子孫子孫相襲代。極 竟畢 一劫。日天子城

郭。下出五百光明。周匝復有五百光明是爲千光明。善因緣所致。

何從得千光明善因緣。以何致之。用照天下。令人民見其光明。以

能成爲諸事。（西晉法立共法炬譯・大樓炭經 p0305c）

（例 92）此滅如是。云何成有。若成就無。又此滅者。滅名無常。於汝法

中。無常三種。一者念念壞滅無常。二者和合離散無常。三者 竟

畢 如是無常。此如是等三種無常。有無所攝。（元魏瞿曇般若流

支譯・順中論 p0047a）

「訖畢」在整個中古佛經中，只出現一次，沒有其他可供對比的例句。考量佛
經裏，有「供養畢」、「供養訖」的用法，故暫將其視爲同義的並列詞組。「竟畢」
的三個例子裏，例 90，出現在偈文之中，例 92，整段經文屬四字一斷的四字格
形式，因此這兩個例子裏的「竟畢」，是受到佛經經文格式的影響，而產生的同
義並列連文形式。至於例 91「極竟畢一劫」一句，就「重譯經」〔註24〕的文獻
對比來看，在佛陀耶舍與竺佛念共同翻譯的《長阿含經》裏，此段經文翻爲：

（例 93）日天子壽天五百歲。子孫相承。無有間異。其宮不壞。終于一劫。

（姚秦佛陀耶舍共竺佛念譯・長阿含經 T01n0001_p0145c14）

可見「極竟畢」的意思，即爲「終于」的概念，「極」「竟」「畢」三者，亦爲同
義的連文形式，應屬並列的詞組結構，而不是詞。

除了「竟訖」、「訖畢」、「竟畢」等少數的例子，「畢」、「訖」、「竟」連文，
在中古漢譯佛經中，出現較多次的爲「畢竟」、「畢訖」和「訖竟」。其中又以「畢
竟」出現的次數最多。

7.2.1 「畢竟」

從表 7.2-1 的數據，顯示「畢竟」在中古佛經中，出現的次數共有 2377 次，
從詞頻的角度來看，這顯示「畢竟」在佛經中，已經是雙音節詞的性質。語義
上，丁福保《佛學大辭典》云：「畢竟，物之至極最終也」而就「畢竟」一詞所
處的語法結構觀察，可以有如下幾種不同的用法：

〔註24〕呂澂《新編漢文大藏經目錄》云：「樓炭經六卷。西晉法炬譯〔祐〕。後作法炬法
立共譯。勘出長阿含四分世記經」。

一、副詞狀語

（例 94）汝雖作苦行　都無有利益　猶如春農夫　不下於種子　至秋無果實
　　　　而可得收穫　汝等亦如是　不種善根子　但修諸苦行　畢竟無所
　　　　獲（姚秦鳩摩羅什譯・大莊嚴論經 p0265c）

（例 95）若我所願不成。不得己利者。即便欺誑十方世界無量無邊諸佛世尊。
　　　　爲諸眾生轉法輪者。必定不成阿耨多羅三藐三菩提。住於生死。畢
　　　　竟不聞佛聲法聲比丘僧聲。波羅蜜聲。力無畏聲。乃至一切諸善根
　　　　聲。若我不能成就捨身布施充足諸眾生者。常墮阿鼻地獄。（北涼
　　　　曇無讖譯・悲華經 p0226b）

（例 96）須菩提。四念處非作非不作。畢竟不可得故。乃至十八不共法非作
　　　　非不作。何以故。是法皆畢竟不可得故。（姚秦鳩摩羅什譯・摩訶
　　　　般若波羅蜜經 p0249a）

（例 97）世尊。盡波羅蜜是般若波羅蜜。佛言。一切法畢竟盡故。世尊。不
　　　　生波羅蜜是般若波羅蜜。佛言。一切法不滅故。（姚秦鳩摩羅什譯・
　　　　摩訶般若波羅蜜經 p0312a）

上舉例 94 至 97，「畢竟」位於動詞或另一副詞之前，擔任副詞修飾語的語
法功能，表達「最終」的意思。

二、形容詞狀語，修飾名詞

（例 98）亦不以內空外空。所有無所有空空空大空畢竟空故。行般若波羅
　　　　蜜。（西晉無羅叉等譯・放光般若經 p0006c02）

（例 99）復次舍利弗。菩薩摩訶薩欲住內空外空內外空空空大空第一義空有
　　　　爲空無爲空畢竟空無始空散空性空自相空諸法空不可得空無法空
　　　　有法空無法有法空。當學般若波羅蜜。（姚秦鳩摩羅什譯・摩訶般
　　　　若波羅蜜經 p0219c）

（例 100）舍利弗。白佛言。世尊。何等是畢竟淨。佛言。不出不生無得無作。
　　　　是名畢竟淨。（姚秦鳩摩羅什譯・摩訶般若波羅蜜經 p0238c）

（例 101）此諸眾生。墮在大苦諸煩惱中。以何方便。而拔濟之。使得永住畢
　　　　竟之樂。（東晉佛陀跋陀羅譯・大方廣佛華嚴經 p0551b26）

例 98，於斷句上應讀為「亦不以內空、外空、所有無所有空、空空、大空、畢竟空故」，例 99，亦應讀為「……有為空、無為空、畢竟空、無始空……」。而例 98 至 101，「畢竟」皆為修飾其後名詞的形容詞用法，表達「最終」的意思。

三、動　詞

「畢竟」當動詞用時，在中古佛經文獻裏，可以出現在底下幾種不同的句法結構當中。

1、NP＋畢竟

（例 102）時曇摩訶羨善加敬待。即設賓會。以女娉之。諸事畢竟。當還舍衛。（元魏慧覺等譯・賢愚經 p0399c）

（例 103）夏初一月日迦葉等修治修治寺中已。復往王所而白王曰。所修護寺今悉畢竟。我等今者便演出法藏及毘尼藏。（蕭齊僧伽跋陀羅譯・善見律毘婆沙 p0674b）

例 102、103，「畢竟」位於「NP＋畢竟」結構裏，擔任「謂語動詞」的語法功能，表達「完畢、終了」的意思。

2、（Subject）＋V＋（Adv）＋畢竟

（例 104）爾時世尊。咒願訖已。即便受食。食既畢竟。澡漱洗缽即授商人三歸。（劉宋求那跋陀羅譯・過去現在因果經 p0643c）

（例 105）佛食畢竟擲缽虛空。有天子名善梵。即接取之無罣礙。（西晉竺法護譯・普曜經 p0527a）

（例 106）於是世尊化作沙門。至村分衛分衛畢竟。出於村外樹下坐定入泥洹三昧。（西晉法立共法炬譯・法句譬喻經 p0594c）

例 104 至 106，「畢竟」位於「（Subject）＋V＋（Adv）＋畢竟」結構裏。從例 104，副詞「既」可直接加在「畢竟」之前，可知「畢竟」屬「謂語動詞」的語法功能，表達「終了、完畢」的意思。

3、V＋Object＋畢竟

（例 107）即從車乘下　步行往詣佛　欣然我前行　稽首最勝足　禮如來畢竟卻在一面坐（西晉竺法護譯・佛五百弟子自說本起經 p0196a）

例 107「禮如來畢竟」，「畢竟」亦具有謂語動詞的語法功能。

4、名詞賓語

（例 108）佛告須菩提。菩薩行般若波羅蜜為行何等。對曰。為行 畢竟 無有二
　　　　處佛言。行 畢竟 者為有若干行為有相。行耶。無有世尊。（西晉無
　　　　羅叉等譯・放光般若經 p0091c）

（例 109）爾時不退轉天子白佛言。世尊。若能如是隨法行者。是人畢竟不復
　　　　邪行。所以者何。正行者名為 畢竟 。住邪道者無隨法行。住正道者
　　　　有隨法行。（姚秦鳩摩羅什譯・思益梵天所問經 p0055c）

（例 110）究竟到不畏　無縛亦無悔　已脫於有刺　此身是後邊　是謂最 畢竟
　　　　（符秦僧伽提婆共竺佛念譯・阿毘曇八犍度論 p0778b16）

例 108「為行何等？」，與「為行畢竟」對照，顯示「畢竟」處在賓語的位置。
例 109「名為畢竟」、110「是謂最畢竟」，「畢竟」亦位於賓語的位置。

5、名詞主語

（例 111）善男子。 畢竟 有二種。一者莊嚴畢竟。二者究竟畢竟。一者世間畢
　　　　竟。二者出世畢竟。（北涼曇無讖譯・大般涅槃經 p0524c）

（例 112） 畢竟 有三事。何等為三。一者性畢竟。二者退畢竟。三者報盡畢竟。
　　　　（劉宋求那跋摩譯・菩薩善戒經 p0968a11）

例 111「畢竟有二種」、112「畢竟有三事」，「畢竟」一詞都出現在主語的位置。

　　從上述「畢竟」在句子中，可擔任幾種不同語法功能的情形來看，「畢竟」
在佛經中，早已凝結為雙音節詞的性質，它與「畢訖」、「訖竟」在佛經中的用
法，性質不同。

7.2.2 「畢訖」

　　「畢訖」連文，在佛經中是「雙音節複合詞」或「詞組」？必須就佛經之
具體用例來判斷。針對它的用法，我們觀察到以下幾點現象：

　　第一、根據前文表 7.2-1 所顯示的數據，「畢訖」在中古佛經中，所出現的
次數一共 34 例。就其所出現的時代而言，「西晉」與「元魏」就佔了 31 個用例。
其中，出現在元魏譯經的 15 個例子，全部出自《賢愚經》，並且《賢愚經》的
15 個例子裏，有 8 個例子在版本上有差異。這 8 個例子，出現在「南宋恩溪藏」、
「元大普寧寺藏」、「明方冊藏」本當中，但不見於時代較早的「高麗海印寺本」。

扣除這 8 個例子，「畢訖」在元魏只剩下 7 個用例，整個中古時期，則只有 26 個例子。這與「畢竟」一詞，在佛經中所出現的頻率比較起來，實在太少。

　　第二、就「畢訖」連文的佛經譯文觀察，可以發現，主要都是出現在「四字格」的句式當中，例如：

（例 113）長者問言／此何等病／比丘報言／無有病也／但說深經／甚有義理／疑此夫人／所懷妊兒／是佛弟子／長者意解／即留比丘／與作飲食／飲食畢訖／比丘便退精舍。（吳康僧會譯・六度集經 p0035c）

（例 114）時國王波斯匿大夫人／年過九十／卒得重病／醫藥望差／遂便喪亡／王及國臣／如法葬送／遷神墳墓／葬送畢訖／還過佛所／脫服跣韤／前禮佛足。（西晉法立共法炬譯・法句譬喻經 p0575c）

（例 115）時諸比丘／入城分衛／見諸告者／恐怖如是／分衛還出／飯食畢訖／往詣佛所／稽首足下／白世尊曰。（西晉竺法護譯・佛說鴦掘摩經 p0509a）

（例 116）時梵志梵志婦／心懷踊躍／若干種食。／香潔之饌／手自斟酌／供養無極／飯食畢訖／舉缽洗手／更取卑榻／聽佛說經。（西晉竺法護譯・生經 p0100c）

（例 117）於時海龍王與中宮眷屬俱見佛坐已／手自斟酌／寂然飲食／無央數味／供養佛及比丘僧／飲食畢訖／行澡水竟／坐佛前聽經。（西晉竺法護譯・佛說海龍王經 p0146a）

（例 118）於時龍王／請佛世尊／及五百上首弟子／進膳畢訖／坐蓮華上／追講本起／所造罪福。（西晉竺法護譯・佛五百弟子自說本起經 p0190a）

（例 119）時離垢施菩薩／聞佛授決／踊在空中／去地八十億七尺／放身光明／照百千億諸佛國土／在世尊上／化現八萬四千琦寶之蓋／以供養佛／則於虛空／示無央數神足變化／禮於十方／不可稱計如來至真／供養畢訖／尋復來還／住於佛前。（西晉竺法護譯・佛說離垢施女經 p0097a）

（例 120）於時天人／復以種種／妙善偈句／報謝父母／父母於是／小得惺悟

／作七寶函／盛骨著中／葬埋畢訖／於上起塔。（元魏慧覺等譯‧賢愚經 p0353b）

這說明「畢訖」在佛經中的用法，是受到佛經翻譯時，句式節律的影響而產生。

第三、「畢」、「訖」在同時代的譯經當中，也可以單獨使用。這顯示「畢」、「訖」，仍具有單獨成詞的性質。例如：

（例 121）佛至就座。即行澡水手自斟酌。佛飯食畢。於四道頭爲王說法。觀者無數。（西晉法立共法炬譯‧法句譬喻經 p0582c）

（例 122）佛知其意即與五百羅漢。各以神足往到其舍。國王人民莫不敬肅。來至佛所五體投地。卻坐王位。食畢澡訖。佛爲主人及王官屬廣陳明法。（西晉法立共法炬譯‧法句譬喻經 p0588c）

（例 123）佛處我國。吾欲供養。云卿已請。今可避我。我供養訖。卿乃請之。（元魏慧覺等譯‧賢愚經 p0439a）

由於「畢訖」在詞頻上，出現的頻率並非很高，並且出現的時間，侷限在「西晉」與「元魏」兩個時期，加以佛經「畢訖」的用法，是受到翻譯格式的影響，以及「畢」、「訖」在當時，都具有單獨成詞的性質等幾個因素，故推測在中古佛經裏，「畢」、「訖」連文的用法，仍屬同義並列的詞組，而非雙音節詞。

7.2.3 「訖竟」

佛經「訖竟」連用，在中古漢譯佛經中，一共出現 16 次，就使用頻率而言，亦不算多。同時，「訖竟」在佛經中的用法，亦有許多是出現在四字一讀的句式當中，例如：

（例 124）太子以飲食衣被／七寶諸珍／恣民所欲／布施訖竟／貧者皆富。（吳康僧會譯‧六度集經 p0008b）

（例 125）佛明不虧絲髮之間／說經訖竟／諸開士尊／諸天帝王／臣民龍鬼／靡不欣懌／稽首而退／奉戴執行者也。（吳支謙譯‧梵摩渝經 p0884c）

（例 126）當爾世時／眾生喜見菩薩勸率眾人／供奉舍利八萬四千塔／於塔寺前／建立形像／百福德相／然無數燈／燒香散華／光顯道法／供養奉事／七萬二千歲／供養訖竟／在其眾會／化無數千／諸聲聞眾

／開諸菩薩／皆令逮得／普現三昧。（西晉竺法護譯・正法華經 p0126a）

（例 127）波婆梨自竭所有／合集財賄／爲設大會／請婆羅門／一切都集／供辦餚膳／種種甘美／設會已訖／大施噠嚫／一人各得／五百金錢／布施 訖竟 ／財物罄盡／有一婆羅門／名勞度差／最於後至／見波婆梨／我從後來／雖不得食／當如比例／與我五百金錢／波婆梨答言／我物已盡／實不從汝／有所愛也。（元魏慧覺等譯・賢愚經 p0432c）

這些例子的「訖竟」，都是出現在佛經四字格的用法裏，顯示「訖竟」的組合，與佛經翻譯的特殊文體相關。下面的例句，更清楚顯示「訖竟」受節律限制的情形：

（例 128）爾時。梵志羅摩家。眾多比丘集坐說法。佛住門外。待諸比丘說法 訖竟 。眾多比丘 尋說法訖 。默然而住。世尊知已。謦欬敲門。諸比丘聞。即往開門。（東晉僧伽提婆譯・中阿含經 p0775c）

例 128「說法訖竟」，與下文「尋說法訖」相對，可知「訖竟」連用，與「訖」單獨使用，在語義上是完全等同的。由於「說法訖」只有三個音節，在節律上，無法滿足四字一頓的要求，因此利用同義詞複疊的方式，形成「說法訖竟」的文句。「尋說法訖」，則因爲有一個副詞「尋」，加上動賓結構「說法」之後，在節律上，正好只剩下一個單音節的位置，因此只須單用完成動詞「訖」，即可符合四字一頓的節律。

不過，「訖竟」在漢譯佛經中，也有幾個例子並不是出現在四字一讀的句式裏面，例如：

（例 129）梵志心喜稽首足下。還家具設百味之食。即以平旦。於舍爲佛作禮長跪恭白願佛。以時枉屈尊儀。佛正法服與聖眾俱至梵志家皆就法坐。梵志自手行盥。肅心供養。如斯七日。佛說神化 訖竟 還隨提國。未久之間梵志壽終。（吳支謙譯・梵摩渝經 p0886a）

（例 130）大王隨金輪至東方。教誡諸郡國諸王 訖竟 。復隨金輪飛到南方。（西晉法立共法炬譯・大樓炭經 p0290c）

（例 131）爾時。眾多比丘於中食後少有所爲。集坐講堂。欲斷諍事。謂論此法・律。此佛之教。彼時。質多羅象子比丘亦在眾中。於是。質多羅象子比丘。眾多比丘論此法・律。此佛教時。於其中間競有所說。不待諸比丘說法訖竟。又不以恭敬・不以善觀問諸上尊長老比丘。

（東晉僧伽提婆譯・中阿含經 p0557c）

但如果把「訖竟」與上述「畢訖」的例句配合觀察，可以發現，當翻譯佛經中，出現「畢訖」、「訖竟」的用法時，與之搭配的動詞，往往是雙音節形式，例如：「教誡」、「供養」、「布施」、「葬埋」、「飯食」等。如果動詞不是雙音節形式，也會是以動賓結構的雙音節形式，與之搭配，例如：「說法訖竟」、「說經訖竟」、「進膳畢訖」。而這種語詞搭配的現象，也說明「畢訖」、「訖竟」在佛經裏，是受到翻譯節律制約的影響。所以「訖」、「竟」連文的用法，在中古佛經裏，仍然要視爲「詞組」的組合，而不是雙音節複合詞的性質。

7.2.4　「畢」、「訖」、「竟」連文之詞序

根據上文的討論，佛經文獻裏，「畢訖」、「訖竟」的連文，都是受到佛經格式在節律上的影響。它們在中古佛經裏，本質上仍是並列的詞組。理論上，同義並列詞組的出現，由於尙未完全凝結爲固定的用法，因此應該可以有詞序上互換的現象。例如董志翹（2007）討論佛經形容詞複疊修飾的現象時，即指出同義的形容詞，在詞序上可以形成 AB－BA 兩種形式。[註25] 然而本節一開始，我們曾經提到，在中古佛經裏，「竟畢」只有三個用例，「竟訖」、「訖畢」，則分別只出現一次。顯示出這三種詞序組合，在佛經翻譯裏面，出現的機率非常地低。這顯然與同義形容詞並列連文時，可以構成 AB－BA 兩種形式的情形有點不同。何以佛經當中會有如此現象呢？也就是爲何翻譯佛經「畢竟」、「畢訖」、「訖竟」的詞序組合，與「竟畢」、「訖畢」、「竟訖」的詞序組合之間，比例相差如此懸殊呢？

竺家寧（1997）研究西晉佛經並列詞的內部次序時，認爲並列詞的次序，與聲調的不同有關，並得出四條西晉並列詞的構詞規律：

1、在西晉並列結構的詞彙中，如有平聲字，往往用於第一成分（平聲用爲

〔註25〕董志翹〈漢譯佛典中的“形容詞同義複疊修飾”〉，《語文研究》第 4 期，頁 37～42，2007。

首字的 8349 個，佔全部 16340 個並列詞的 51%）。

2、如有入聲，總用爲第二成分。（去－入有 914 個，入－去只有 447 個）。

3、沒有入聲時，去聲總是做第二成分。

4、第一成分若不是平聲，出現次多的不是上聲，而是去聲。上聲做第一成分的有 2581 個，佔 15.8%，去聲做第一成分的 4146 個，佔 25.3%。〔註 26〕

李思明（1997）探討《朱子語類》2452 個並列合成詞時，也得出並列合成詞，詞素次序大部分是受到語音條件（含「聲調」與「聲母」）的影響的結論。少數則是語音條件不起作用所形成的。兩者的比例，約佔 72.3% 與 27.7%。其中聲調影響的部分，在比例上，「順序」（指聲調按平－上－去－入的前後順序排列）佔 62.2%；「同序」（指聲調同爲平平、上上、去去、入入）佔 28.2；「逆序」（指聲調的先後順序不按平－上－去－入的先後順序排列）佔 9.6%。聲母的影響，則主要是清濁上的差異。在同序（平平、上上、去去、入入）的並列合成詞中，「前清後濁」佔 41.9%，「同清或同濁」佔 52.2%，「前濁後清」佔 5.9%。〔註 27〕

根據《廣韻》，「畢」作「卑吉切」，屬入聲「質韻」，「訖」作「居乞切」，屬入聲「迄韻」，「竟」作「居慶切」，屬去聲「映韻」。就語音條件來觀察，「畢」、「訖」、「竟」的連文，在「聲調」上，「訖」、「畢」同屬入聲，「竟」屬去聲。「畢竟」、「訖竟」的組合，爲「入聲－去聲」的結構。這與竺家寧（1997b）、李思明（1997）聲調影響並列詞的構詞規律爲「去聲－入聲」的次序不符。〔註 28〕「畢訖」則同爲入聲，故詞序先後的關係，不可能受到聲調的影響。就聲母清濁的角度觀察，「畢」屬「幫母」，「訖」屬「見母」，二者皆爲清音聲母，決定

〔註 26〕竺家寧〈西晉佛經並列詞之內部次序與聲調的關係〉，《國立中正大學中文學術年刊》創刊號，頁 69，1997。

〔註 27〕李思明〈中古漢語並列合成詞中決定詞素次序諸因素考察〉，《安慶師院社會科學學報》第一期，頁 64～69，1997。

〔註 28〕竺家寧〈西晉佛經並列詞之內部次序與聲調的關係〉一文雖然也指出「去聲字作爲第二音節，在各類中（無論首字是平或上、去、入）都佔絕對優勢，這應該不是偶然的現象。說明西晉時代的構詞規律，有選擇去聲爲第二音節的傾向」。但就文中的統計數據來看，「入－去」有 447 個例子，「去－入」有 914 個例子，顯示在聲調的影響上，仍以「去－入」爲主要的構詞規律。

詞序先後的條件，也不可能是聲母的清濁差異。因此影響中古漢譯佛經當中，「畢竟」、「畢訖」、「訖竟」詞序排列的條件，應該不是受到語音條件的限制。

　　其次，就語義而言，「畢」、「訖」、「竟」都具有完結的意思，在「動賓＋完成動詞」的完成句式當中，三者往往可以互換。例如：

（例132）復次佛初生時墮地行七步。口自發言。言[竟]便默。如諸嬰孩不行不語。（姚秦鳩摩羅什譯・大智度論 p0059a）

（例133）商人又日。……吾今反居。後日必造子門。言[竟]忽然不現。婦悵然而歸。（吳康僧會譯・六度集經 p0037c）

（例134）未言之間龍樹復言。此非虛論求勝之談。王小待之須臾有驗。言[訖]空中便有干戈兵器相係而落。（姚秦鳩摩羅什譯・龍樹菩薩傳 p0186a）

（例135）嘆言甚奇。汝雖辛苦。功不唐捐。菩薩復捉其珠。而從求願。若是旃陀摩尼者。使我父母。身下自然。當有七寶奇妙珍異床座。上有嚴淨七寶大蓋。言[訖]尋成。一切皆喜。（元魏慧覺等譯・賢愚經 p0409a）

（例136）向道士日。吾身雖小可供一日之糧。言[畢]即自投火。火爲不然。（吳康僧會譯・六度集經 p0013c）

（例137）重日。爾勤奉佛。佛時難值。高行比丘難得供事。命在呼吸無隨世惑。言[畢]不現。舉國歡嘆矣。（吳康僧會譯・六度集經 p0038a）

（例138）飲食已竟。行澡水[訖]。伅眞陀羅。以机坐佛前聽佛說經。（東漢支婁迦讖譯・佛說伅眞陀羅所問如來三昧經 p0356a）

（例139）飲食畢訖行澡水[竟]。坐佛前聽經。（西晉竺法護譯・佛說海龍王經 p0146a）

（例140）時。婆羅門設種種甘饌。供佛及僧。食訖去鉢。行澡水[畢]。取一小床於佛前坐。（後秦佛陀耶舍共竺佛念譯・長阿含經 p0014c）

這顯示，三者屬同義詞的關係，因此影響詞序排列的條件，也不太可能是語義上的區別。既非「語音條件」的限制，又不是「語義」上的區別，那是否有可能是內部結構上的差異呢？也就是「畢竟」、「畢訖」、「訖竟」的組合，並不是

並列結構，而是屬於偏正結構。關於這一點，如果就「畢竟」、「畢訖」的用法來說，似乎可以認為，「畢」為副詞，修飾其後的「竟」跟「訖」。但是在佛經當中，我們發現有下面一組對比的例證：

（例 141）諸受罪人。六情諸根猛火速起。節頭火然筋脈生釘。暫得一起。合掌叉手向白毫相。即時心開。見白毛中人如己無異。坐蓮華林。以水澆灌諸罪人頂。令心熱惱暫得清涼。即皆同時稱南無佛。以是因緣。受罪 畢訖 直生人中。（東晉佛陀跋陀羅譯・佛說觀佛三昧海經 p0652a）

（例 142）以是因緣受鐵丸報。或曾出家毀犯輕戒久不悔過。虛食信施。以此因緣食諸鐵丸。此人罪報億千萬歲不識水穀。受罪 畢已 還生人中。（東晉佛陀跋陀羅譯・佛說觀佛三昧海經 p0674a）

例 141、142，「受罪畢訖」與「受罪畢已」相對。本文上一節已經認為「畢已」的「畢」，應屬動詞的用法，因此與之相對的「畢訖」，「畢」應該也具有動詞的性質。〔註29〕並且在佛經中還可以找到以下的例句：

（例 143）死入地獄。臥之鐵床。或抱銅柱。獄鬼然火。以燒其身。地獄罪 畢 。當更畜生。若復為人。閨門婬亂。（吳支謙譯・佛說八師經 p0965b）

（例 144）死入地獄。獄中鬼神。拔出其舌。以牛犁之。洋銅灌口。求死不得。罪 畢 乃出。當為畜生。（吳支謙譯・佛說八師經 p0965b）

（例 145）五百壽終墮地獄中。考掠萬毒罪滅復出。墮畜生中恒被撾杖五百餘世。罪 畢 為人常嬰重病痛不離身。（西晉法立共法炬譯・法句譬喻經 p0591b）

這些例句中，「罪畢」的用法，與「受罪畢訖」的用法，意思相同。這都顯示出「畢」在句中，乃為動詞的性質，而非副詞的用法。更何況，如果真是因為內

〔註29〕對於此例「畢訖」與「畢已」相對，可視為同義詞的並列結構。但對於「訖」跟「已」之間，「已」字的虛化程度較「訖」字來得強。在上文的分析裏，我們已指出「畢已」可分析為謂語動詞與補語成分的語法關係，因此「受罪畢已」與「受罪畢訖」在對應上並非完全平行的對應。

部結構詞性差異的影響，導致排列次序上的限制，那「訖竟」的出現，顯然不符合「副詞＋動詞」的結構。因爲「訖」在中古漢譯佛經裏，並沒有副詞的用法。所以「畢竟」、「畢訖」、「訖竟」的內部結構，還是應該視爲動詞加動詞的並列結構。

　　既然「語音條件」、「語義區別」、「語法詞性」，都不是影響「畢竟」、「畢訖」、「訖竟」構詞順序的因素，剩下能解釋的，只有約定俗成的因素。也就是在翻譯的用語上，當「畢」、「訖」、「竟」利用並列結構的形式，構成詞組或詞的時候，譯者習慣將「畢」放在第一音節的位置，而把「竟」放在第二音節的位置。

7.3　「已」、「畢」、「訖」、「竟」三音節連文

　　佛經中，「已」、「畢」、「訖」、「竟」出現三個字連用的例子，並不多見。且三個字連用時，都會出現「已」，「已」字不是在前，就是在後，沒有出現在另兩個字中間的例子。其中「已畢竟」連用的例子，一共出現了8次，「已畢訖」連用的例子有2次，「畢竟已」與「已訖竟」連用的例子，則各自只有1次。下面將其分類列舉討論：

　　一、「已畢竟」連用

（例 146）我欲棄捐此　朽故之老身　今已捨於壽　住命留三月　所應化度者　皆悉 已畢竟 　是故我不久　當入般涅槃（東晉法顯譯・大般涅槃經 p0193a）

（例 147）又萬劫中墮無可大地獄。拷掠燒炙痛不可言。罪 已畢竟 從地獄出。以彼大士教化之故。令發無上正眞道意。皆得神通。（西晉竺法護譯・正法華經 p0123b）

（例 148）善男子。是阿羅漢永斷三世生因緣故。是故自說。我生已盡。亦斷三界五陰果故。是故復言我生已盡。所修梵行 已畢竟 故。是故唱言梵行已立。又捨學道亦名已立。如本所求今日已得。是故唱言所作已辦。修道得果亦言已辦。（東晉法顯譯・大般涅槃經 p0580a）

（例 149）善哉梨車子　能知深方便　今當至心聽　我說佛功德　佛境難思議　所得 已畢竟 　諸佛常無變　是故無生處　諸佛色平等　是名佛法

界（北涼曇無讖譯・大方等無想經 p1097a）

（例 150）婆者何義。解脫解脫繫縛義。優者何義。能隨問答義。陀者何義。得寂靜義。他者何義。受持法性無體相義。所作已辦者。捨身肉手足事已畢竟。謂所作已辦。迦犛者。已捨不更捨。迦者見諸法如觀其掌。犛者軟直心相續。迦者斷諸業行。犛者除三業性。多者覺眞義。耶者滅沒聲如法成就義。（梁僧伽婆羅譯・文殊師利問經 p0505a）

（例 151）迦葉。如鐵冷已可使還熱。如來不爾斷煩惱已畢竟清涼。煩惱熾火更不復生。（東晉法顯譯・大般涅槃經 p0388a）

（例 152）又復菩薩若以種種利益眾生。能爲他人療治病患。不求財利供養名稱。大悲爲首療治世間。然後令住出世間法。如是菩薩心常憶念。如是惡界苦惱眾生。以何方便何時何法令彼得脫。既得脫已畢竟斷滅一切煩惱。所謂斷除一切苦惱令住涅槃畢竟之樂。（元魏瞿曇般若流支譯・奮迅王問經 p0946c）（既得脫已，畢竟斷滅…）

（例 153）諸色天人。悉來問訊聽受般若波羅蜜。作禮遶已畢竟各各自去。（東漢支婁迦讖譯・道行般若經 p0435a）

上述八個例子當中，例 151、152、153，其實是斷句上的問題。例 151「如來不爾斷煩惱已畢竟清涼。」，應當讀爲「如來不爾。斷煩惱已，畢竟清涼」。例 152「既得脫已畢竟斷滅一切煩惱」，應當讀爲「既得脫已，畢竟斷滅一切煩惱」。例 153「作禮遶已畢竟各各自去」，應當讀爲「作禮遶已，畢竟各各自去」。

　　扣除掉這三個例子，剩餘其他的五個例子，都出現在「NP＋（ADV）＋已畢竟」的語境當中。其中例 146「所應化度者　皆悉已畢竟」，與第一節所提到的「皆悉已 V」，屬於相同句法結構的現象，並且從例 148「所修梵行已畢竟故」一句，與前後文之「我生已盡」、「梵行已立」這兩句的「已盡」、「已立」對照，以及例 150「捨身肉手足事已畢竟」，與上下文中的「已辦」、「已捨」的對比，可以推論，「已畢竟」當屬「副詞『已』＋畢竟」的結構。是故中古漢譯佛經中的「已畢竟」，並非「同義連文」或「三音節複合詞」的並列結構。

　　二、「畢竟已」連用

（例 154）世尊。菩薩摩訶薩住是三昧得畢竟不。善男子。汝不應言如是菩薩

得畢竟不。何以故。若一切眾生得是三昧。悉成阿耨多羅三藐三菩提盡 畢竟已 。然後乃當問是菩薩得畢竟不。世尊。如是三昧甚為希有。若諸眾生不得聞受甚可憐愍。若得聞者當知是人得大饒益。（北涼曇無讖譯‧大方等無想經 p1102c）

例 154，從上下文的文句來看，「盡畢竟已」顯是針對「得畢竟不？」問句的回答，這說明「畢竟已」不是並列結構，「已」乃是屬於補語性質的語法成分。尤有進者，從這個例子也可以看出「已」的性質，已經屬於表語法功能的助詞，故能與句末疑問助詞「不」相對應。

三、「已訖竟」連用

（例 155）則白言。我欲於是起塔。則時便作七寶塔。嚴莊甚好。事 已訖竟 。至提和竭所白言。所作塔以成。聞怛薩阿竭其福如何。〔註 30〕（東漢支婁迦讖譯‧佛說阿闍世王經 p0405a）

例 155「事已訖竟」，與「所作塔以（已）成」相對，顯示「已訖竟」亦非並列結構，其內部結構當為「副詞『已』＋訖竟」。

四、「已畢訖」連用

（例 156）世尊歎曰。善哉。和破。云何。和破。若有比丘無明已盡。明已生。彼無明已盡。明已生。生後身覺便知生後身覺。生後命覺便知生後命覺。身壞命終。壽 已畢訖 。即於現世一切所覺便盡止息。當知至竟冷。猶如和破。因樹有影。若使有人持利斧來斫彼樹根。段段斬截。破為十分。或為百分。火燒成灰。或大風吹。或著水中。於和破意云何。影因樹有。彼影從是已絕其因。滅不生耶。　和破答曰。如是。瞿曇。　和破。當知比丘亦復如是。無明已盡。明已生。彼無明已盡。明已生。生後身覺便知生後身覺。生後命覺便知生後命覺。身壞命終。壽 已畢訖 。即於現世一切所覺便盡止息。當知至竟冷。和破。比丘如是正心解脫。便得六善住處。（東晉瞿曇僧伽提婆譯‧中阿含經 p0434c）

將例 156「壽已畢訖」，與例 155「事已訖竟」的例子相較，顯然都屬於「主語

〔註30〕「以」字「元大普寧寺藏」「明方冊藏」「宮內省圖書寮本」作「已」。

＋副詞『已』＋謂語（訖竟／畢訖）」的句法結構。

　　「已」、「畢」、「訖」、「竟」出現同時三個連用的例子，僅如上述的狀況。至於四個同時連用的現象，則在中古漢譯佛經裏，並沒有出現。而從上文的論述當中，可知「已」、「畢」、「訖」、「竟」三個字連用的例子，都不屬於三音節的並列複合詞，它們之間的連用，並非構詞法層次的問題，而是句法結構上的組合。

7.4　小　結

　　綜上所述，「已」、「畢」、「訖」、「竟」等，在中古佛經中出現連文的用法，僅有「畢竟」一詞屬於雙音節詞。它在句子裏，可以擔任「主語」、「述語」、「狀語」、「定語」、「賓語」等多種語法功能。「畢竟」當主語或賓語用時，就如同丁福保《佛學大辭典》所云：「畢竟，物之至極最終也」所表達的，乃是佛教名象的概念。擔任「副詞狀語」與「形容詞定語」時，也有表達「最終」的意思。至於「畢竟」當「謂語動詞」用時，則表示「終了、完畢」的概念。其中當謂語動詞用的「畢竟」，與「畢」、「竟」單獨使用的語法或語義功能相同，並且就雙音節謂語動詞「畢竟」所出現的語境來看，也都屬於四字格或五字格的節律，因此我們認為，這種雙音節動詞「畢竟」的來源，應該是從同義的並列詞組，進一步凝結為雙音節詞的結果。

　　其次，就「已」字與「畢」、「訖」、「竟」搭配，所構成的「已畢／畢已」、「已竟／竟已」、「已訖／訖已」等用法來說，前文指出，太田辰夫（1988,1991）認為「已畢、已竟、已訖」等，在中古屬於「副詞＋動詞」的結構，「畢已」、「訖已」則屬於複合詞的性質。鍾兆華（1995）則認為，「已畢」、「已訖」等，都已經是複合詞的性質。本文在看法上，同意太田辰夫先生所說的，把「已畢、已竟、已訖」視為「副詞＋動詞」的結構，但是不同意把「畢已、訖已」看為複合詞的說法，而是認為，不管是「已畢」、「已訖」、「已竟」或「畢已」、「訖已」等，都不是複合詞，同時認為它們在中古佛經裏，出現連文的情形，乃是句法層次的運作，而非構詞的現象。本文也從句式平行對應的現象，以及它們所處上下文語境中，佛經經文的對比，說明「已」字與「畢」、「訖」、「竟」的連文形式，是屬於句法結構的結合。它們之間的語法關係，如果是「已」字位於「畢」、「訖」、「竟」之前，則為「副詞＋動詞」的結構；如果是「已」字位於「畢」、

「訖」、「竟」之後，則屬「動詞＋補語」的語法關係。

　　至於佛經文獻裏，「畢訖」、「訖竟」的用法，根據佛經例句的具體分析，它們應該屬於同義的並列詞組。並且「畢訖」、「訖竟」的出現，是受到佛經節律的影響。在詞序排列上，「畢」、「訖」、「竟」的組合，並非受到「聲調」或「聲母」的影響，也不是內部語法關係的差異，而是在使用上，習慣以「畢」字出現在雙音節形式的第一個音節，「竟」字置於第二個音節，因此中古佛經很少有「竟畢」、「訖畢」的連文形式，甚至可以說沒有「竟訖」的用法。

　　「已」、「畢」、「訖」、「竟」在佛經文獻裏，出現三字連文的例子，從句法結構來看，大多也都是副詞「已」，與雙音節詞「畢竟」之間的組合。「已」與同義並列詞組「畢訖」、「訖竟」連用，則分別只出現 2 次與 1 次。而不管是「已畢竟」或「已畢訖」、「已訖竟」的形式，它們與佛經中「悉都盧」、「都盧皆」等三音節詞的用法，都是不同的。

第八章　中土文獻之「畢」、「訖」、「竟」、「已」

　　佛教傳播的主要的對象為一般的平民百姓，為了讓普通百姓也能接受佛教的薰陶，使佛教教義能廣泛流傳到各地，譯經者在佛經翻譯所使用的語言上，必然會以當時的通俗語言為其基礎，也因此使得佛經文獻保留了大量白話口語的語法現象。而佛經翻譯的興盛時期，從東漢一直到隋唐階段，涵蓋著整個漢語中古時期，對於漢語中古時期的語言概況也必能有所反映。這些都是佛經文獻在漢語史研究上的優點與特色。雖然如此，佛經文獻本身還是有許多的問題存在，如魏培泉（1990）曾云：

> 漢魏六朝的佛經多數為譯經，翻譯的作品免不了就會有不自然之
> 處。雖然給譯文定稿的應是中國人或者是已經嫻熟漢語的外國人，
> 但在傳譯過程中多多少少會有扭曲之處；加上定稿的漢人知識水平
> 的關係，譯作的文句不見得都是文理順暢的。……此外，有不少佛
> 經的文句有節律化的傾向，如經常以四個字作為停頓的單位，這其
> 中就難免會增減一些虛詞，造成虛詞的使用會有過度或不及的現
> 象。……〔註1〕

故對於漢語中古時期完成動詞「畢」、「訖」、「竟」、「已」的來源、性質與功能

〔註1〕魏培泉《漢魏六朝稱代詞研究》（《語言暨語言學》專刊甲種之六），頁5，中央研究院語言學研究所，台北，2004。

的探討，單單只就佛經文獻是不夠全面的。必須把同時期的「中土文獻」也納入分析的範圍，才能有較爲全面的比較與認識。

在第三章至第六章裏，我們針對「畢」、「訖」、「竟」、「已」等完成動詞在佛經當中的使用情形，進行語法結構的描述，並初步就「畢」、「訖」、「竟」、「已」在各種結構中的語法功能與性質，作了一部分的討論。底下則就「畢」、「訖」、「竟」、「已」等在「中土文獻」中的用法，進行歸納與分析，並更深一層就佛經與中土文獻兩種不同性質的語料比較完成動詞的異同。

本章節所分析、討論的「中土文獻」，主要包含東漢王充的《論衡》、東晉葛洪的《抱朴子・內篇》、東晉干寶的《搜神記》、劉宋劉義慶編纂的《世說新語》、北魏酈道元的《水經注》、北魏賈思勰的《齊民要術》以及北魏楊衒之的《洛陽伽藍記》等七部保留較多白話口語成分的著作。

8.1 完成動詞「畢、訖、竟、已」

一個詞可以有幾個不同的「義位」，每一個「義位」所表達的意義和語法功能都不一樣。中土文獻裏的「畢」、「訖」、「竟」、「已」都能表達動作行爲或事件「終了、完畢」的意思，都具有「完成」的概念。就這個「義位」來說，它們屬於「同義詞」。然而「畢」、「訖」、「竟」、「已」除了表達「完成」的概念以外，它們也各自擁有其他的「義位」。這當中還牽涉到文字通假的使用，即所謂的「同形異義詞」的問題。爲了避免這些不同的「義位」及文字通用所造成的混淆，我們把「畢」、「訖」、「竟」、「已」區分爲表「終了、完畢」意義的完成動詞用法，以及它們各自的其他用法兩部分來討論。而在這一小節裏，首先分析它們做爲完成動詞的用法。

由於相同詞性的「義位」與「義位」之間，語義區別往往僅有細微的差異，或者兩者之間具有語義變遷的先後關係，因此在實際分析完成動詞「畢」、「訖」、「竟」、「已」的具體用例時，我們也把其他不表示「終了、完畢」意義的動詞用法，放到這個部分加以論述。

8.1.1 「畢」

動詞「畢」在東漢王充《論衡》裏主要擔任句中的「謂語動詞」，出現在「NP＋（Adv）＋畢」的結構當中，例如：

（例1）令史雖微，典國道藏，通人所由進，猶博士之官，儒生所由興也。委積不紲，豈聖國微遇之哉，殆以書未定而職未畢也。（論衡・別通篇）

（例2）周公請命，史策告祝，祝畢辭已，不知三王所以與不，乃卜三龜，三龜皆吉，然後乃喜。（論衡・死僞篇）

例1「書未定」與「職未畢」相對，「定」與「畢」在句中皆作「謂語動詞」，故其前可有副詞「未」修飾。例2「周公請命，史策告祝」句式相對，「命」與「祝」皆爲賓語名詞，故「祝畢」爲「NP＋畢」的語法關係，「畢」充當「謂語動詞」。這兩個例子「畢」都爲「完畢」的意思。另外，在《論衡》裏還有「畢竟」連文一例，如：

（例3）曰：此有似於貧人負官重責，貧無以償，則身爲官作，責乃畢竟。（論衡・量知篇）

例3「責（債）乃畢竟」之「畢」可以有兩種分析方式，一是以「畢」爲副詞修飾語，修飾其後動詞「竟」，語義上表示「債才全部償還完畢」。一是以「畢竟」爲同義詞之連文形式，語義指「債才還完」。

東晉時期，葛洪《抱朴子・內篇》動詞「畢」主要亦擔任「謂語動詞」的語法功能，出現在「NP＋畢」的結構中，其例句如：

（例4）則令人與天地相畢，或得千歲二千歲。（抱朴子・內篇・仙藥）

（例5）抱朴子曰：「余聞之師云，人能知一，萬事畢。知一者，無一之不知也。……」（抱朴子・內篇・地眞）

例4「與天地相畢」，「畢」有「終盡、終了」的概念，例5「萬事畢」則指「萬事皆可完成、完畢」的意思。

而在東晉干寶《搜神記》中，動詞「畢」除了「NP＋畢」結構之外，亦可出現在「S，畢，S」與「（Subject）＋V＋畢」結構當中，其例句與分析如下：

（例6）葛玄，宅孝先，從左元放受九丹液仙經。與客對食，言及變化之事，客曰：「事畢，先生作一事特戲者。」（搜神記・卷一）

（例7）至七月七日，臨百子池，作于闐樂，樂畢，以五色縷相羈，謂之『相連綬。』（搜神記・卷二）

（例8）吳，赤烏三年，句章民楊度，至餘姚，夜行，有一少年，持琵琶，求寄載。度受之。鼓琵琶數十曲，曲畢，乃吐舌，擘目，以怖度而去。（搜神記·卷十六）

例6至8，「畢」位於「NP＋畢」結構當中，擔任句中的「謂語動詞」，語義為「終了、完畢」的意思。其中例7「作于闐樂，樂畢」與例8「鼓琵琶數十曲，曲畢」可分析為「V＋Object，Object＋畢」的句法結構，「畢」的語義功能在描述上句賓語所表達事件之「終了、完畢」。

（例9）吳戍將鄧喜殺豬祠神，治畢，懸之，忽見一人頭，往食肉。（搜神記·卷九）

（例10）玉乃左顧，宛頸而歌曰：「……」歌畢，歔欷流涕，要重還冢。（搜神記·卷十六）

（例11）相問訊既畢，邏將適還去。其婦上岸，便為虎將去（搜神記·卷五）

（例12）度詣門下求婚。女子入告秦女，女命召入。度趨入閣中，秦女於西榻而坐。度稱姓名，敘起居，既畢，命東榻而坐。（搜神記·卷十六）

（例13）便勅內：「盧郎已來，可令女郎粧嚴。」且語充云：「君可就東廊，及至黃昏。」內白：「女郎粧嚴已畢。」充既至東廊，女已下車，立席頭，卻共拜。（搜神記·卷十六）

例9、10「畢」位於動詞之後，屬「V＋畢」結構，此時「畢」字的語法功能可以是「謂語動詞」，亦可以是「動詞補語」。以例10來說，「歌」如果是指稱性用法（指稱前文「歌唱之事」），則「畢」在句中擔任「謂語動詞」。如果「歌」是陳述性用法（唱歌的動作），則「畢」在句中擔任「動詞補語」，表達動作「歌」的完結，屬「結果補語」的性質。由於《搜神記》中有副詞位於動詞「V」與「畢」之間的用法，如例11「相問訊既畢」，副詞「既」位於動詞「問訊」與「畢」之間，說明「畢」在句中擔任「謂語動詞」的功能。動詞「問訊」則為一指稱性用法。因此，在沒有明顯的形式語法標記出現的情形之下，對於「治畢」、「歌畢」之「畢」究屬「謂語動詞」或「結果補語」，就無法作進一步的論斷。

例12「度稱姓名，敘起居，既畢，命東榻而坐」屬「S，畢，S」結構，例

13「女郎粧嚴已畢」為「Subject＋V＋畢」結構，這兩個例子都有副詞「既」、「已」位於「畢」字之前，表明「畢」屬「謂語動詞」，敘述其前主語「度稱姓名，敘起居」與「女郎粧嚴」事件的「終了、完畢」。

劉宋時期，劉義慶所編的《世說新語》，動詞「畢」可位於「S，畢，S」、「NP＋畢」、「（Subject）＋V＋畢」、「（Subject）＋V＋Object＋畢」等幾種句法結構當中。其例句與討論如下：

（例 14）魏武將見匈奴使，自以形陋，不足雄遠國，使崔季珪代，帝自捉刀立牀頭。既畢，令間諜問曰：「魏王何如？」……（世說新語・容止 1）

（例 15）劉璵兄弟少時為王愷所憎，嘗召二人宿，欲默除之。今作阬，阬畢，垂加害矣。（世說新語・仇隙 2）

（例 16）子荊後來，臨屍慟哭，賓客莫不垂涕。哭畢，向靈牀曰：「卿常好我作驢鳴，今我為卿作。」（世說新語・傷逝 3）

（例 17）武帝嘗降王武子家，武子供饌，並用瑠璃器。婢子百餘人，皆綾羅綺繡，以手擎飲食。烝㹠肥美，異於常味。帝怪而問之。答曰：「以人乳飲㹠。」帝甚不平，食未畢，便去。（世說新語・汰侈 3）

（例 18）作白事成，以見存，存時為何上佐，正與謽共食，語云：「白事甚好，待我食畢作教。」食竟，取筆題白事後云……（世說新語・政事 17）

（例 19）唯獨好畫，范以為無用，不宜勞思於此。戴乃畫南都賦圖，范看畢咨嗟，甚以為有益，始重畫。（世說新語・巧藝 6）

例 14「既畢」介於兩個句子之間，指的是魏武見匈奴使節整個事件的「完畢」，為「S，畢，S」結構，「畢」屬「謂語動詞」的用法。例 15「阬畢」屬「NP＋畢」結構，它與《搜神記》中「作于闐樂，樂畢」屬相同的句式。而在《世說新語》這個例子裏，「畢」亦屬「謂語動詞」。例 16「畢」位於「V＋畢」結構當中，此時「畢」具有「謂語動詞」與「結果補語」兩種可能性。例 17「食未畢，便去」，「畢」之前可加副詞「未」修飾，顯見「畢」為「謂語動詞」的功能。例 18「待我食畢」、例 19「范看畢咨嗟」，「畢」位於「Subject＋V＋畢」

結構當中，此時「畢」也可以有兩種分析方式，一是以「畢」為「謂語動詞」，其主語為主謂結構「我食」、「范看」詞組；另一是以「畢」為動詞「食」、「看」的「結果補語」。

（例 20）溫忠慨深烈，言與泗俱；丞相亦與之對泣。敘情既[畢]，便深自陳結，丞相亦厚相酬納。（世說新語・言語 36）

（例 21）王子敬自會稽經吳，聞顧辟疆有名園，先不識主人，徑往其家。值顧方集賓友酣燕，而王遊歷既[畢]，指麾好惡，傍若無人。（世說新語・簡傲 17）

（例 22）鍾會撰《四本論》始[畢]，甚欲使嵇公一見。（世說新語・文學 5）

（例 23）何晏注《老子》未[畢]，見王弼自說注老子旨，何意多所短，不復得作聲，但應諾諾，遂不復注，因作《道德論》。（世說新語・文學 10）

例 20 至 23，「畢」分別位於「V＋Object」（敘情）、「Subject＋V」（王遊歷）與「Subject＋V＋Object」（鍾會撰《四本論》、何晏注《老子》）結構的後面。從句中可插入副詞「既」、「始」、「未」的用法來看，「畢」都屬「謂語動詞」，以「敘情」、「王遊歷」、「鍾會撰《四本論》」、「何晏注《老子》」為其主語。

在北魏賈思勰《齊民要術》中，動詞「畢」所能出現的句法結構與《世說新語》基本一致，其使用的情形，如下：

（例 24）以豆汁灑溲之，令調，以手搏，令汁出指間，以此為度。[畢]，納瓶中，若不滿瓶，以矯桑葉滿之，勿抑。（齊民要術・作豉法第七十二）

（例 25）以毛袋漉去麴滓，又以絹濾麴汁於甕中，即酘飯。候米消，又酘八斗；消盡，又酘八斗。凡三酘，[畢]。若猶苦者，更以二斗酘之。（齊民要術・造神麴并酒第六十四）

（例 26）使三月中，即令酘足。常預作湯，甕中停之，酘[畢]，輒取五升洗手，蕩甕，傾於酒甕中也。（齊民要術・法酒第六十七）

（例 27）然其米要須均分為七分，一日一酘，莫令空闕，闕即折麴勢力。七酘[畢]，便止。熟即押出之。（齊民要術・笨麴并酒第六十六）

（例 28）凡開荒山澤田，皆七月芟艾之，草乾即放火，至春而開。其林木大
　　　　者劃殺之，葉死不扇，便任耕種。三歲後，根枯莖朽，以火燒之。
　　　　耕荒 畢 ，以鐵齒䃷榛再徧杷之，漫擲黍穄，勞亦再徧。（齊民要術・
　　　　耕田第一）

（例 29）作魚鮓法：剉魚 畢 ，便鹽醃。（齊民要術・作魚鮓第七十四）

（例 30）若作糯米酒，一斗麴，殺米一石八斗。唯三過酘米 畢 。其炊飯法，
　　　　直下饋，不須報蒸。（齊民要術・造神麴并酒第六十四）

例 24、25「畢」字介於兩個句子之間，描述其前事件的「終了、結束」，為「S，
畢，S」的結構，屬「謂語動詞」的用法。例 26「酘畢」，「畢」位於動詞「酘」
之後。從上下文語境來看，《齊民要術》此段文字的之前尚有「初酘之時，十日
一酘，不得使狗鼠近之」一段內容，顯見「畢」所描述的是整個「酘」的過程
的「結束」，「酘」為指稱用法，「畢」在句中仍屬「謂語動詞」。例 27「七酘畢」
的用法，與例 26 相同，「七酘」（意指七次投米）為主語，動詞「畢」為謂語。

　　例 28、29、30「畢」處於「V＋Object＋畢」結構中。從上下文語意觀察，
「畢」都在描述其前「V＋Object」詞組所表達動作、事件的「終了、結束」，
如例 28「耕荒畢，以鐵齒䃷榛再徧杷之」，意指「耕田墾荒之事完畢」，而不是
指耕地的動作結束，故「畢」在此類結構中都屬「謂語動詞」的功能。

　　北魏酈道元《水經注》中的「畢」字，有「副詞」與「動詞」等用法，這
些用例大體都出自前代文獻紀錄，非酈道元行文敘述時的用語，因此所呈現的
語法現象，在時代上應早於北魏時期。下文先列舉其動詞用法的例句，如：

（例 31）石經東有一碑，是漢順帝陽嘉元年立。碑文云：建武二十七年造太
　　　　學，年積毀壞。永建六年九月，詔書脩太學，刻石記年，用作工徒
　　　　十一萬二千人，陽嘉元年八月作 畢 。（水經注・卷十六）

（例 32）《吳越春秋》稱覆釜山之中有金簡玉字之書，黃帝之遺讖也。山下
　　　　有禹廟，廟有聖姑像。《禮樂緯》云：禹治水 畢 ，天賜神女聖姑，
　　　　即其像也。（水經注・卷四十）

（例 33）《漢獻帝傳》曰：董卓發兵築郿塢，高與長安城等，積穀為三十年
　　　　儲，自云：事成，雄據天下；不成，守此足以 畢 老。其愚如此。（水
　　　　經注・卷十七）

例 31 出自「漢順帝年間的碑文」，32 出自《禮樂緯》之引文。這些引文中的「畢」字都是「謂語動詞」的用法。例 33 出自《漢獻帝傳》，「畢」爲及物動詞，語義爲「終盡」的意思。雖與典型的完成動詞不同，但仍可表達事件的「終了」義。

至於北魏楊衒之《洛陽伽藍記》中的「畢」字，則僅有範圍副詞的例子，著作中並沒有完成動詞「畢」的用法。

8.1.2 「訖」

東漢王充《論衡》中的「訖」字，有「終了」與「直至」兩種意義。「訖」表「終了、完畢」時，只出現在「NP＋訖」結構當中，擔任「謂語動詞」的性質，其例句如下：

（例 34）關龍逢殺，箕子、比干囚死，當桀、紂惡盛之時，亦二子命 訖 之期也。（論衡・偶會篇）

（例 35）其病，遇邪氣也。其病不愈，至於身死，命壽 訖 也。（論衡・治期篇）

例 34、35「訖」位於「NP＋訖」的結構裏，擔任句中「謂語動詞」的功能，語義爲「終了」，故「命訖」、「命壽訖」即指「生命終了」的意思。

東晉葛洪《抱朴子・內篇》中的「訖」字僅有一例，爲：

（例 36）富室竭其財儲，貧人假舉倍息，田宅割裂以 訖盡，篋櫃倒裝而無餘。（抱朴子・內篇・道意）

例 36「田宅割裂以訖盡」，「訖盡」有兩種可能的意思：一爲並列的同義詞，語義爲「終盡、終了」。一表「至盡」的意思，爲「訖」通「迄至」之「迄」的用法。

東晉干寶《搜神記》之完成動詞「訖」則可位於「V＋訖」、「Subject＋V＋訖」及「V＋Object＋訖」的句法結構中，其例句與論述如下：

（例 37）後將弟子回豫章，江水大急，人不得渡。猛乃以手中白羽扇畫江水，橫流，遂成陸路，徐行而過，過 訖，水復。（搜神記・卷一）

（例 38）至蠶時，有神女夜至，助客養蠶，亦以香草食蠶。得繭百二十頭，大如甕，每一繭繅六七日乃盡。繅 訖，女與客俱仙去，莫知所如。（搜神記・卷一）

（例 39）府君請日：「當別再報。」班語訖，如廁，忽見其父著械徒，作此
　　　　輩數百人。（搜神記・卷四）

（例 40）即有一人提一襆新衣，日：「府君以此遺郎。」充便著訖，進見少
　　　　府。（搜神記・卷十六）

（例 41）日既暝，整服坐，誦《六甲》、《孝經》、《易本》訖，臥。有
　　　　頃，更轉東首……（搜神記・卷十八）

例 37、38「訖」位於動詞「過」、「緤」之後，理論上，「訖」可以是「謂語動詞」，也可以是「動詞補語」。如果是擔任補語的用法，則屬「結果補語」的功能。例 39、40「訖」位於「Subject＋V＋訖」結構中。例 39「班語訖」在語法關係上可分析爲「班（之）語主＋訖謂」，也可以分析爲「班主＋語述＋訖補」，故「訖」有「謂語動詞」與「結果補語」兩種可能。例 40 副詞「便」位於「Subject」與「V＋訖」之間，表明「訖」屬謂語結構內部的語法成分。就語義指向來說，「便著訖」之「訖」並不指主語「充」，而是動詞「著」，故屬「指動補語」的性質。不過，這個例子也可以讀爲「充便著，訖，進見少府」，此時「訖」仍具有「謂語動詞」的功用。例 41「誦《六甲》、《孝經》、《易本》訖」一句，在句法結構上同樣可以有「誦《六甲》、《孝經》、《易本》主＋訖謂」與「誦動＋《六甲》、《孝經》、《易本》賓＋訖補」兩種分析方式，因此動詞「訖」也有「謂語動詞」和「結果補語」兩種可能。由於在這些例子當中，都沒有明顯可供判斷的語法標記，因此無法論斷「訖」究屬「謂語動詞」或「結果補語」。

　「訖」在《世說新語》中僅出現六次，其中屬於動詞用法的有五次，它們所出現的語境，如下：

（例 42）詰問良久，乃云：「小人母年垂百歲，抱疾來久，若蒙官一脉，便
　　　　有活理，訖就屠戮無恨。」（世說新語・術解 11）

（例 43）孫興公、許玄度共在白樓亭，共商略先往名達。林公既非所關，聽
　　　　訖，云：「二賢故自有才情。」（世說新語・賞譽 119）

（例 44）褚公雖素有重名，于時造次不相識，別敕左右多與茗汁，少著粽，
　　　　汁盡輒益，使終不得食。褚公飲訖，徐舉手共語云：「褚季野。」
　　　　於是四坐驚散，無不狼狽。（世說新語・輕詆 7）

（例 45）武帝，愷之甥也，每助愷。嘗以一珊瑚樹高二尺許賜愷，枝柯扶疏，世罕其比。愷以示崇；崇視訖，以鐵如意擊之，應手而碎。（世說新語・汰侈 8）

（例 46）王渾後妻，琅邪顏氏女。王時爲徐州刺史，交禮拜訖，王將答拜，觀者咸曰：「王侯州將，新婦州民，恐無由答拜。」（世說新語・尤悔 2）

例 42「訖就屠戮無恨」意指「事情結束之後，受到屠戮也沒有悔恨」，「訖」應視爲獨立的語法成分，屬「謂語動詞」的用法。例 43「訖」位於動詞「聽」之後，屬「V＋訖」的語法結構。例 44「褚公飲訖」、45「崇視訖」，「訖」位於「Subject＋V＋訖」結構中。例 46「交禮拜訖」可讀爲「交禮（而）拜訖」，亦可讀爲「交禮，拜訖」。從下文「無由答拜」與「武子以其父不答拜，不成禮，恐非夫婦，不爲之拜」來看，以讀爲「交禮，拜訖」在文義上較爲通順。上述例 44 至 46，就語法關係言，這些例子中的「訖」都具有「謂語動詞」與「動詞補語」兩種可能性。

完成動詞「訖」在北魏賈思勰所著《齊民要術》中共出現 89 次，它的使用情形，如下：

（例 47）地上布麴，十字立巷，令人通行；四角各造「麴奴」一枚。訖，泥戶勿令泄氣。（齊民要術・造神麴并酒第六十四）

（例 48）米必須畤，淨淘，水清乃止，即經宿浸置。明旦，碓擣作粉，稍稍箕簸，取細者如餻粉法。訖，以所量水煮少許穄粉作薄粥。（齊民要術・笨麴并酒第六十六）

（例 49）至明年春，剝去橫枝，剶必留距。剶訖，即編爲巴籬，隨宜夾縛，務使舒緩。（齊民要術・園籬第三十一）

（例 50）以大科蓬蒿爲薪，散蠶令遍，懸之於棟梁、椽柱，或垂繩鉤弋、鶚爪、龍牙，上下數重，所在皆得。懸訖，薪下微生炭以暖之。（齊民要術・種桑、柘第四十五）

（例 51）種茭者，用麥底。一畝用子三升。先漫散訖，犁細淺畤而勞之。若澤多者，先深耕訖，逆垡擲豆，然後勞之。（齊民要術・大豆第六）

（例52）明日，汲水淨洗，出別器中，以鹽、酢浸之，香美不苦。亦可洗 訖，
　　　　作粥清、麥䴬末，如釀芥葅法，亦有一種味。（齊民要術・種胡荽
　　　　第二十四）

例47、48「訖」位於兩個分句之間，處在「S，訖，S」的結構中。「訖」字屬
「謂語動詞」的性質。例49、50「剝」、「懸」乃承接前文「剝去橫枝」、「懸之
於棟梁」之動詞，「訖」位於動詞「剝」、「懸」之後，有「謂語動詞」與「結果
補語」兩種可能的功能。例51「先漫散訖」、「先深耕訖」，副詞「先」位於「V
＋訖」結構之前，例52「亦可洗訖，作粥清…」，助動詞「可」也位於「V＋訖」
結構之前，顯示動詞「漫散」、「耕」、「洗」都屬陳述性用法。就上下文語義來
說，「訖」字的語義指向為動詞「漫散」、「耕」、「洗」，這些動詞都屬持續性動
作動詞，「訖」在語義表達上可釋為「完」，具有實際的詞彙意義，因此可確定
為「結果補語」的用法。

（例53）《南方記》曰：「國樹，子如鴈卵，野生。三月花色，連著實。九
　　　　月熟。曝乾 訖，剝殼取食之，味似栗。出交阯。」（齊民要術・五
　　　　穀、果蓏、菜茹非中國物產者）

例53一條乃賈思勰引《南方記》一書的內容，繆啓愉、繆桂龍《齊民要術譯注》
敘述：「《南方記》：不見各家書目著錄，惟《御覽》等有引錄。與《南方草物狀》
同為東晉到劉宋時的徐衷所撰。」〔註2〕故這一條資料亦可視為「東晉至劉宋」
時期的南方語料。其中「曝乾訖」一句，「曝乾」本身即為「動詞」加「補語」
的動補結構，〔註3〕「訖」位於其後已不能視為補語性的語法成分，而應分析為
句末助詞的語法功能。不過這個例句也可以讀為「曝乾，訖，剝殼取食之」，此
時「訖」則仍屬「謂語動詞」的用法。就漢語語法化的過程來說，「體貌助詞」
是由「結果補語」、「動相補語」進一步虛化所產生的。由於「訖」字在中古以
後的文獻當中並沒有發展出「體貌助詞」的功能。在《齊民要術》裏也沒有明
確的「動相補語」用法，並且例53若視為句末助詞的用法，在《齊民要術》裏，
又是唯一的孤例。基於以上理由，應以第二種分析較為合理。這個例子的「訖」

〔註2〕　繆啓愉、繆桂龍《齊民要術譯注》，頁855，上海古籍出版社，上海，2006。

〔註3〕　按：《齊民要術》卷七〈造神曲並酒第六十四〉仍有「曝使極乾」的用法，故「曝
　　　　乾」應該還是詞組結構，而不是複合詞。

字，實際上仍是「謂語動詞」。

（例 54）先爲深坑，內樹⟦訖⟧，以水沃之，著土令如薄泥，……（齊民要術·栽樹第三十二）

（例 55）浸麴七八日，始發，便下釀。……待至明旦，以酒杷攪之，自然解散也。初下即搦者，酒喜厚濁。下黍⟦訖⟧，以席蓋之。（齊民要術·笨麴并酒第六十六）

（例 56）取新鯉魚，去鱗⟦訖⟧，則臠。臠形長二寸，廣一寸，厚五分，皆使臠別有皮。手擲著盆水中，浸洗去血。臠⟦訖⟧，漉出，更於清水中淨洗。（齊民要術·作魚鮓第七十四）

（例 57）作乾魚鮓法：尤宜春夏。取好乾魚——若爛者不中，截却頭尾，暖湯淨疏洗，去鱗，⟦訖⟧，復以冷水浸。（齊民要術·作魚鮓第七十四）

（例 58）團麴，當日使⟦訖⟧，不得隔宿。（齊民要術·造神麴并酒第六十四）

例 54、55「訖」位於「V＋Object＋訖」結構中。就語義層面觀察，如果以「訖」字所描述的對象爲強調整個「內樹」、「下黍」事件的完畢，則「訖」字可以分析爲「謂語動詞」；但如果以「訖」爲強調動詞「內」、「下」的完了，則「訖」應分析爲「結果補語」。例 56「去鱗訖，則臠」與例 57「暖湯淨疏洗，去鱗，訖，復以冷水浸」是一組相對的例子。在斷句上，例 56 將「訖」附於「去鱗」之後，例 57 則把「去鱗」與「訖」分開。這一現象說明位於「V＋Object＋訖」結構中的「訖」，在語感上可附屬於「V＋Object」之後，亦可單獨獨立出來，顯示它仍具有強烈的「謂語動詞」功能。例 58「當日使訖」，下文有「欲得使乾」，「訖」與「乾」相對，故「訖」屬「謂語動詞」。

在北魏酈道元《水經注》中，「訖」字共出現八次，都表「終了、完畢」之義，其例句與結構分析，如下：

（例 59）晉中朝時，縣人有使者至洛，事⟦訖⟧將還，忽有一人寄其書云：……（水經注·卷三十八）

（例 60）《晉太康地記》曰：舜避丹朱於此，故以名縣，百官從之，故縣北有百官橋。亦云：禹與諸侯會事⟦訖⟧，因相虞樂，故日上虞。二說不同，未詳孰是。（水經注·卷四十）

（例 61）昔慕容玄明自鄴，率眾南徙滑臺，既無舟楫，將保黎陽，昬而流澌冰合，于夜中濟<u>訖</u>，旦而冰泮，燕民謂是處為天橋津。（水經注・卷五）

（例 62）水中有神魚，大者二尺，小者一尺，居民釣魚，先陳所須多少，拜而請之，拜<u>訖</u>投鈎餌。得魚過數者，水輒波湧，暴風卒起，樹木摧折。水側生異花，路人欲摘者，皆當先請，不得輒取。（水經注・卷三十七）

（例 63）山多大蛇，名曰髯蛇，長十丈，圍七八尺，常在樹上伺鹿獸。鹿獸過，便低頭繞之，有頃鹿死，先濡令濕<u>訖</u>，便吞，頭角骨皆鑽皮出。山夷始見蛇不動時，便以大竹籤籤蛇頭至尾，殺而食之，以為珍異。（水經注・卷三十七）

（例 64）按《晉太康記》，縣屬交趾。越遣太子名始，降服安陽王，稱臣事之。安陽王不知通神人，遇之無道，通便去，語王曰：能持此弩王天下，不能持此弩者亡天下。通去，安陽王有女名曰媚珠，見始端正，珠與始交通。始問珠，令取父弩視之。始見弩，便盜以鋸截弩<u>訖</u>，便逃歸報南越王。南越進兵攻之，安陽王發弩，弩折遂敗。安陽王下船逕出於海。今平道縣後王宮城見有故處。（水經注・卷三十七）

（例65）按橋西門之南頰文，稱晉元康二年十一月二十日，改治石巷、水門，除豎枋，更為函枋，立作覆枋屋，前後辟級續石障，使南北入岸，築治淑處，破石以為殺矣。到三年三月十五日<u>畢訖</u>。并紀列門廣長深淺于左右巷，東西長七尺，南北龍尾廣十二丈，巷瀆口高三丈，謂之窣門橋。（水經注・卷十六）

例 59「事訖將還」、60「禹與諸侯會事訖」，「訖」位於「NP＋訖」結構裏，擔任「謂語動詞」的功能。例 61、62「訖」位於動詞「濟」、「拜」之後，其中例 61 介詞組「于夜中」出現在「濟訖」之前，顯示動詞「濟」為陳述性的語法成分，「訖」則表達動詞「濟（渡水）」之完結，具有「完」的詞彙意義，屬「結果補語」的用法。例 63「先濡令濕訖，便吞」，「訖」位於狀態動詞「濕」的後面，「訖」在語義上表達動詞「濕」狀態的實現，故具有「動相補語」的功能。不過這個例子也可以讀為「……先濡令濕，訖，便吞……」，如此，則「訖」仍

屬「謂語動詞」的用法。例64「以鋸截弩訖」，屬「V＋Object＋訖」結構。「訖」同樣有「謂語動詞」與「結果補語」兩種語法性質的可能性。例65「到三年三月十五日畢訖」，同卷上文有「以其年十月二十三日起作，功重人少，到八年四月二十日畢。代龍渠即九龍渠也」一段內容，與之相對，顯示「畢訖」爲同義並列的詞組，擔任「謂語動詞」的功能。

北魏楊衒之《洛陽伽藍記》中的「訖」字共出現四次，皆當「終了、完畢」用，其例句如下：

（例66）《道榮傳》云：「王修浮圖，木工既訖，猶有鐵柱，無有能上者。……」（洛陽伽藍記・卷五）

（例67）施功既訖，糞塔如初。（洛陽伽藍記・卷五）

（例68）神龜年中，以直諫忤旨，斬於都市訖，目不瞑，屍行百步，時人談以枉死。宣明少有名譽，精通經史，危行及於誅死。（洛陽伽藍記・卷二）

（例69）元寶初甚怪之。俄而酒至，色甚紅，香美異常。兼設珍羞，海陸具備。飲訖辭還，老翁送元寶出，云：「後會難期。」（洛陽伽藍記・卷三）

例66爲《道榮傳》之引文，「訖」位於「NP＋Adv＋訖」結構中，屬「謂語動詞」的功能。例67「施功既訖」，副詞「既」位於「訖」字之前，顯示「訖」亦屬「謂語動詞」用法。例68楊勇《洛陽伽藍記校箋》將其句讀斷爲「斬於都市訖，目不瞑」，「訖」字附於「斬於都市」句末。周振甫《洛陽伽藍記校釋今譯》則斷爲「斬於都市，訖目不瞑」，「訖」字與「斬於都市」一句分開。此處如將「訖」字附於「斬於都市」句末，因動詞「斬」之後已有「於都市」爲其補語，則「訖」就須視爲句末助詞的用法。然而在整個中古時期裏，不論在佛經或中土文獻，「訖」字都沒有這樣的用法，且就上下文義而言，「訖」應指「斬殺於都市」整件事情終了以後死不瞑目的情形，因此當以「訖」字與「斬於都市」分開斷句爲是。此時「訖」仍屬「謂語動詞」用法。例69「訖」位於動詞「飲」之後，處在「V＋訖」結構中。其功能也有「謂語動詞」與「結果補語」兩種可能。

8.1.3　「竟」

　　東漢王充《論衡》一書，「竟」有副詞與動詞兩種用法，其中動詞「竟」又有及物與不及物兩種情形。及物動詞「竟」有「窮盡」的意思，不及物動詞「竟」則表達「終了、完了」的概念。其例句如下：

（例 70）禹主治水，益之記物。極天之廣，窮地之長，辨四海之外，竟四山之表，三十五國之地，鳥獸草木，金石水土，莫不畢載，不言復有九州。（論衡・談天篇）

（例 71）是以世俗學問者，不肯竟經明學，深知古今，忽欲成一家章句。（論衡・程材篇）

例 70、71「竟」為及物動詞的用法。例 70「辨四海之外，竟四山之表」句式相對，「竟」指「窮盡、終盡」的意思。例 71「不肯竟經明學」，「竟」亦指「窮盡」經典的意思。

（例 72）伏生已出山中，景帝遣晁錯往從受《尚書》二十餘篇。伏生老死，《書》殘不竟。（論衡・正說篇）

（例 73）故聖人所經，賢者作書，義窮禮竟，文辭備足，則為篇矣。（論衡・正說篇）

（例 74）十二月為一歲，四時節竟，陰陽氣終，竟復為一歲，日月積聚之名耳，何故有神而謂之立於子位乎？（論衡・難歲篇）

例 72 至 74，「竟」為不及物動詞的用法，出現在「NP＋竟」結構中，擔任「謂語動詞」的功能。例 72「《書》殘不竟」指晁錯從伏生受《尚書》，最終沒有完成。例 73「義窮禮竟」，「窮」與「竟」相對，例 74「四時節竟，陰陽氣終」，「竟」與「終」相對，「竟」有「終了、完了」的意思。另外，在《論衡》裏還有「終竟」連文的例子，如下：

（例 75）如歲月終竟者宜有神，則四時有神，統、元有神。月三日魄，八日弦，十五日望，與歲、月終竟何異？（論衡・詶時篇）

例 75「歲月終竟」屬「NP＋終竟」結構，「終竟」為同義並列的詞組，擔任「謂語動詞」的功能。

　　在東晉葛洪《抱朴子・內編》一書，「竟」一般作為「副詞」及「形容詞」

使用，當作「動詞」使用的例子則僅有一例，其例句如下：

（例 76）吾徒匹夫，雖見此理，不在其位，末如之何！臨民官長，疑其有
神，慮恐禁之，或致禍祟，假令頗有其懷，而見之不了，又非在
職之要務，殿最之急事，而復是其愚妻頑子之所篤信，左右小人，
並云不可，阻之者眾，本無至心而諫，怖者異口同聲，於是疑惑，
竟於莫敢，令人扼腕發憤者也。（抱朴子・內篇・道意）

例 76「竟於莫敢」意指「臨民官長以不敢採取禁止的行動作結」，「竟」之後接
上介詞組「於莫敢」爲其補語，故爲動詞用法，表「完結、終止」的概念。

東晉干寶《搜神記》之完成動詞「竟」，可以出現在「NP＋竟」、「V＋竟」
兩種結構當中，其例句如下：

（例 77）文先獨持大刀，暮入北堂中梁上，至三更竟，忽有一人長丈餘，高
冠，黃衣，升堂，呼曰：「細腰！」（搜神記・卷十八）

（例 78）漢，武建元年，東萊人，姓池，家常作酒，一日，見三奇客，共持
面飯至，索其酒飲。飲竟而去。頃之，有人來，云：「見三鬼酣醉
于林中。」（搜神記・卷十六）

（例 79）鬼復去。良久乃還，曰：「寧可共手搏耶？」大賢曰：「善！」語
未竟，鬼在前，大賢便逆捉其腰。（搜神記・卷十八）

（例 80）府君者便與應談。談未竟，而部郡忽起至應背後，應乃回顧，以刀
逆擊，中之。（搜神記・卷十八）

例 77「至三更竟」，就語法關係而言，「三更竟」屬「NP＋竟」的主謂結構，
擔任動詞「至」的賓語，「竟」則爲主語「三更」之「謂語動詞」。例 78、79、
80「竟」位於「V＋竟」結構中。就副詞「未」可出現在「V」與「竟」之間的
位置，可知此時「竟」仍屬「謂語動詞」的功能。

「竟」字在劉義慶所編的《世說新語》當中，則有「NP＋竟」、「V＋竟」、
「Subject＋V＋竟」及「V＋Object＋竟」幾種結構的用法，其例句與結構分析，
如下：

（例 81）褚季野問孫盛：「卿國史何當成？」孫云：「久應竟。在公無暇，
故至今日。」（世說新語・排調 25）

（例 82）初，注《莊子》者數十家，莫能究其旨要。向秀於舊注外爲解義，
　　　　妙析奇致，大暢玄風，唯〈秋水〉、〈至樂〉二篇未 竟 ，而秀卒。
　　　　（世說新語・文學 17）

（例 83）世子嘉賓出行，於道上聞信至，急取牋，視 竟 ，寸寸毀裂，便回還
　　　　更作牋……（世說新語・捷悟 6）

（例 84）作白事成，以見存，存時爲何上佐，正與謇共食，語云：「白事甚
　　　　好，待我食畢作教。」食 竟 ，取筆題白事後云……（世說新語・政
　　　　事 17）

（例 85）桓玄爲太傅，大會，朝臣畢集，坐裁 竟 ，問王楨之曰：「我何如卿
　　　　第七叔？」于時賓客爲之咽氣。（世說新語・品藻 86）

例 81「久應竟」指「早就應該完成了」，「當成」與「應竟」相對，「竟」爲「謂語動詞」。例 82「竟」位於「NP＋Adv＋竟」結構裏，「竟」亦指「完成」，屬「謂語動詞」。例 83、84、85「竟」位於「V＋竟」結構中，其中例 85 副詞「裁」（才）位於動詞「坐」與「竟」之間，顯示在《世說新語》中，處於「V＋竟」結構裏的「竟」仍屬「謂語動詞」的用法。

（例 86）即於坐分數四有意道人，更就餘屋自講。提婆講 竟 ，東亭問法岡道
　　　　人曰……（世說新語・文學 64）

（例 87）殷甚以爲有才，語王恭：「適見新文，甚可觀。」便於手巾函中出
　　　　之。王讀，殷笑之不自勝；王看 竟 ，既不笑，亦不言好惡，但以如
　　　　意帖之而已。（世說新語・雅量 41）

（例 88）謝公與人圍棋，俄而謝玄淮上信至，看書 竟 ，默然無言，徐向局。
　　　　（世說新語・雅量 34）

（例 89）張季鷹往哭之，不勝其慟，遂徑上牀鼓琴，作數曲 竟 ，撫琴曰：「顧
　　　　彥先頗復賞此不？」（世說新語・傷逝 7）

例 86、87「竟」位於「Subject＋V＋竟」結構中，例 88、89「竟」則位於「V＋Object＋竟」結構裏，這些例句中的「竟」都具有「謂語動詞」及「結果補語」兩種可能性。

「竟」在《齊民要術》中的動詞用法只出現了四次，[註4] 其例句爲：

（例90）「刺剡」欲竟骨端。（齊民要術·養牛、馬、驢、騾第五十六）

（例91）收草宜並手力，速竟爲良，遭雨則損草也。（齊民要術·種紫草第五十四）

（例92）內豆於蔭屋中，則用湯澆黍穄穰令暖潤，以覆豆堆。每飜竟，還以初用黍穰周匝覆蓋。（齊民要術·作豉法第七十二）

（例93）釀炙白魚法：白魚長二尺，淨治，勿破腹。洗之竟，破背，以鹽之。（齊民要術·炙法第八十）

例90「欲竟骨端」一句，繆啓愉、繆桂龍《齊民要術譯注》敘述：「刺剡：指牙齦。骨：即指齒。這是說齒槽要深，露出齒冠要低，則牙齦充實，著齒堅固。」[註5]「竟」在句中指「窮盡」的意思，後接名詞賓語「骨端」，屬及物動詞的用法。例91「速竟爲良」意指「盡快完成較好」，「竟」屬「謂語動詞」，有「完畢、完成」的涵義。例92「每飜竟」，「竟」位於「V＋竟」結構中，副詞「每」出現在「飜竟」之前，顯示動詞「飜」屬陳述性用法。「竟」在語義上表動作動詞「飜」的結果，具有「完」的詞彙意義，其語法功能可確定爲「結果補語」的性質。例93「洗之竟」，「竟」出現在「V＋Object＋竟」結構中，具有「謂語動詞」或「結果補語」兩種可能的語法功能。

在北魏酈道元《水經注》中，完成動詞「竟」的用法僅有一個例子，爲：

（例94）《外國事》曰：毗婆梨，佛在此一樹下六年，長者女以金缽盛乳糜上佛，佛得乳糜，住足尼連禪河浴。浴竟，于河邊啖糜竟，擲缽水中，逆流百步，缽沒河中。（水經注·卷一）

例94引自支僧載所著之《外國事》，「浴竟」之「竟」位於「V＋竟」結構中，「于河邊啖糜竟」則位於「V＋Object＋竟」結構裏，其語法功能同樣具有「謂語動詞」與「結果補語」兩種可能的分析方式。

北魏楊衒之《洛陽伽藍記》裏，「竟」一共出現六次，其中五次屬「副詞」

〔註4〕 按：卷五〈種桑、柘第四十五〉有「言未竟，皮蹙然起…」一例，乃引自《搜神記》的內容，爲避免重出，故排除於計算總數之外。

〔註5〕 繆啓愉、繆桂龍《齊民要術譯注》，頁393，上海古籍出版社，上海，2006。

用法，語義爲「最終、終究」，另一次爲「形容詞」用法，語義爲「全部、整」的意思，當中沒有動詞「竟」的例子。

8.1.4　「已」

　　東漢王充《論衡》中，「已」字的用法，可以歸納出四種功能：一是副詞「已」擔任句中狀語的成分，二是動詞「已」出現在謂語結構中，三是語氣詞「已」位於句末，四是與「以」通用，屬連詞用法。動詞「已」在《論衡》裏具有「停止」與「終了、完結」兩種意義。底下我們先就「已」字擔任動詞的用法，加以舉例說明：

（例 95）古貴良醫者，能知篤劇之病所從生起，而以針藥治而已之。（論衡・率性篇）

（例 96）文摯至，視王之疾，謂太子曰：「王之疾，必可已也。」雖然，王之疾已，則必殺摯也」。（論衡・道虛篇）

（例 97）言荊軻爲燕太子丹刺秦王，後誅軻九族，其後恚恨不已，復夷軻之一里，一里皆滅，故曰町町。（論衡・語增篇）

（例 98）今目見鼻聞，一過則已，忽亡輒去，何故惡之？（論衡・四諱篇）

（例 99）師曠不得已，援琴鼓之。（論衡・紀妖篇）

例 95「以針藥治而已之」，「已之」當爲使動用法，意爲「使之已」（使篤劇之病停止）的意思。例 96「已」位於「NP＋（Adv）＋已」結構中，擔任「謂語動詞」的功能。例 97 則屬「V＋Adv＋已」的句式，否定副詞「不」位於「已」前，「已」亦屬「謂語動詞」的性質。例 98「一過則已，忽亡輒去」，「已」與「去」相對，仍屬「謂語動詞」。例 96 至 98，「已」也都表「停止」之義。例 99「不得已」之「已」本來是「謂語動詞」的功能，不過此處「不得已」應已凝固成一固定的慣用詞了。

（例 100）周公請命，史策告祝，祝畢辭已，不知三王所以與不，乃卜三龜，三龜皆吉，然後乃喜。（論衡・死僞篇）

（例 101）案黃帝葬於橋山，猶曰群臣葬其衣冠。審騎龍而升天，衣不離形；如封禪已，仙去，衣冠亦不宜遺。（論衡・道虛篇）

（例 102）今別祭山川，以爲異神，是人食已，更食骨節與血脈也。（論衡・

衹義篇）

（例 103）當雷雨時，成王感懼，開金縢之書，見周公之功，執書泣過，自責
之深。自責適已，天偶反風，《書》家則謂天爲周公怒也。（論衡・
感類篇）

例 100「辭已」可分析爲「NP＋已」結構，例 101「封禪已」爲「V＋Object
＋已」結構，例 102「是人食已」、103「自責適已」則爲「Subject＋V＋已」的
句式。這些例子中的「已」都有「完畢」的意思。從例 103 副詞「適」可位於
「已」之前的位置來看，「已」在句中仍屬「謂語動詞」的功能。

（例 104）神者，伸也，申復無已，終而復始。（論衡・論死篇）

例 104「申復無已」，「無已」指「沒有終止」的意思，「已」位於副詞「無」之
後，屬「謂語動詞」的用法。

　　動詞「已」在東晉葛洪《抱朴子・內篇》中的用法，有如下幾個例子：

（例 105）徒聞有先霜而枯瘁，當夏而凋青，含穗而不秀，未實而萎零，未聞
有享於萬年之壽，久視不已之期者矣。（抱朴子・內篇・論仙）

（例 106）其不信則已矣。其信之者，復患於俗情之不蕩盡，而不能專以養生
爲意，而營世務之餘暇而爲之，所以或有爲之者，恒病晚而多不成
也。（抱朴子・內篇・勤求）

（例 107）然余所以不能已於斯事，知其不入世人之聽，而猶論著之者，誠見
其效驗，又所承授之師非妄言者。（抱朴子・內篇・黃白）

例 105「久視不已」意指「長久存活而不終止」，例 106「不信則已矣」意指「不
信則止矣」，透過上下文義表達，引申出「就算了吧」的意思，例 107「不能已
於斯事」亦爲「不能止於斯事」，就上下文語境，則可詮釋爲「不能放棄這件事」
的意思。這些「已」都有具有「停止」的意義，在句中擔任「謂語動詞」的功
能。

　　「已」在東晉干寶《搜神記》當中，也具有「副詞」與「動詞」的詞性，
其中完成動詞「已」的使用情形，如下：

（例 108）酉者，老也，物老則爲怪，殺之則已，夫何患焉。（搜神記・卷十
九）

（例 109）王曰：「爾夫婦相愛不[已]，若能使冢合，則吾弗阻也。」（搜神記・卷十一）

（例 110）昭帝時上林苑中，大柳樹斷僕地，一朝起立，生枝葉，有蟲食其葉，成文字，曰：「公孫病[已]立。」（搜神記・卷六）

例 108 至 110，「已」擔任「謂語動詞」，都有「停止」的意思。其中例 110 應是指「公孫病已（而）立」，「已」有「使病止」的意思，於上下文義中，則有「痊癒」的涵義。

（例 111）魯人弦歌祭祀，穴中無水，每當祭時，灑掃以告，輒有清泉自石間出，足以周事。既[已]，泉亦止。（搜神記・卷十三）

（例 112）班乃自說：「昔辭曠拙，及還家，兒死亡至盡。今恐禍故未[已]，輒來啟白，幸蒙哀救。」（搜神記・卷四）

（例 113）乃更上馬前行。數裏，逢一人，相問訊[已]，因說向者事變如此，今相得為伴，甚歡。（搜神記・卷十七）

（例 114）長老傳云：「孝婦名周青，青將死，車載十丈竹竿，以懸五旛，立誓於眾曰：『青若有罪，願殺，血當順下；青若枉死，血當逆流。』既行刑[已]，其血青黃緣旛竹而上，極標，又緣旛而下云。」（搜神記・卷十一）

例 111 至 114，「已」都表「終了、完畢」之意。例 111「既已」指「祭祀已然完畢」，「已」為「謂語動詞」，受副詞「既」修飾。例 112「今恐禍故未已」為「NP＋Adv＋已」的結構，意指「現在害怕災禍仍未終了」，「已」在句中亦屬「謂語動詞」的功能。例 113「相問訊已」，「已」描述「相問訊」事件的完成，此時「已」可分析為「謂語動詞」，但也不排除它是「結果補語」的可能性，因為在所有語料中，並沒有發現如上文「相問訊既畢」這種副詞出現在「已」字之前的例子。例 114「既行刑已」，副詞「既」位於「V＋Object＋已」結構之前，顯示「已」屬於謂語結構內部的語法成分。在上下文語義上，「已」的語義指向為動詞「行」，具有「完了」的詞彙意義，故為「結果補語」的用法。

　　《世說新語》之動詞「已」，也有「停止」與「完畢」兩種意思，都當「謂語動詞」使用，其例句與論述，如下：

（例 115）驟詠之不已。（世說新語・排調 44）

（例 116）袁虎少貧，嘗爲人傭載運租。謝鎭西經船行，其夜清風朗月，聞江
　　　　　渚間估客船上有詠詩聲，甚有情致，所誦五言，又其所未嘗聞，歎
　　　　　美不能已。即遣委曲訊問。（世說新語・文學 88）

（例 117）有一老翁犯法，謝以醇酒罰之，乃至過醉而猶未已。太傅時年七八
　　　　　歲，著青布絝，在兄膝邊坐，諫曰……（世說新語・德行 33）

（例 118）世目楊朗沈審經斷，蔡司徒云：「若使中朝不亂，楊氏作公方未已。」
　　　　　（世說新語・賞譽 63）

（例 119）殷侯既廢，桓公語諸人曰：「少時與淵源共騎竹馬，我棄去，已輒
　　　　　取之，故當出我下。」（世說新語・品藻 38）

例 115 至 118，「已」皆當「謂語動詞」使用，故其前可加「不」、「不能」、「猶
未」、「方未」等修飾成分。就語義層面觀之，「不已」、「不能已」之「已」表「停
止」之意，「猶未已」、「方未已」之「已」則表「完結」。例 119「我棄去，已
輒取之」，「已」處於「S，已，S」結構裏，亦屬「謂語動詞」的用法。

　　北魏賈思勰《齊民要術》中，動詞「已」只有兩個例子，一表「停止」，一
表「終了、完結」之意，都是出自其它他著作的引文，其例句爲：

（例 120）《廣志》曰：「……夏至日將已時，翕然俱赤，則可食也。……」
　　　　　（齊民要術・五穀、果蓏、菜茹非中國物產者）

（例 121）《神異經》曰：「……食之可以已瘡癘。」（齊民要術・五穀、果
　　　　　蓏、菜茹非中國物產者）

例 120「夏至日將已」屬「NP＋Adv＋已」的結構，「已」表「終了」的意思，
屬「謂語動詞」的功能。例 121「已瘡癘」，「已」後接賓語名詞，屬使動用法，
具有「止」的意涵（使瘡癘止），就上下文句則可解釋爲「治癒」。

　　「已」字當動詞用的情形，在《水經注》中大部分也都是表示「停止」的
意思，例如：

（例 122）一水東北出爲汝水，歷蒙柏谷，左右岫壑爭深，山阜競高，夾水層
　　　　　松茂柏，傾山蔭渚，故世人以名也。津流不已，北歷長白沙口，狐
　　　　　白溪水注之，夾岸沙漲若雪，因以取名。（水經注・卷二十一）

（例 123）山有石赤白色，以兩石相打，則水潤，打之不 ⬚已，潤盡則火出，山
　　　　　石皆然，炎起數丈，逕日不滅。（水經注・卷四十）

（例 124）北背大江，江上有釣臺，權常極飲其上，曰：墮臺醉乃 ⬚已。（水經
　　　　　注・卷三十五）

（例 125）湘東陰山縣有侯曇山，上有靈壇，壇前有石井深數尺，居常無水，
　　　　　及臨祈禱，則甘泉湧出，周用則 ⬚已，亦其比也。（水經注・卷六）

例 122 至 125，「已」都具有「停止」的意思，而從副詞「不」、「乃」與連詞「則」
位於「已」字之前，可知「已」仍具有「謂語動詞」的功能。至於「已」字表
「終了、完結」義的用法，在《水經注》中僅出現二次，[註6] 其例句爲：

（例 126）釋法顯曰：度蔥嶺，⬚已入北天竺境，于此順嶺西南行十五日，其道
　　　　　艱阻，崖岸險絕，其山惟石，壁立千仞，臨之目眩，欲進則投足無
　　　　　所，下有水，名新頭河。昔人有鑿石通路施倚梯者，凡度七百梯，
　　　　　度 ⬚已，躡懸絚過河，河兩岸，相去咸八十步，九譯所絕，漢之張騫、
　　　　　甘英皆不至也。（水經注・卷一）

例 126「度蔥嶺，已入北天竺境」，斷句上應讀爲「度蔥嶺已，入北天竺境」，此
例屬「V＋Object＋已」結構，與下文「度已，躡懸絚過河」之「已」同樣都是
擔任動詞「度」的補語，[註7] 表達「度完」的意義，故屬「結果補語」的功能。
　　北魏楊衒之《洛陽伽藍記》的「已」字，除了「副詞」、「而已」以及通「以」
的用法以外，動詞「已」僅有一例，爲：

（例 127）天水人姜質，志性疏誕，麻衣葛巾，有逸民之操，見偏愛之，如不
　　　　　能 ⬚已，遂造《庭山賦》行傳於世。（洛陽伽藍記・卷二）

〔註6〕《水經注・卷三十六》尚有「交州刺史檀和之破區粟已，飛旍蓋海，將指典沖」
　　　　一個例子，「已」字似乎可視爲瞬間動詞「破」的「動相補語」。但此例前文尚有
　　　　「先襲區粟，已過四會，未入壽冷」一段敘述，兩相比較，其斷句應讀爲：「交州
　　　　刺史檀和之破區粟，已飛旍蓋海，將指典沖」，「已」乃屬副詞用法。

〔註7〕按：此處直接將「度蔥嶺已」與「度已」的「已」視爲「動詞補語」，是因爲從上
　　　　下文文句之間的關係，可以很清楚的看出「已」的語法性質。如「凡度七百梯，
　　　　度已」，「度已」之「度」顯然即前句「度七百梯」之動詞「度」，接在其後的「已」
　　　　很明顯乃是在補充説明「度七百梯」動詞「度」的完成。

例 127「如不能已」,「已」擔任「謂語動詞」的功能,表「停止」義。

8.2 「畢、訖、竟、已」之其他語法功能

「畢」、「訖」、「竟」、「已」除了共同具有完成動詞的用法之外,它們各自也都有其他不同的語法功用,以及不同的語義概念。本小節即討論它們在中土文獻裏的其他語法功能。

8.2.1 「畢」之其他語法功能

「畢」字在東漢王充《論衡》裏,除了完成動詞的用法以外,它還具有「名詞」與「副詞」兩種功能。擔任名詞時,語義上有「捕鳥器」與「星象名稱」二種概念;擔任副詞修飾語時,則屬範圍副詞一類,語義爲「都、皆」的意思。其例句如:

(例 128)雁鵠集於會稽,去避碣石之寒,來遭民田之[畢],蹈履民田,啄食草糧。(論衡・偶會篇)

(例 129)案月出北道,離[畢]之陰,希有不雨。由此言之,北道,[畢]星之所在也。(論衡・明雩篇)

例 128「來遭民田之畢」,「畢」指「捕鳥器」。例 129「畢星之所在也」,「畢」明顯指天上星宿之名稱。其中「畢」字指天上星宿名稱的用法,在東晉干寶《搜神記》與北魏楊衒之《洛陽伽藍記》中仍有出現,如:

(例 130)風伯,雨師,星也。風伯者,箕星也。雨師者,[畢]星也。(搜神記・卷四)

(例 131)若旱魃爲害,穀水注之不竭;離[畢]滂潤,陽渠泄之不盈。(洛陽伽藍記・卷一)

至於「捕鳥器」的「義項」,則在《抱朴子・內篇》、《搜神記》、《世說新語》、《齊民要術》、《水經注》、《洛陽伽陽記》中都沒有出現。顯示中古以後,表「捕鳥器」的「畢」已經消失在當時的詞彙體系當中了。

(例 132)孝宣皇帝之時,鳳皇五至,騏驎一至,神雀、黃龍、甘露、醴泉,莫不[畢]見,故有五鳳、神雀、甘露、黃龍之紀。(論衡・指瑞篇)

例 132「莫不畢見」,「畢」爲範圍副詞的用法,表達「全、都」的意思。此一

用法在東晉、劉宋、元魏時期的中土文獻中都可見到，例如：

（例133）籬陌之間，顧眄皆藥，眾急之病，無不 畢 備，家有此方，可不用醫。
　　　　　（抱朴子・內篇・雜應）

（例134）後漢，諒輔，字漢儒，廣漢新都人，少給佐吏，漿水不交，爲從事，
　　　　　大小 畢 舉，郡縣斂手。（搜神記・卷十一）

（例135）石崇廁常有十餘婢侍列，皆麗服藻飾，置甲煎粉、沈香汁之屬，無
　　　　　不 畢 備。（世說新語・汰侈2）

（例136）時群官 畢 賀。中書監劉均進曰：此國滅之象，其可賀乎？終如言
　　　　　矣。（水經注・卷十八）

（例137）楊衒之云：「崇善之家，必有餘慶，積禍之門，殃所 畢 集。祖仁負
　　　　　恩反噬，貪貨殺徽，徽即託夢增金馬，假手於兆，還以斃之。……」
　　　　　（洛陽伽藍記・卷四）

例133至137，「畢」位於動詞之前，擔任副詞修飾語的功能，屬範圍副詞，表
「全、都」的意思。這顯示「畢」字這一種用法在中古時期爲常用的語法功能。
另外，在《齊民要術》裏，「畢」亦可位於名詞之前，擔任定語的功能，如：

（例138）食經曰：……凡三日三夜，撤覆露之，畢 日曝，取乾，內屋中。（齊
　　　　　民要術・種棗第三十三）

例138「畢日曝」指「整天曝曬」的意思，「畢」表「全、整」的概念，其後接
名詞成分，屬定語的語法功能。不過這一用法在我們所搜尋的「中土文獻」中
並不常見。

8.2.2　「訖」之其他語法功能

　　東漢王充《論衡》中的「訖」，除了當「終了、完畢」的動詞用以外，還有
表「直至」概念的用法。它當「直至」義解釋時，可出現在「訖＋PP」與「訖
＋NP」兩種結構中，其例句如下：

（例139）案后稷始受邰封，訖 於宣王，宣王以至外族內屬，血脉所連，不能
　　　　　千億。（論衡・藝增篇）

（例140）從高祖至今朝幾世？歷年 訖 今幾載？（論衡・謝短篇）

例139「訖於宣王」意指「至於宣王之時」，「訖」之後接上介詞組「於宣王」

擔任其補語。例 140「訖今」意指「一直到今天」，「訖」已進一步虛化為「介詞」的語法功能。這樣的用法在《搜神記》、《世說新語》、《齊民要術》裏都有出現，如：

（例 141）是夜，方四十里與城一時俱陷為湖。土人謂之為「陷湖」，唯姥宅無恙，訖今猶存。（搜神記·卷二十）

（例 142）王大、王恭嘗俱在何僕射坐，恭時為丹陽尹，大始拜荊州。訖將乖之際，大勸恭酒，恭不為飲，大逼彊之轉苦。（世說新語·忿狷 7）

（例 143）每取漿，隨多少即新汲冷水添之。訖夏，飧漿並不敗而常滿，所以為異。（齊民要術·飧飯第八十六）

（例 144）至四月末、五月初生苗。訖至八月盡九月初，根成，中染。（齊民要術·伐木第五十五）

不過，在第三章裏，我們已經指出佛經文獻中「訖」表「直至」義的用法，是因為通用「迄」字的原因。《玉篇》：「迄，呼乙切，至也。」可見表「直至」義的本字應為「迄」。因此「訖」字的這一用法是文字通假的現象所造成的，並非動詞「訖」原有的語法功能。

8.2.3 「竟」之其他語法功能

除了完成動詞「竟」的用法以外，「竟」字在「中土文獻」裏還有「副詞」、「形容詞」、「名詞」等功用。它們的使用情形如下：

一、副　詞

副詞「竟」位於動詞或整個謂語結構之前，就上下文語境判斷，應具有「究竟」、「果然」、「最終」等意義。如：

（例 145）前歸之天，今則歸之於王，孟子論稱，竟何定哉？（論衡·刺孟篇）

（例 146）探布帽擲對人曰：「汝竟識袁彥道不？」（世說新語·任誕 34）

例 145「竟何定哉」意指「究竟以何為標準呢」，與例 146「汝竟識袁彥道不」意指「你究竟認不認識袁彥道呢」，兩者「竟」皆表「究竟」的意思。

（例 147）元帝崩，太子立，是為成帝，正君為皇太后，竟為天下母。（論衡·骨相篇）

（例 148）方四歲，劉淵築平陽城，不就，募能城者。撅兒應募。因變爲蛇，令嫗遺灰志其後，謂嫗曰：「憑灰築城，城可立就。」竟如所言。（搜神記·卷十四）

例 147「竟爲天下母」意指「其後果然成爲天下母」，與例 148「竟如所言」意指「果然如他所說的一般」，副詞「竟」皆表「果然、果眞」的意思，此一意義當由「最終、終了」概念引申而來。

（例 149）抱朴子曰：「深念學道藝養生者，隨師不得其人，竟無所成，而使後之有志者，見彼之不得長生，因云天下之果無仙法也。……」（抱朴子內篇·勤求）

（例 150）彬聞應當來，密具船以待之。竟不得來，深以爲恨。（世說新語·識鑒 15）

（例 151）徐廣云：原隱居廣陽山，教授數千人，爲王浚所害，雖千古世懸，猶表二覺之稱。既無碑頌，竟不知定誰居也。（水經注·卷十二）

（例 152）至是論功：仵龍、文義各封一千戶。廣陵王曰：「仵龍、文義，於王有勳，於國無功。」竟不許。（洛陽伽藍記·卷二）

例 149 至 152，副詞「竟」皆表「最終」的意思。

二、形容詞

形容詞「竟」位於名詞之前，擔任定語的語法功能，表達「全、整」的意思，其例子如：

（例 153）龍蛇蛟螭，狙猱鼉黿，皆能竟冬不食，不食之時，乃肥於食時也。（抱朴子·內篇·對俗）

（例 154）使覘視之，告曰：「若能說此冢中鬼婦人形狀者，當加厚賞，而即信矣。」竟日無言。帝推問之急，乃曰……（搜神記·卷二）

（例 155）陳理既佳，人欲共言折，陳以如意拄頰，望雞籠山歎曰：「孫伯符志業不遂。」於是竟坐不得談。（世說新語·豪爽 11）

（例 156）酒若熟矣，押出，清澄。竟夏直以單布覆甕口……（齊民要術·造神麴并酒第六十四）

（例 157）丹水又東南歷西巖下，巖下有大泉湧發，洪流巨輪，淵深不測，蘋

藻荇芹，竟川含綠。（水經注・卷九）

（例 158）其日，寺門外有石象，無故自動，低頭復舉，竟日乃止。（洛陽伽
藍記・卷二）

例 153「皆能竟冬不食」意指「都能夠整個冬天不進食」，例 154「竟日無言」
與例 158「竟日乃止」意指「一整天不語」與「持續一整天才停止」，例 155「竟
坐」指「全部在座之人」，例 156「竟夏」指「一整個夏天」，例 157 乃《水經
注》引自《晉書地道記》的內容，「竟川」指「整條河川」的意思。這些例子中
的「竟」都擔任定語，修飾其後的名詞中心語。

三、名　詞

　　「竟」字在「中土文獻」裏亦可出現在「賓語」的位置，一般而言，能夠
出現在賓語位置的語法成分，主要都是「名詞性」的詞語，因此我們把處於此
一語法結構中的「竟」視爲名詞用法。這樣用法的例子如：

（例 159）父行，女以鄰女於皮所戲，以足蹴之曰：「汝是畜生，而欲取人爲
　　　　　婦耶！招此屠剝，如何自苦！」言未及竟，馬皮蹶然而起，卷女以
　　　　　行。（搜神記・卷十四）

例 159「言未及竟」意指「言語尚未至於終結」，就語法關係而言，「竟」屬動
詞「及」的賓語。

（例 160）若不早放先挏者，比竟，日高則露解，常食燥草，無復膏潤，非直
　　　　　漸瘦，得乳亦少。（齊民要術・養羊第五十七）

例 160「比竟」意指「等到擠奶完畢」的意思，「竟」位於動詞「比」之後的賓
語位置。

　　雖然我們將兩個例子中的「竟」歸入「名詞」用法，但是就所表達的語義
來看，它們其實還是具有「動詞」的性質，因此也不妨可以視爲「謂詞性賓語」
的功能。

8.2.4　「已」之其他語法功能

　　「中土文獻」裏，「已」除了動詞用法以外，尚有「副詞」、「句末助詞」、「而
已」以及與「以」通用的幾種情形，底下分項舉例說明。

一、副　詞

「已」當副詞用，位於動詞或整個謂語結構之前，表「已經、已然」的概念，其例句如：

（例161）舜尚遭堯受禪，孔子 已 死於闕里。（論衡·幸偶篇）

（例162）夫此皆凡藥也，猶能令 已 死者復生，則彼上藥也，何爲不能令生者不死乎？（抱朴子·內篇·至理）

（例163）眠覺，日 已 向晡，不見人馬。見一婦來，年可十六七，云：「女郎再拜，日既向暮，此間大可畏，君作何計？」（搜神記·卷四）

（例164）孫曰：「高情遠致，弟子蚤 已 服膺；一吟一詠，許將北面。」（世說新語·品藻54）

（例165）若偏酘一甕令足，則餘甕比候黍熟，已 失酘矣。（齊民要術·笨麴并酒第六十六）

（例166）耆舊云，燕丹餞荊軻于此，因而名焉。世代 已 遠，非所詳也。（水經注·卷十一）

例161至166，「已」出現在句中狀語的位置，表達「已經」的概念。此一用法在上古漢語即已存在，故爲沿用「已」字在上古漢語的語法功能。另外，它也可以與副詞「既」構成並列的同義複詞，如：

（例167）漢靈帝夢見桓帝，怒曰：「宋皇后有何罪過，而聽用邪孽，使絕其命。渤海王悝，既已 自貶，又受誅斃。今宋氏及悝，自訴于天，上帝震怒，罪在難救。」（搜神記·卷十）

（例168）郁超與謝玄不善。苻堅將問晉鼎，既已 狼噬梁、岐，又虎視淮陰矣。（世說新語·識鑒22）

例167、168爲「既」與「已」並列連用的情形，同樣表達「已經、已然」的意義。另外，「已」字也可以與連詞「而」並用，構成「時間副詞」的用法。例如：

（例169）《高祖本紀》言：「劉媼嘗息大澤之陂，夢與神遇。是時雷電晦冥，太公往視，見蛟龍於上。已 而有身，遂生高祖。……」（論衡·奇怪篇）

（例170）少君見上，上有古銅器，問少君。少君曰：「此器齊桓公十五年陳於柏寢。」已 而案其刻，果齊桓公器，一宮盡驚，以爲少君數百歲

人也。（論衡・道虛篇）

（例 171）孫堅夫人吳氏，孕而夢月入懷。已而生策。及權在孕，又夢日入懷。
　　　　　（搜神記・卷十）

（例 172）漢末零陽郡太守史滿，有女，悅門下書佐；乃密使侍婢取書佐盥手
　　　　　殘水飲之，遂有妊。已而生子，至能行，太守令抱兒出，使求其父。
　　　　　（搜神記・卷十一）

（例 173）道壹道好整飾音辭，從都下還東山，經吳中。已而會雪下，未甚
　　　　　寒，諸道人問在道所經。（世說新語・言語 93）

就上下文語義而言，例 169 至 173 之「已而」具有「隨即」、「不久」之義。何
樂士《古代漢語虛詞詞典》認爲「已而」屬於「時間副詞」，「用於動詞謂語前
作狀語，表示時間不久。可譯爲『隨即』、『不久』、『然後』等」，〔註8〕從句法
結構上看，「已而」之「已」原本應屬動詞的用法而非副詞，其「時間副詞」的
功用是進一步凝結之後的結果。

二、句末語氣詞

《史記・太史公自序》中有「察其所以，皆失其本已」一句，司馬貞索隱
云：「已者，語終之辭也。」〔註9〕劉景農（1994）亦云：

　　比「矣」的語氣稍輕些是「已」，同樣可用來表對事理的推測或情況
　　的描寫等等語氣。如：《漢書・游俠傳》「吳楚舉大事而不求劇孟，
　　吾知其無能爲已」〔註10〕

這說明「已」在上古漢語裏，已經具有「句末助詞」的功能，而此一用法在東
漢至南北朝的「中土文獻」裏仍繼續沿用，如：

（例 174）晏子曰：「公疑之，則嬰請言湯、伊尹之狀。湯晳，以（而）長頤
　　　　　（頭）以髯，銳上而豐下，据（倨）身而揚聲。」公曰：「然！是已！」
　　　　　「伊尹黑而短，蓬〔頭〕而髯，豐上而銳下，僂身而下聲。」公曰：
　　　　　「然！是已！今奈何？」（論衡・死僞篇）

〔註8〕 何樂士編《古代漢語虛詞詞典》，頁 490，語文出版社，北京，2006。

〔註9〕 《新校史記三家注》，頁 3297～3299，世界書局，台北，1983。

〔註10〕劉景農《漢語文言語法》頁 324，中華書局，北京，2003。

（例175）庾文康亡，何揚州臨葬，云：「埋玉樹著土中，使人情何能已已！」
　　　　　（世說新語・傷逝9）

（例176）還謂劉夫人曰：「向見阿瓜，故自未易有，雖不相關，正自使人不
　　　　　能已已。」（世說新語・賞譽147）

例174「然！是已」之「已」位於句末，具有表達句子語氣的語法功能。例175
「使人情何能已已」，上一「已」字爲謂語動詞，表「停止」之意，下一「已」
字則爲句末語氣詞。〔註11〕例176「不能已已」兩個「已」字的語法功能，亦
同例175的用法。

（例177）自蔥嶺已西，至於大秦，百國千城，莫不歡附，商胡販客，日奔塞
　　　　　下，所謂盡天地之區已。（洛陽伽藍記・卷三）

例177「所謂盡天地之區已」，根據楊勇《洛陽伽藍記校箋》提及：「已，吳、
王本作『矣。』」，可見「已」在句中屬句末語氣詞的用法。

（例178）承師問道，不得其人，委去則遲遲冀於有獲，守之則終已竟無所成，
　　　　　虛費事妨功，後雖痛悔，亦不及已。（抱朴子・內篇・袪惑）

例178「後雖痛悔，亦不及已」意指「到了後來雖感到痛悔，也已經來不及了」，
「已」位於句末除了表示語氣的成分，同時亦表達「已然」的概念。

三、而　已

　　除了「已」單獨位於句末表達語氣的用法之外，另一種則是與「而」構成
「而已」一詞，亦用於句末表達句子的限止語氣，如：

（例179）如罪定法立，終無門戶，雖曾子、子騫，坐泣而已。（論衡・薄葬
　　　　　篇）

（例180）抱朴子曰：「禁忌之至急，在不傷不損而已。……（抱朴子內篇・
　　　　　微旨）

（例181）諺曰：「羸牛劣馬寒食下」，務在充飽調適而已。（齊民要術・養
　　　　　牛、馬、驢、騾第五十六）

（例182）余按《禮》，天子諸侯，臺門隅阿相降而已，未必一如《書》傳也。

〔註11〕劉正浩等注譯《新譯世說新語》，頁591，三民書局，台北，1999。

（水經注・卷六）

「而已」之「已」本爲動詞，不過「而」與「已」在上古漢語裏即逐漸凝結爲「表示限止語氣的固定結構」。〔註12〕例 179 至 182，「而已」一詞位於句末，都僅只是表達「只……而已」或「罷了」的概念，屬於凝結固定之句末語氣詞的用法。

四、通「以」

「已」字與「來」、「上」、「下」、「後」等，構成「已來」、「已上」、「已下」、「已後」等連文形式，此乃「已」通「以」的用法，屬於文字通假的現象。該用法出現在七部「中土文獻」的例子有：

（例 183）儒者稱五帝、三王致天下太平，漢興已來，未有太平。（論衡・宣漢篇）

（例 184）服之一年已上，入水不霑，入火不灼，刃之不傷，百毒不犯也。（抱朴子內篇・仙藥）

（例 185）其腰已上生肉，如人，腰已下，但有枯骨。（搜神記・卷十六）

（例 186）鯤曰：「何爲其然？但使自今已後，日亡日去耳。」（世說新語・規箴 12）

例 183 至 186，「已」皆與「以」字相通，屬文字通用的情形。如《論衡・談天篇》有「如審然者，女媧多（以）前，齒爲人者，人皇最先。」劉盼遂注云：「『多前』當爲『已前』。漢碑已字、以字皆作己，多字作多，故易相譌。」

8.3 小 結

根據楊秀芳（1991）、梅祖麟（1999）、周守晉（2003）的研究，漢語「動＋賓＋完成動詞」的句法結構，在戰國至西漢時期就已經產生，例如：

（例 187）伍子胥說之半，王子光舉帷，搏其手而與之坐；說畢，王子光大說（悅）。（呂氏春秋・胥時）

〔註12〕陳寶勤〈試論"而後""而已""而況""而且""既而""俄而""然而"〉，《古漢語研究》第 3 期，頁 28～33，1994。

（例 188）客有見田駢者，……田駢聽之畢而辭之。（呂氏春秋・士容）

（例 189）丞相奏事畢。（史記卷九十六・張丞相列傳）

（例 190）讀之訖。（史記卷一百六・吳王濞列傳）

（例 191）卜先以造灼鑽，鑽中已，又灼龜首，各三；又復灼所鑽中曰正身，灼首曰正足，各三。（史記・龜策列傳）

上舉例 187、188 引自周守晉（2003），例 189、190 引自楊秀芳（1991），例 191 則引自梅祖麟（1999）。從這些例子可以看出「畢」、「訖」、「已」在先秦兩漢時，就已經出現在「動＋（賓）＋完成動詞」的結構裏。〔註 13〕佛教傳入中國的年代，大致是在東漢時期，〔註 14〕因此漢語「完成貌句式」的結構，當在佛教傳入之前就已形成。然而根據上文的論述，完成動詞「畢」、「訖」、「竟」在東漢《論衡》及東晉《抱朴子・內篇》裏，都僅有「NP＋完」〔註 15〕的結構。到了東晉干寶《搜神記》與劉宋《世說新語》的語料裏，才有出現在完成貌句式（「（Subject）＋V＋（Object）＋完」結構）的用法。完成動詞「已」則在東漢《論衡》裏，就已具備「V＋完」、「Subject＋V＋完」、「V＋Object＋完」等幾種句法結構。

　　就佛經文獻而言，則不管是「畢」、「訖」、「竟」，或者是「已」，在東漢譯經裏都已具備了「V＋完」、「Subject＋V＋完」、「V＋Object＋完」、「Subject＋V＋Object＋完」等用法。

　　此一分布狀況，應該與《論衡》、《抱朴子・內篇》等本身文體的限制有關。〔註 16〕畢竟，就語料的性質而言，「中土文獻」本來就比較容易受到上古漢語的

〔註 13〕必須說明的是，在各家所列舉先秦至兩漢完成貌句式的例子裏，都沒有發現完成動詞「竟」的例句，這有可能是「竟」字進入完成貌句式的時代較晚的原因。

〔註 14〕佛教傳入中國的年代，學術界仍有眾多不同的意見，這當中比較被接受的說法，乃以東漢時期為主。關於這個問題，可參考梁啟超〈佛教之初輸入〉、湯用彤《漢魏晉南北朝佛教史》第一分〈漢代之佛教〉、呂澂《中國佛學源流略講》、任繼愈主編《中國佛教史》第二章〈佛教輸入中國〉等，對此一議題的討論。另外林昭君《東漢佛典之介詞研究》，對於此一問題亦有相關整理與說明。

〔註 15〕「完」表示完成動詞「畢」、「訖」、「竟」、「已」出現的位置。

〔註 16〕魏培泉《漢魏六朝稱代詞研究》，頁 8，即云：「《論衡》主要是由一些單篇論文構成的，雖有些新的語法現象，但仍有其局限。」

影響而有所限制。

　　就語法功能來說，「畢」字在「中土文獻」的用法，主要有「範圍副詞」及「完成動詞」兩種語法功能。其中出現在完成貌句式裏，表「終了、完結」的動詞「畢」，大部分都屬於「謂語動詞」的用法，少數例句則可能具有「結果補語」的性質，但並沒有明確可以認定為「結果補語」的例句出現。它與「畢」字在佛經裏的使用情形相同。因此可以推論，完成動詞「畢」在漢語中古時期的語法功能，主要為「謂語動詞」的性質，具有實際的詞彙意義，尚未進入語法化的階段。

　　「訖」在「中土文獻」裏，大部分都當作動詞使用，表「終了、完結」的意義，少部分則用為介詞，具有「一直到」的意思。其中表「直至」義的「訖」乃文字通用的現象。因此表「終了、完結」義的完成動詞，才是「訖」字的主要用法。就句法功能而言，中土文獻的「訖」除了「謂語動詞」的功能以外，在《齊民要術》裏，出現了具體可確認為「動詞補語」的用例。從它所搭配的謂語動詞來看，都屬持續性的動作動詞，「訖」字擔任這些動作動詞的補語，表達動作的完結，具有實際的詞彙意義，因此屬於「結果補語」的性質。此一現象亦與佛經裏的用法相同，故可推論「訖」在漢語中古時期，已從「謂語動詞」語法化為「結果補語」。

　　「竟」在「中土文獻」裏可歸納出「副詞」、「形容詞」、「名詞」與「動詞」四種用法。其中表「終了、完結」義的動詞「竟」，可以出現在「NP＋竟」、「V＋竟」、「Subject＋V＋竟」及「V＋Object＋竟」等結構中。這些結構裏的完成動詞「竟」，大部分都無法斷定它們所具有的語法屬性，因為在語法、語義的分析上，它們多半都具有「謂語動詞」或「動詞補語」兩種可能的用法。真正可確定是「動詞補語」的例子，只出現在《齊民要術》裏，如例 92「每飯竟」。

　　從動詞搭配的角度觀察，「中土文獻」這些可能具備「動詞補語」功能的例子，與之搭配的動詞都是持續性的動作動詞，假使將它們通通都視為「動詞補語」的語法成分，在功能上也只能視為「結果補語」的用法。然而在本文第五章裏，我們根據完成動詞「竟」在佛經裏的使用情形，進行歸納與分析，指出佛經之完成動詞「竟」從東晉至南北朝期間，由於受到「已」字用法的影響，也已經可以出現在「瞬間動詞」與「狀態動詞」之後，發展出「動相補語」的

語法功能。而這種功能在中土文獻裏是沒有的。兩相比較，可以得知完成動詞「竟」在佛經裏的虛化程度較深。它已經由「結果補語」進一步語法化爲「動相補語」的用法。而從完成動詞「竟」在中土文獻與佛經之間的這一點差異，也可以間接證明「竟」之「動相補語」功能，是受到佛經「已」字用法的影響所產生的。因爲在中土文獻裏，「已」字同樣不出現在非持續性動詞之後。

　　「已」字在「中土文獻」裏，可歸納出「副詞」、「動詞」、「句末助詞」、「而已」以及「與『以』通用」等幾種情形。其中動詞「已」具有「停止」與「終了、完結」兩種意義。這些用法大體都來源於上古漢語。而就表「終了、完結」義的動詞「已」來說，「中土文獻」與「佛經」兩種語料，明顯有很大的不同。蔣紹愚（2001）已經指出「已」字在漢譯佛典中用得很多，在中土文獻中用得很少，並且在《世說新語》、《齊民要術》與《洛陽伽藍記》裏沒有表達「完成」義的「已」這一種差異。〔註17〕

　　就具體使用的狀況來看，在所有「中土文獻」裏，動詞「已」大部分都是表達「停止」的意義，並且所出現的語境多是處在否定詞「不」、「無」之後。這乃是來源於上古漢語如《詩經》「雞鳴不已」的用法。表「終了、完結」義的動詞「已」，在「中土文獻」裏的使用情形，則大多數的例子是可以有時間副詞「未」、「既」直接位於動詞「已」之前，而這一種用法，在上古漢語中也已經出現了，如《詩經》「蒹葭采采，白露未已」。但是佛經完成貌句式裏的「已」，前面一般是不加副詞的。

　　其次，與上古漢語不同的是，中古時期的「已」在「中土文獻」裏，已發展出「動詞補語」的性質。但就動詞搭配的情形來說，「中土文獻」出現在「已」之前的動詞，在動作時間的特徵方面，都屬持續性動詞，而沒有「已」字位於「瞬間動詞」或「狀態動詞」之後擔任「動相補語」的用法。〔註18〕除此之外，在佛經語料裏，也有許多由動相補語的「已」，進一步語法化爲「體貌助詞」的

〔註17〕蔣紹愚〈《世說新語》《齊民要術》《洛陽伽藍記》《賢愚經》《百喻經》中的"已""竟""訖""畢"〉，《中古漢語研究（二）》，頁309～321，商務印書館，北京，2005。

〔註18〕關於佛經之「已」不出現在非持續性動詞之後，以及「已」之前不直接加副詞的這二點差異，蔣紹愚先生於〈《世說新語》《齊民要術》《洛陽伽藍記》《賢愚經》《百喻經》中的"已""竟""訖""畢"〉一文已經指出來了。

語法功能，此一功能也不見於「中土文獻」之中。顯見「已」字由「謂語動詞」發展至「動相補語」及「體貌助詞」的用法，乃是屬於佛經語料的特色。

從連文形式來看，「畢」、「訖」、「竟」、「已」連用的情形，在上述七部中土文獻裏，總共只出現六次，其中「已畢」連用有三次，「已訖」一次，「畢竟」一次，「畢訖」一次。就上下文義觀察，「已畢」、「已訖」、「畢訖」都屬「副詞＋動詞」的語法關係，「畢竟」則可以是「副詞＋動詞」的結構，也可以是同義並列的「連動結構」。以之與佛經語料做比較，顯示「畢訖」、「竟畢」、「訖竟」等連文形式，屬佛經語料的特色，它是受到佛經經文格式的影響而產生。至於佛經出現「畢已」、「竟已」、「訖已」等連文形式，而「中土文獻」沒有，則是因為「已」在「中土文獻」裏，與「畢」、「訖」、「竟」等同屬「謂語動詞」或「結果補語」的性質，而沒有發展出「動相補語」與「體貌助詞」，因而無法出現在表達瞬間動作完成的動詞「畢」、「訖」、「竟」之後。

以上我們就「畢」、「訖」、「竟」、「已」在「中土文獻」與「佛經」中的使用情形作一比較。整體說來，「畢」、「訖」在「中土文獻」與「佛經」裏的用法，在語法功能與語義上大致相同。「竟」跟「已」的功用，則呈現出較大的差異，這應與中古佛經「已」的來源問題，以及「竟」受到「已」的影響有關。關於這一點，我們將留到下一章討論「完成貌句式」的來源與演變時，再做進一步的論述。

第九章　「完成動詞」與「完成貌句式」

　　沈家煊（1994）曾經就「語法化」的規律進行歸納，在「並存原則」一項底下云：

> 一種語法功能可以同時有幾種語法形式來表示。一種新形式出現
> 後，舊形式並不立即消失，新舊形式並存。例如古漢語裏表示假設
> 的連詞有「如、若、苟、爲、假、設、誠、使」等十多個，都由不
> 同的渠道虛化而來（解惠全，1987）。現代漢語裏表示被動的「被」
> 字產生於戰國末期（王力，1958），至今仍和後起的「叫、讓、給」
> 等字並存。並存原則造成漢語歷史上虛詞繁複和分歧的現象。〔註1〕

在漢語語法歷史的演變上，現代漢語完成貌詞尾的來源與演變過程，一直是語
法史上研究的重心，而就漢語語法體系裏「完成貌」範疇的表達形式來看，上
古漢語主要透過動詞前的狀語位置，以及句末的助詞來表示動作行爲的時間關
係。到了中古漢語，除了這兩種語法結構之外，又產生了「動＋（賓）＋完成
動詞」此一新興的完成貌表達式。〔註2〕在中古漢語裏，能進入此一句式中的動
詞主要有「畢」、「訖」、「竟」、「已」等，梅祖麟（1981）把它們稱爲「完成動

〔註1〕　沈家煊〈“語法化”研究綜觀〉，《外語教學與研究》第 4 期，頁 19，1994。

〔註2〕　梅祖麟〈唐代、宋代共同語的語法和現代方言的語法〉，《中國境內語言暨語言學》
　　　　（第二輯），頁 69，1994。

詞」。此一語法形式，與「狀語」及「句末助詞」之間，即爲新舊兩種並存的語法形式。

另外，連金發（1995）探討閩南語完結時相詞「了、完、好、去、煞、離、掉」的句法、詞法、語意和音韻特性時，指出：

> 從歷時的演變看來，時相詞和時貌詞的興起是實詞虛化的結果或更精確的說是整個虛化進程中的兩個環節，如下圖所示：1）述詞＞2）補語＞3）時相詞＞4）時貌詞＞5）語氣詞〔註3〕

在討論完閩南語這七個具有「聚合關係」的時相詞，於語法系統中的「組合關係」與語法功能以後，他說：

> 在一個語言系統裡時相的聚合系列中的各個成員虛化的速度也有快有慢。從第3節的討論我們可以看出「去」除做時相詞外可以出現於「掉」和「了」之後做時貌詞使用，甚至可以出現於被動式中做語氣詞使用。此外，除了表示時間（時相和時貌），「去」還可以表示與時間無關的程度，如「傷 siuN 1a 懸 kuaiN 1b＝去」（太高了）。〔註4〕

就中古時期「畢」、「訖」、「竟」、「已」都能進入「動＋（賓）＋完成動詞」的句式中，表達動作行爲之完成的這一語法範疇而言，它們同樣屬於語法體系裏有「聚合關係」的一系列動詞。這幾個動詞在整個語法體系裏的「組合關係」及涵蓋範圍，也表現出有同有異的現象。而在語法化的過程裏，它們則分別處於上述從「述語」到「時相詞」的幾個環節之中。

在前幾章裏，我們已就「畢」、「訖」、「竟」、「已」在佛經與中土文獻裏的具體使用情況，作了語法、語義功能的分析與描述。在這一個章節裏，將就漢語中古時期新興的語法句式——「完成貌句式」，以及「畢」、「訖」、「竟」、「已」擔任「完成動詞」的用法，作進一步的比較與分析，並且討論中古「畢」、「訖」、「竟」、「已」等完成動詞，是如何演變出此一「完成貌句式」的語法形式，以及它們在中古時期裏的發展情形。

〔註3〕 連金發〈臺灣閩南語的完結時相詞試論〉，《臺灣閩南語論文集》，頁 133～134，文鶴出版社，台北，1995。

〔註4〕 連金發〈臺灣閩南語的完結時相詞試論〉，《臺灣閩南語論文集》，頁 134，文鶴出版社，台北，1995。

9.1　完成動詞「畢」、「訖」、「竟」、「已」之比較

　　《廣雅‧釋詁四》:「了、闋、已,訖也。」《玉篇‧言部》:「訖,居迄切,畢也,止也。」《玉篇‧音部》:「竟,几慶切,終也。」《廣雅‧釋詁三》:「畢,竟也。」可見「畢」、「訖」、「竟」、「已」這幾個動詞都有「終了、完畢」的意思,故梅祖麟(1981)稱其為「完成動詞」。就詞彙學的角度來說,它們在中古是屬於「同義詞」的關係。然而「同義詞之間總有一些不同,因此嚴格說,一般所說的同義詞絕大部分是近義詞。意義完全相等的『等義詞』極為少見。」〔註5〕因此,就「畢」、「訖」、「竟」、「已」而言,我們可進一步比較它們之間的區別,這方面的比較,可就「語義」及「語法功能」兩個角度切入。

9.1.1　「畢」、「訖」、「竟」、「已」之語義

　　關於「畢」、「訖」、「竟」、「已」在「語義」上的比較,本文將透過「義素分析法」的方式進行分析,竺家寧(1999)云:

> 「義素」簡單的說,就是「意義要素」。《簡明語言學詞典》(內蒙古人民出版社,1984)云:把分析音位的區別性特徵的原理用來剖析詞義的構成,這就是義素分析。第一步是把一群意義相關的詞,放在一起,進行比較。提取它們之間的共同語義特徵,……第二步是運用對立關係把詞義分割成最小的對立成分,從而描寫語義的相互關係。〔註6〕

就出現在「完成貌句式」的「畢」、「訖」、「竟」、「已」來說,都具有表達「完成」的義位,在中古漢語中,乃是一種利用詞彙形式,表達語法系統中「完成貌」範疇的手段,屬於「語義體」或「內在體」〔註7〕的時相義。然而就它們所出現的語境來看,仍顯示出彼此之間有不完全相同的「義素」成分存在。

　　「完成貌」在語法體系裏屬於「體貌(aspect)」範疇,它涉及漢語的時間系統,龔千炎(1995)云:

〔註5〕　竺家寧《漢語詞彙學》,頁333,五南圖書出版有限公司,台北,1999。

〔註6〕　竺家寧《漢語詞彙學》,頁349,五南圖書出版有限公司,台北,1999。

〔註7〕　參尚新《英漢體範疇對比研究——語法體的內部對立與中立化》,頁5,上海人民出版社,上海,2007。

> 漢語的時間系統由三個部分組成，即句子的時相結構、句子的時制
> 結構、句子的時態結構。這三個部分又各自構成系統——子系統，
> 漢語的時間系統就是由這三個子系統縱橫交錯所組成的綜合系統，
> 換一個角度講，漢語的時間系統是由時相、時制和時態組成的三維
> 結構。〔註8〕

陳平（1988）也指出：

> 句子的時相結構決定了哪些時態種類有出現的可能，哪些時態種類
> 沒有出現的可能。另一方面，句子的時相結構在很大程度上制約著
> 時制和時態語法標記在具體使用場合的功能和語義特點。……總而
> 言之，理解漢語句子時間系統的關鍵，是把握句子的時相結構組織
> 同句子的時制和時態三方面的相互聯系和相互制約，而要達到這個
> 目的，前提條件是詳細分解這三個子系統的結構成分和組織原則。
> 〔註9〕

相較於印歐語系著重時制（tense）的表達，漢語則著重於句子體貌（aspect）
的表現。〔註10〕因此對於「畢」、「訖」、「竟」、「已」之間的比較，可透過時相
結構與體貌結構之間的互動來觀察。具體的作法，則是分析「畢」、「訖」、「竟」、
「已」與「謂語動詞」、「副詞」之間的搭配情形。

一、「畢」、「訖」、「竟」、「已」和「謂語動詞」之搭配關係

討論「畢」、「訖」、「竟」、「已」與動詞搭配的使用情形，目的是要透過它
們之間「共存限制」（cooccurrence）的關係，分析在時間「義素」上的區別。
而此一研究的切入點，本當以同一時期動詞使用的分類情形為基礎，然而關於
漢語動詞分類的研究，目前主要以「上古漢語」與「現代漢語」兩個階段的動
詞研究討論最多。〔註11〕至於「中古漢語」動詞分類的研究，到目前為止，仍

〔註8〕　龔千炎《漢語的時相時制時態》，頁3，商務印書館，北京，1995。

〔註9〕　陳平〈論現代漢語時間系統的三元結構〉，《中國語文》第6期，頁405，1988。

〔註10〕　王力《中國現代語法》，中華書局，香港，2002。

〔註11〕　關於上古漢語的動詞分類，可參考楊伯峻、何樂士（1992）、李佐豐（2003、2004）
　　　　的專著。討論現代漢語的動詞分類，可參考趙元任（1980）、鄧守信（1986）、陳
　　　　平（1988）、屈承熹（1999）、龔千炎（1995）、馬慶株（1981）等諸位學者的論著。

然沒有一個全面且系統性的研究。由於本節的討論重點是放在「時相」與「體貌」之間的互動上，涉及時間系統的相互關係，因此我們主要利用龔千炎（1995）的研究結果，將漢語動詞區分為「關係動詞」、「心態動詞」、「狀態動詞」、「動作行為動詞」、「心理活動動詞」、「動作動詞（兼屬狀態動詞）」、「終結動詞」、「瞬間動詞」八大類，〔註12〕依據「畢」、「訖」、「竟」、「已」與「謂語動詞」之間的搭配情形，製成下表的內容：

表 9.1.1-1　動詞分類配合表〔註13〕

情　　狀		動詞類別	畢	訖	竟	已	動詞舉例
靜態	State	關係動詞	－	－	－	＋	有、無、名…
		心態動詞	－	－	（＋）	＋	覺了、知、明、信…
		狀態動詞	－	－	（＋）	＋	乾、老、滿、大、差、熟
動態	Activity	動作行為動詞	＋	＋	＋	＋	洗、食、說…
		心理活動動詞	－	＋	＋	＋	思惟、念、
		動作動詞（兼屬狀態動詞）	＋	＋	＋	＋	坐、懸……
	Accomplishment	終結動詞	－	－	－	＋	解為、均為、食飽、
	Achievement	瞬間動詞	－	－	＋	＋	得、成、盡、滅、死……

　　表 9.1.1-1 中的分佈情形，呈現「畢」大體上只與「動作行為動詞」或「兼屬狀態動詞的動作動詞」搭配，就時間性質來說，它們屬於「持續」類的動詞。〔註14〕「畢」出現在句中表達這些持續性動作的「終結點」。

　　與「訖」字搭配的動詞也都屬於「活動情狀（activity）」類的動詞。跟「畢」

〔註12〕龔千炎《漢語的時相時制時態》，商務印書館，北京，1995。

〔註13〕按：本表根據「（Subject）＋V＋（Object）＋完」結構中的動詞「V」之類別，與完成動詞「畢」、「訖」、「竟」、「已」在中古佛經與中土文獻語料裏的「同現關係」編製而成。表中「＋」代表可與此類動詞搭配，「－」代表沒有與此類動詞搭配的例子，「（＋）」則代表有與此類動詞搭配的例子，但是出現次數很少。

〔註14〕龔千炎《漢語的時相時制時態》，頁30，商務印書館，北京，1995。

字比起來，差別只在「訖」能與「心理活動動詞」搭配，而「畢」則沒有與之搭配的例子。但這些與「訖」搭配的「心理活動動詞」，在時間特徵上仍然具有持續性的活動過程，「訖」字在句中的主要語義功能，亦爲表達此一持續性動作的「終結點」。

「竟」字的使用情形，大部分也都出現在「活動情狀（activity）」類的句式當中，但與「畢」、「訖」比較起來，它可以出現在其他幾種情狀句式中來使用，例如：

（例 1）金剛藏報。諸佛子。是菩薩大士。以了初發第一住竟。〔註15〕爾乃好樂第二住矣。意性懷篤。奉修十事。（西晉竺法護譯・漸備一切智德經 T10n0285_p0465c05）

（例 2）王言。大師。如是業護我已知竟。云何名爲國主王力能護眾生。（元魏菩提留支譯・大薩遮尼乾子所說經 T09n0272_p0330a06）

（例 3）自知已具足證法。我生已盡梵行已立。所作已辦不受後有。已覺了竟。是長老得阿羅漢果心得解脫。（陳眞諦譯・佛阿毘曇經 T24n1482_p0964c22）

（例 4）悔於一人前。此罪最爲大。若搖動竟後更生悔心。而作偷蘭遮懺悔得脫。（蕭齊僧伽跋陀羅譯・善見律毘婆沙 T24n1462_p0733c23）

例 1 至 4「以（已）了初發第一住竟」、「我已知竟」、「已覺了竟」、「若搖動竟」，動詞「了」、「知」、「覺了」、「搖動」都屬心態動詞，爲「狀態情狀句（state）」，「竟」表狀態之「實現」。

（例 5）阿難聞已。作是念。奇哉已壞僧竟。即還以上因緣具白世尊。世尊聞已。即說此偈。……（東晉佛陀跋陀羅譯・摩訶僧祇律 T22n1425_p0443a14）

（例 6）若厚而重者聽擿摘已當浣浣已應舒置箔上。若席上以石鎮四角。乾竟當喚共行弟子依止弟子。同和上阿闍梨諸知識比丘尼速疾共成。（東晉佛陀跋陀羅譯・摩訶僧祇律 T22n1425_p0526a10）

〔註15〕按：「以了初發第一住竟」，「以」字「南宋思溪藏」、「元大普寧寺藏」、「明方冊藏」、「宮內省圖書寮本」作「已」。

（例 7）以是故當知。人常危脆不可怙恃。莫信計常我壽久活。是諸死賊常將人去。不付老 竟 然後當殺。〔註16〕（姚秦鳩摩羅什譯・坐禪三昧經 T15n0614_p0274c01）

例 5 至 7「已壞僧竟」、「乾竟」、「不付（待）老竟」，謂語動詞「壞」、「乾」、「老」都屬「狀態動詞」，其動相結構亦屬「狀態情狀句（state）」，「竟」表狀態之「實現」。

（例 8）若以異法合。是亦不可。何以故。以異成故。若各成 竟 不須復合。雖合猶異。（姚秦鳩摩羅什譯・中論 T30n1564_p0008b15）

（例 9）後八萬四千百千俱胝諸佛如來已成佛 竟。我皆承事供養恭敬無空過者。（陳眞諦譯・金剛般若波羅蜜經 T08n0237_p0764b23）

（例 10）若僧時到僧忍聽。白如是。大德僧聽。僧今以多人語滅此諍事。誰諸長老忍默然不忍者說。僧以多人語滅此諍事 竟。僧忍默然故。是事如是持。（劉宋佛陀什共竺道生譯・彌沙塞部和醯五分律 T22n1421_p0155a07）

（例 11）時優陀夷腳蹴臼。臼轉母人倒地身形裸露。優陀夷即便扶起言。姊妹起。我已見 竟。時女人瞋恚言。沙門釋子此非是辭謝法。我寧受汝春杵打死。不欲令此覆藏處出現於人。我當以是事白諸比丘。（東晉佛陀跋陀羅譯・摩訶僧祇律 T22n1425_p0264b01）

（例 12）問曰。何謂爲淨。答曰。白而不黑亦言光明。因樂故。離欲離諸煩惱已離 竟。心即清白隨用能堪。（蕭齊僧伽跋陀羅譯・善見律毘婆沙 T24n1462_p0702c12）

（例 13）如是無知自性爲我作事令得解脫。或合或離。離 竟 不更合。（陳眞諦譯・金七十論 T54n2137_p1260a12）

（例 14）故曰有數。或作是說。諸欲有所須。爲彼所使。方便求索已得 竟。是故有數。如是諸有所須便求索。已得彼物彼便死。彼便有數。（符秦僧伽跋澄等譯・尊婆須蜜菩薩所集論 T28n1549_p0730a24）

〔註16〕按：「不付老竟」，「元大普寧寺藏」、「明方冊藏」、「宮內省圖書寮本」作「不待老竟」。

（例 15）若擽挍若不擽挍者。此令人知已得罪也。當時說已得波羅夷罪。已得竟。或有擽挍或不擽挍。自向他說。是故律本說。或擽校或不擽校。（蕭齊僧伽跋陀羅譯‧善見律毘婆沙 T24n1462_p0756b01）

（例 16）釋曰。須陀洹等學人已得道竟。後時出觀爲當起出世心。爲當起世間心。若起出世心無出觀義。若起世間心。何因得生。論曰。諸惑熏習久已謝滅。（陳眞諦譯‧攝大乘論釋 T31n1595_p0169a13）

例 8 至 16 動詞「成」、「滅」、「見」、「離」、「得」等都屬「瞬間動詞」，其動相結構爲「實現情狀句（achievement）」。出現在這些結構中的「竟」字，其語義功能爲表達瞬間動作之「完成」意義。

「已」字的分佈情形則是在「完成動詞」中分佈最廣的一個語法成分，在上述四種情狀結構中都可出現，就動詞類別而言，八大類的動詞都可以與之搭配，例如：

（一）狀態情狀句（state situation）

（例 17）自此王來始有貧窮。有貧窮已始有劫盜。有劫盜已始有兵杖。有兵杖已始有殺害。有殺害已則顏色憔悴。壽命短促。（姚秦佛陀耶舍共竺佛念譯‧長阿含經 T01n0001_p0040c20）

（例 18）又於此彼而無所住。正立法界以無所住。亦無所著。亦無文字。無所頒宣。無文字已。不復舉假一切思想。若能啓受於此法者。爾乃名曰智度無極。六度無極亦復如是。（西晉竺法護譯‧佛說無言童子經 T13n0401_p0525a04）

例 17、18 動詞「有」、「無」屬「關係動詞」，在動相結構中爲「狀態情狀句（state）」的結構。

（例 19）云何五退法。謂五心礙結。一者比丘疑佛。疑佛已。則不親近。不親近已。則不恭敬。是爲初心礙結。（姚秦佛陀耶舍共竺佛念譯‧長阿含經 T01n0001_p0053c06）

（例 20）所以者何。信六波羅蜜道故。信已便持。所可縛著者而度脫之。常求未然之慧。於生死亦不懼。於泥洹無所畏。是故菩薩得持信要。（西晉竺法護譯‧佛說須眞天子經 T15n0588_p0107b05）

（例 21）諸賢。佛以此法自覺悟[已]。亦能開示涅槃徑路。親近漸至。入於寂
　　　　滅。（姚秦佛陀耶舍共竺佛念譯・長阿含經 T01n0001_p0030c20）

例 19 至 21「疑佛已」、「信已」、「自覺悟已」，動詞「疑」、「信」、「覺悟」爲「心
態動詞」，亦屬「狀態情狀句（state）」的動相結構。

（例 22）復轉多施上下座。如是慳心破[已]。尊者爲說法要得阿羅漢。遂便語
　　　　言使著籌窟中。（西晉安法欽譯・阿育王傳 T50n2042_p0123c05）

（例 23）譬如有人壞故獄[已]。更造新獄。斯是貪惡不善法耳。（姚秦佛陀耶
　　　　舍共竺佛念譯・長阿含經 T01n0001_p0113a13）

（例 24）尋語父母。當洗浴我。除諸穢惡。我年大[已]。自當報恩。（姚秦佛
　　　　陀耶舍共竺佛念譯・長阿含經 T01n0001_p0083a08）

例 22 至 24「慳心破已」、「壞故獄已」、「我年大已」，謂語動詞「破」、「壞」、「大」
屬「狀態動詞」，[註17] 故亦爲「狀態情狀句（state）」的動相結構。

　　龔千炎（1995）指出「這類情狀表示靜止不動的狀態，因而無所謂持續或
完成」[註18] 的時間意涵，因此出現在此類情狀句中的「已」所表達的乃是「實
現」的語法意義。

（二）活動情狀句（activity situation）

（例 25）天人飲食時如是。食[已]身即長大。（西晉法立共法炬譯・大樓炭經
　　　　T01n0023_p0297c24）

（例 26）心自悔曰。人生於世形體如此。云何自棄行作沙門。且當順時快我
　　　　私情。念[已]便還。（西晉法立共法炬譯・法句譬喻經 T04n0211_
　　　　p0576b10）

（例 27）爾時世尊。昇師子座結跏趺坐。坐[已]宮殿忽然廣博。如忉利天處。

〔註17〕按：龔千炎《漢語的時相時制時態》對「狀態動詞」的定義爲「表示有生物的某
　　　　種姿態和無生物所處的位置，都是靜止不動的」，與此處所列舉的例子並不相合。
　　　　此處「破」、「壞」、「大」一般歸入「形容詞」一類，然而漢語「形容詞」與「動
　　　　詞」兩類的區分本就不易，故有學者將「形容詞」也歸入「狀態動詞」一類，如
　　　　屈承熹《漢語認知功能語法》即將其歸爲「情狀動詞」。本文採取屈承熹的區分方
　　　　式，將「破」、「壞」、「大」列入「狀態動詞」中。

〔註18〕龔千炎《漢語的時相時制時態》，頁 14，商務印書館，北京，1995。

（東晉佛陀跋陀羅譯・大方廣佛華嚴經 T09n0278_p0441c17）

例 25 至 27 動詞「食」爲「動作行爲動詞」,「念」爲「心理活動動詞」,「坐」則爲兼屬狀態動詞的「動作動詞」。就時間系統而言,這些動作都具有起點與終點的進程。位於這些動詞之後的「已」表達的是持續動作的「終結點」。

（三）終結情狀句（accomplishment situation）

（例 28）供養舍利。竟一日已。以佛舍利置於床上。（姚秦佛陀耶舍共竺佛念譯・長阿含經 T01n0001_p0027c19）

（例 29）彼時四眾比丘比丘尼優婆塞優婆夷。以瞋恚意輕賤我故。二百億劫常不值佛不聞法不見僧。千劫於阿鼻地獄受大苦惱。畢是罪已。復遇常不輕菩薩教化阿耨多羅三藐三菩提。（姚秦鳩摩羅什譯・妙法蓮華經 p0051a）

（例 30）爾時。香姓以一瓶受一石許。即分舍利。均爲八分已。告眾人言。願以此瓶。眾議見與。自欲於舍起塔供養。（姚秦佛陀耶舍共竺佛念譯・長阿含經 T01n0001_p0030a03）

例 28 至 30「竟一日已」、「畢其罪已」、「均爲八分已」,動詞「竟」、「畢」、「均爲」在語義上表達「終結」的情狀,位於此一結構中的「已」乃表達「實現」的意義。

（四）實現情狀句（achievement situation）

（例 31）卻後七日當腹脹命終。生起屍餓鬼中。死已以葦索繫拽於塚間。（姚秦佛陀耶舍共竺佛念譯・長阿含經 T01n0001_p0067b10）

（例 32）於四衢道頭起七寶塔。……其塔成已。玉女寶・居士寶・典兵寶・舉國士民皆來供養此塔。（姚秦佛陀耶舍共竺佛念譯・長阿含經 T01n0001_p0121b01）

（例 33）爾時長者即便與金。既得金已自相謂言。（姚秦鳩摩羅什譯・大莊嚴論經 T04n0201_p0342a22）

例 31 至 33「死已」、「其塔成已」、「既得金已」,動詞「死」、「成」、「得」表的是瞬間發生的狀況,位於此一情狀中的「已」同樣表示此一瞬間動作的「完成」或狀態的「實現」。

二、「畢」、「訖」、「竟」、「已」和「副詞」的搭配關係

除了與動詞的搭配情形之外，我們也可以從副詞與完成動詞之間的共存關係作觀察，呂叔湘（1992）云：

> 假如我們要表示一個動作的時間性，我們可以用種種時間詞來表示那些時間，如上節所說：我們又可以用一些限制詞如「將」、「方」、「已」等來表示那個動作本身是將要發生，或正在進行，或已經完成。……這些限制詞所表示的不是「時間」，是「動相」，一個動作的過程中的各種階段。〔註19〕

因此漢語語法成分中，「將」、「已」、「方」等副詞狀語，也透露出動相結構的時間關係。

有關漢語副詞的分類，劉景農（1994）將副詞區分為「程度副詞」、「範圍副詞」、「時間副詞」與「否定副詞」四種。楊伯峻、何樂士（1992）分為「時間副詞」、「程度副詞」、「狀態副詞」、「範圍副詞」、「否定副詞」、「疑問副詞」、「推度副詞」、「判斷副詞」、「連接副詞」、「勸令副詞」及「謙敬副詞」十一大類。李佐豐（2004）根據副詞的功能，將副詞分為「語氣副詞」、「決斷副詞」、「時態副詞」、「程度副詞」、「否定副詞」、「謙敬副詞」與「範圍副詞」七類。

在上述諸位學者的分類中，劉景農（1994）將副詞「未」歸入「否定副詞」一類，然而副詞「未」實際上兼有「否定副詞」與「時態副詞」兩種功用。〔註20〕楊伯峻、何樂士（1992）將位於動詞之後的「畢」、「訖」等語法成分也視為是「時間副詞」的一種，這與一般將「畢」、「訖」等視為完成動詞的分法並不一致。因此在討論完成動詞與副詞之間的搭配關係上，我們採取李佐豐（2004）的區分方式，著重觀察「時態副詞」與「完成動詞」之間的組合關係。

中古漢語文獻中，與完成動詞「畢」、「訖」、「竟」、「已」搭配使用的「時態副詞」主要有「既」、「已」、「將」、「欲」、「垂」、「未」、「先」、「適／這」、「方」、「會」、「始」、「向」、「便」、「即」等。其中副詞「既」、「已」表示動作行為或事件已經發生，「將」、「欲」、「垂」表示將要發生，「未」表示對已然的否定，「先」表示時序上的關係，「適／這」、「方」、「會」表示正在進行、持續中或同時，「始」、

〔註19〕呂叔湘《中國文法要略》，頁231，文史哲出版社，台北，1992。

〔註20〕李佐豐《古代漢語語法學》，頁190，商務印書館，北京，2004。

「向」表示剛剛發生，實際上可與「適／這」等副詞歸為一類，「便」、「即」表示很快發生。龔千炎（1995）指出現代漢語「即便」、「立即」等時間副詞與「快要」、「即將」、「就要」等準時態副詞的區別，在於「即便」、「立即」等時間副詞多表情狀之已然，而「快要」、「即將」、「就要」等則多表情狀之未然。〔註21〕在中古漢語中，與完成動詞搭配使用的副詞「即」、「便」，用法大致等同於龔千炎所說的「即便」、「立即」的用法。上述這些副詞與完成動詞之間的搭配情形，大致如下表所列：

表 9.1.1-2、副詞分類配合表〔註22〕

副詞 ＼ 完成動詞		畢	訖	竟	已
已然	既	＋	＋	＋	＋
	已	＋	＋	＋	＋
將然	將	＋	＋	－	－
	欲	＋	＋	＋	－
	垂	－	＋	＋	－
未然	未	＋	＋	＋	（＋）
經歷	先	－	＋	＋	＋
進行、持續	適／這	＋	＋	＋	＋
	方	－	－	＋	－
	會	＋	－	－	－
	始	＋	＋	＋	＋
	向	－	＋	＋	－
即行	便	＋	＋	＋	＋
	即	＋	＋	＋	＋

從上表所顯示出的分佈情形來看，完成動詞「已」與「畢」、「訖」、「竟」

〔註21〕龔千炎《漢語的時相時制時態》，頁 61，商務印書館，北京，1995。

〔註22〕按：本表根據副詞與完成動詞「畢」、「訖」、「竟」、「已」等，在中古佛經與中土文獻語料裏的「同現關係」編製而成。表中「＋」代表可與此類副詞搭配，「－」代表沒有與此類副詞搭配的例子，「（＋）」則代表有與此類副詞搭配的例子，但是出現次數很少。

之間存在著很大的區別，那就是「已」不與「將」、「欲」、「垂」等表示將要發生的時態副詞搭配使用，〔註23〕而「畢」、「訖」、「竟」基本上可與各類時態副詞同時存在，特別是這三者都可以與表「將然」的副詞共存。「畢」、「訖」、「竟」與表「將然」之副詞同時出現的例子，有：

（例 34）阿難。佛教將畢。專念不亂。欲捨性命。則普地動。是爲七也。（姚秦佛陀耶舍共竺佛念譯・長阿含經 T01n0001_p0016a09）

（例 35）善男子。譬如窮人負他錢財。雖償欲畢餘未畢故。猶繫在獄而不得脫。（北涼曇無讖譯・大般涅槃經 T12n0374_p0440b22）

（例 36）是時世尊默然自念。化緣將畢應捨壽行。卻後三月當般涅槃。（劉宋功德直譯・無量門破魔陀羅尼經 T19n1014_p0688a25）

（例 37）是故須菩提以般若垂訖。恐人多疑多惑。故種種因緣重問。（姚秦鳩摩羅什譯・大智度論 T25n1509_p0665a23）

（例 38）今經欲訖故生身義應當說。是故今說。（姚秦鳩摩羅什譯・大智度論 T25n1509_p0683a16）

（例 39）須菩提以經將訖。爲眾生處處問是事。是故重問。（姚秦鳩摩羅什譯・大智度論 T25n1509_p0723a05）

（例 40）說於此語這欲竟時。王波斯匿與諸群臣。尋到彼間。（西晉竺法護譯・佛說離垢施女經 T12n0338_p0091b04）

（例 41）問曰。從初來處處說諸法五眾乃至一切種智不說是三十二相八十隨形好。今經欲竟何以品品中說。（姚秦鳩摩羅什譯・大智度論 T25n1509_p0683a13）

（例 42）又說是首楞嚴三昧垂欲竟時。堅意菩薩及五百菩薩。得首楞嚴三昧。悉皆得見十方諸佛所有神力。（姚秦鳩摩羅什譯・佛說首楞嚴三昧經 T15n0642_p0644b20）

〔註23〕按：「已」字在佛經文獻裏都沒有與副詞「將」、「欲」、「垂」搭配使用的例子，但是在《齊民要術・卷十》引用郭義恭《廣志》一書文句時有「……夏至日將已時，翕然俱赤……」一例副詞「將」位於動詞「已」之前的例子，這是唯一出現的一個例子。

這些和副詞「將」、「欲」、「垂」搭配使用的「畢」、「訖」、「竟」，在語義上都表達出將要完成的概念。然而從另一個角度來說，將要發生的情狀實際即為未發生的狀態，故是屬於「未然」的情狀結構。其他副詞「既」、「已」、「先」、「適／這」、「方」、「會」、「始」、「向」、「便」、「即」等副詞，則都屬於「已然」的狀態。

此一分佈狀況在時間系統呈現出什麼意涵呢？陳平（1988）曾用下圖表現出情狀的各個發展階段：

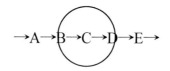

他並且說明：

> 發話人從該情狀的表現角度著眼，可以對其內部時相結構不加分析而把它表現為一個整體性的情狀，也可以把它表現為一個正處於持續狀態或進行過程之中的情狀。我們稱前者為完全態（perfective），後者為不完全態（imperfective）。〔註24〕

我們認為，「已」字之所以不能出現在副詞「將」、「欲」、「垂」所存在的句子之中，原因在於「已」字的語義特點，是把在它前面的語法成分所描述的動作行為或事件，當成一個整體進行描述或修飾，也就是陳平所說的完全態（perfective）。而「畢」、「訖」、「竟」則將前面的語法成分所描述的動作行為或事件，當成是可切割成各個段落的連續體進行陳述，亦即陳平所謂的不完全態（imperfective）。如果從上圖的時間進程來分析，「畢」、「訖」、「竟」、「已」在句中所表達的，都是前面動作行為發展到「D」點（終結點）的階段，差別只在於「畢」、「訖」、「竟」的語義重心是以「D」點為其「終點」，而「已」是以「D」點為其「起點」來進行陳述。由於語義重心都落在「D」點之上，因此都能表達「完成」的概念，但是因為「已」字所強調的是，以「D」點作為「起點」，故而在語義上更接進「實現」的意涵。這也是為什麼「已」字在與動詞搭配的使用上，可以出現在各類動詞所表達的動相結構中，而「畢」、「訖」、「竟」在動詞搭配的分佈上，卻大部分

〔註24〕陳平〈論現代漢語時間系統的三元結構〉，《中國語文》第 6 期，頁 420，1988。

都只與「持續性」動作或事件搭配的原因。〔註25〕

　　必須說明的是，表 9.1.1-2 的分佈，是就詞類的角度作觀察，實際上包含了「畢」、「訖」、「竟」、「已」的「謂語動詞」與「動詞補語」兩種語法性質。但是如果單就補語位置上的分佈來看，則「畢」、「訖」、「竟」、「已」都只能出現在「已然」的情狀結構當中。

　　另外，在表 9.1.1-2 的分佈裏，「已」字具有與副詞「未」搭配的情形。副詞「未」與副詞「既」、「已」在情狀結構中，前者表「未然」，後者表「已然」。如果完成動詞「已」字的語義重心是以「D」點爲其「起點」，那意味著動作行爲或事件已經實現，又爲何可以出現在表「未然」的情狀句當中呢？對於這個問題，我們認爲可以有兩種解釋。

　　首先，蔣紹愚（2001）指出「訖」、「竟」出現在「非持續性」動詞之後的特殊用法，是受到「已」字的影響。既然完成動詞「已」可以影響「訖」、「竟」，進入「非持續動詞＋訖」與「非持續動詞＋竟」的語法格式，相對的「已」字當然也可能反過來受到「畢」、「訖」、「竟」的影響，而進入「未已」的語法結構當中，因爲從「未已」搭配使用的數量來看，在我們所搜尋的語料範圍之中，總共只出現了七次，其例句如下：

（例 43）復次菩薩作是念。一切國王及諸貴人力勢如天。求樂未[已]死強奪之。
　　　　（姚秦鳩摩羅什譯・大智度論 T25n1509_p0412b01）

（例 44）爾時即無滅相。破生故無生。無生云何有滅。若汝意猶未[已]。今當更說破滅因緣。（姚秦鳩摩羅什譯・中論 T30n1564_p0011c19）

（例 45）但念汝等爲狂心所欺。忿毒所燒罪報未[已]。號泣受之。受之者實自無主。（姚秦鳩摩羅什譯・提婆菩薩傳 T50n2048_p0187c15）

〔註25〕表 9.1.1-1 顯示「竟」也可以出現在「瞬間動詞」之後，或進一步與「靜態」的動詞搭配。關於這一點，蔣紹愚《〈世說新語〉〈齊民要術〉〈洛陽伽藍記〉〈賢愚經〉〈百喻經〉中的 "已" "竟" "訖" "畢"》一文，認爲原因是因爲受到「已」字的影響。我們基本上同意蔣先生的看法，只不過「竟」字出現在「非持續性」動詞之後，從「舊譯時代前期」到「舊譯時代後期」之間，呈現出有愈來愈多的趨勢，因此我們認爲「竟」字受到「已」字影響，而出現在「非持續性」動詞之後，是此一用法的誘因，但當它有了此一用法以後，自身又進一步朝向虛化的空間發展。

（例 46）爾時毘舍佉母。著極上寶嚴身之具。與諸親里遊戲園林。林近祇洹。觀察眾人歡暢未[已]。作是念。我今不宜同此放逸。（劉宋佛陀什共竺道生譯・彌沙塞部和醯五分律 T22n1421_p0065b08）

（例 47）爾時有一家為非人所害。唯有父子二人。父作是念。我家喪破恐殃未[已]。且復飢窮當於何處得免斯患。（劉宋佛陀什共竺道生譯・彌沙塞部和醯五分律 T22n1421_p0115c22）

（例 48）時帝須言。當知此臣僻取王意殺諸比丘。臣殺未[已]。帝須比丘便前遮護。臣不得殺。臣即置刀。（蕭齊僧伽跋陀羅譯・善見律毘婆沙 T24n1462_p0683a16）

（例 49）若至岸母怖畏未[已]。比丘向母言。檀越莫畏。一切無常今已得活。（蕭齊僧伽跋陀羅譯・善見律毘婆沙 T24n1462_p0762b17）

就出現的次數來說，這在所有佛經文獻完成動詞「已」所佔的次數中，是非常少量的例子，就整個出現的比例來看，甚至不到 1% 的數量。

其次，在這七個例子裏，也並非每一個例子中的「已」都有「完成」的意思，例如例 44「意猶未已」，語義上猶如現代漢語「意猶未止」的意思，例 46「歡暢未已」、49「怖畏未已」，「已」字也都可以解釋為「停止」。因此也可以認為這些例子中的「已」乃上古漢語表「停止」義之「已」的殘留，〔註 26〕並不是中古時期動詞「已」的主要用法。

9.1.2 「畢」、「訖」、「竟」、「已」之語法功能

除了比較「畢」、「訖」、「竟」、「已」的語義要素之外，另外就是從它們的語法功能進行觀察。關於這方面的比較，本文將從「副詞在句中所出現的位置」、「能否與助動詞『能』共現」、「不 V＋已」以及「與副詞『已』的對應關係」等四個方面進行分析與論述。

一、副詞在句中所出現的位置

蔣紹愚（2001）提出三個語法上的差別，用來區分「已」與「畢」、「訖」、「竟」之間的不同，其中第一種區判的原則為：

「竟」、「訖」、「畢」前面可以加時間副詞，這說明它們在句中是作

〔註 26〕《詩經・秦風・蒹葭》：「蒹葭采采，白露未已。」鄭玄箋：「未已，猶未止也。」

謂語的動詞。……「已」的前面一般不能加副詞……如果有副詞，

必須放在「已」前面的動詞之前。這說明「已」的性質已經不是作

謂語的動詞。〔註27〕

蔣紹愚先生的觀察是非常精確的，因爲在佛經文獻中，時間副詞出現在「已」

之前的用法，除了前文所提及的七個「未已」的例子之外，就只有一個副詞「既」

位於「已」之前，其例句爲：

（例 50）尊者鞠多教化檀越作好飲食洗浴眾僧。洗浴既已。優波鞠多時使維

那打搥揵。作是唱言。恭敬解脫。羅漢悉入禪坊。（西晉安法欽譯・

阿育王傳 T50n2042_p0121c24）

至於「畢」、「訖」、「竟」則都可以有副詞直接加在它們的前面。但必須要說明

的是，並不是所有的「畢」、「訖」、「竟」都應視爲「謂語動詞」的用法，特別

是完成動詞「訖」與「竟」在中古佛經裏，都已明確發展出「結果補語」的功

能，例如：

（例 51）時。婆悉咤・頗羅墮聞佛此言。皆悉驚愕。衣毛爲豎。心自念言。

沙門瞿曇有大神德。先知人心。我等所欲論者。沙門瞿曇已先說訖。

時。婆悉咤白佛言。（姚秦佛陀耶舍共竺佛念譯・長阿含經 p0105b）

（例 52）佛告隸車。卿已請我。我今便爲得供養已。菴婆婆梨女先已請訖。

時。五百隸車聞菴婆婆梨女已先請佛。各振手而言。吾欲供養如來。

而今此女已奪我先。（姚秦佛陀耶舍共竺佛念譯・長阿含經 p0014b）

（例 53）即案限律。殺人應死。尋殺此人。王博戲已。問諸臣言。向者罪人。

今何所在。我欲斷決。臣白王言。隨國法治。今已殺竟。王聞是語。

悶絕躃地。（元魏慧覺等譯・賢愚經 p0379b）

（例 54）諸法師次第乃至第三大眾持。應當知。問曰。何謂爲第三大眾。答

曰。此是次第時已出竟。光明妙法用智慧故。而說是讚曰。（蕭齊

僧伽跋陀羅譯・善見律毘婆沙 p0677c）

除了「結果補語」的功能以外，完成動詞「竟」也已出現了「動相補語」的用

〔註27〕蔣紹愚〈《世說新語》《齊民要術》《洛陽伽藍記》《賢愚經》《百喻經》中的"已"

"竟""訖""畢"〉，《中古漢語研究（二）》，頁 310，商務印書館，北京，2005。

法，例如：

（例 55）若撿校若不撿校者。此令人知已得罪也。當時說已得波羅夷罪。已
　　　　得⃞竟。或有撿校或不撿校。自向他說。是故律本說。或撿校或不撿
　　　　校。（蕭齊僧伽跋陀羅譯・善見律毘婆沙 p0756b）

（例 56）若善男子所欲爲者。剃除鬚髮披壞色衣。有正信心捨離有爲。向於
　　　　無爲出家。此無上梵行白法。自知已具足證法。我生已盡梵行已立。
　　　　所作已辦不受後有。已覺了⃞竟。是長老得阿羅漢果心得解脫。（陳
　　　　眞諦譯・佛阿毘曇經 p0964c）

在上文所舉這些例句中，從上下文語義，以及副詞位於整個「V＋（Object）＋
訖」與「V＋（Object）＋竟」結構之前，可以確定完成動詞「訖」、「竟」已具
有補語的語法性質。這也顯示，就「畢」、「訖」、「竟」三個完成動詞而言，「訖」、
「竟」的虛化程度要比「畢」字來的高，因此有較多「補語」性質的用法。並
且「竟」則又比「訖」表現得更加虛化，因而產生較多「動相補語」的例子。「已」
字則一般不再具有「謂語動詞」的功能。

二、「已」與助動詞「能」共現的句式

「已」可以出現在助動詞「能」所表達的情態句裏，「畢」、「訖」、「竟」則
沒有這樣的用法。「已」與助動詞「能」搭配的例子如：

（例 57）能自調⃞已暢達諸法。爾乃習辯爲諸法眾生。不得眾生亦無諸法。
　　　　（西晉竺法護譯・文殊師利佛土嚴淨經 T11n0318_p0892a24）

（例 58）無央數天往見奉敬伏地自歸。是忍辱報。能自護⃞已目無所著。是精
　　　　進報。勇高遊騰神足無極。是一心報。（西晉竺法護譯・賢劫經
　　　　T14n0425_p0028a06）

（例 59）戒莊嚴心所願具足。被忍辱鎧教授瞋恚。精進堅強能成就⃞已猶如金
　　　　剛。處於憒亂志執禪定而無所著。（西晉竺法護譯・佛說無言童子
　　　　經 T13n0401_p0530a27）

（例 60）舍利弗。是諸善男子善女人所爲心大。所受色聲香味觸法亦大亦能
　　　　大施。能大施⃞已種大善根。種大善根已得大果報。（姚秦鳩摩羅什
　　　　譯・摩訶般若波羅蜜經 T08n0223_p0318a16）

（例 61）諸佛智慧光　圓滿淨世間　能淨世間已　令入諸佛法（東晉佛陀跋陀羅譯・大方廣佛華嚴經 T09n0278_p0487b11）

（例 62）如世間中無知水草牛所噉食。應長養犢子。如作如此計於。一年內能轉作乳。犢子既長。能噉草已。牛復食水草。則不變爲乳。（陳眞諦譯・金七十論 T54n2137_p1260a08）

（例 63）彼時。小兒吹灰求火。不能得已。便以斧劈薪求火。復不能得。又復斬薪置於臼中。搗以求火。又不能得。（姚秦佛陀耶舍共竺佛念譯・長阿含經 T01n0001_p0044b28）

例 57 至 63，「已」位於「（不）能＋V＋（Object）＋已」句式中，助動詞「能」在句中表達情態（modality），在這幾個例子中都具有「能力」的概念。從上下文語義來說，這些例子中的「已」都已經是句末「體貌助詞」的用法。〔註 28〕彭利貞（2007）討論現代漢語情態與體貌，提及「能」與「了₂」的共現關係時，舉出底下的幾個例子：

（327）僅半年，在她強烈的要求下，竟然已經能上半天班了。（張欣《梧桐梧桐》）

（328）馬叔叔，您都能去破案了。（王朔《我是你爸爸》）

（329）總算能安安生生過好日子了！（王蒙《高原的風》）

（330）這種人幾次還不夠，我一條腿不好第二條腿也不能使壞了。（王朔《玩兒的就是心跳》）

（331）不幸的是，這首歌却再也不能安慰我了。（石康《晃晃悠悠》）

並云：

（327）～（331）的「能」表達動力情態〔能力〕。其中，（327）～（329）「了₂」表示〔能力〕從無到有的變化，而（330）和（331）的「能」前都有否定標記「不」，「不」先否定「能」，「不能 Vp」與「了₂」結合，表示〔能力〕的從有到無的變化。〔註 29〕

以之與上述例 58 至 64 作對照，位於此一結構中的「已」，與現代漢語的「了₂」

〔註 28〕參見本論文 6.1.1 與 6.1.2 相關例子的討論。

〔註 29〕彭利貞《現代漢語情態研究》，頁 292，中國社會科學出版社，北京，2007。

在語法功能上已非常接近了。

三、不V＋已

「已」與「畢」、「訖」、「竟」之間的差別，還在於「已」字可出現在「不V」形式之後，而「畢」、「訖」、「竟」沒有這樣的用法。「已」出現在「不V」句式後的例句如：

（例 64）諸比丘稍樂寂往還是。稍寂共往還已。俱行不復大聽聞法。不聽聞[已]。亦不大承用。復不得大精進。（東漢支婁迦讖譯・阿閦佛國經 T11n0313_p0761b20）

（例 65）識法怛薩阿竭法。諸法無所著。隨署教一切諸法不著[已]。不念有無。是則隨教。已不著有無。則隨無根之教如是學。（東漢支婁迦讖譯・文殊師利問菩薩署經 T14n0458_p0436a01）

（例 66）復詣帝釋。求除不淨。帝釋報言。其作此者。斯人能捨。非是吾力之所任卻。魔王復去。廣問諸天乃至梵天。向之喜言。願除茲穢。各答如初。非力所辦。事不獲[已]。來詣尊者。而謂言曰。（元魏慧覺等譯・賢愚經 T04n0202_p0443b06）

（例 67）爾時比丘一日不食。不食[已]遂出王城。（高齊那連提耶舍譯・月燈三昧經 T15n0639_p0603a26）

例 64 至 67，「已」位於副詞「不」所處的否定句式當中，有關副詞「不」的語法功能，李佐豐（2004）云：

> 「不」主要用來否定事實，所以最常用在敘事句中。如果其後是行為動詞，它常表示對主觀意願的否定；如果其後是性狀動詞，它常表示對客觀事實的否定。……「不」和「未」都有否定的作用，但是它們特點不同。「未」在否定事實或認識時，其中明顯地包含有時間性；「不」則表示一般性的否定，並不強調時間性。〔註30〕

「不」既然是對主觀意願或客觀事實的否定，那麼位於句末的「已」也就不會有表達「完成」的語義功能。如果從語義層面思考，「已」在句中主要表達的都是此一否定事實的已然發生或實現。從語義、語法關係來說，這些「已」都不

〔註30〕李佐豐《古代漢語語法學》，頁 197，商務印書館，北京，2004。

屬於謂語結構內部的語法成分，〔註31〕因此也都屬於句末「體貌助詞」的用法。

四、與副詞「已」的對應關係

對於「已」字語法功能的討論，魏培泉（2003）指出：「這種『已』的功能和先秦表示體貌的副詞『已』功能相當。」「如果我們把『已』析爲以句子或 VP 爲論元的中心語，那麼就這個層級而言，助詞『已』和副詞『已』是呈現中心語對反的局面，而助詞『已』接替副詞『已』也就是一種中心語在首到中心語在尾的轉變。」〔註32〕而在中古漢譯佛經中，我們確實也可以發現到「V ＋（Object）＋已」結構中的「已」與副詞「已」之間具有對應關係的例證，例如：

（例 68）於是佛告賢者阿難。受是經諷誦讚。廣爲他人說之阿難白佛。**唯然受已**。是經名曰何等。云何奉行。（西晉竺法護譯・文殊師利現寶藏經 T14n0461_p0466a22）

（例 69）佛告賢者阿難。以是經卷用爲囑累。受持諷誦普令流布爲他人說。阿難對曰。唯然世尊。**已受斯經**。經名何等。云何奉持。（西晉竺法護譯・佛說海龍王經 T15n0598_p0157a21）

比較例 68 與 69 這兩段經文，「唯然受已，是經名曰何等，云何奉行」與「唯然世尊，已受斯經，經名何等，云何奉持」乃相對應之文句，這顯示「受已」與「已受」所表達的語義或語法功能是相同的。又如：

（例 70）心常念婦未曾離懷。往至買裝即尋還國。行道歡喜今當見之如是不久也。朝暮思婦。適到家**已**問婦所在。（西晉竺法護譯・修行道地經 T15n0606_p0215b27）

例 70「適到家已問婦所在」於下文偈頌的文句中作「已到家中先問之，吾婦今者爲所在。」在漢譯佛經的文體當中，偈頌往往是用來重複申述經文中的內容，因此《修行道地經》中的「適到家已」一句，即偈頌文句之「已到家中」，完成動詞「已」顯然與副詞「已」扮演著相同的語法、語義功能。又如：

〔註31〕參見本論文第 6.1.1 與 6.1.2 小節相關例子的討論。
〔註32〕魏培泉〈上古漢語到中古漢語語法的重要發展〉，《古今通塞：漢語的歷史與發展》，頁 89，中央研究院語言學研究所（籌備處），台北，2003。

（例 71）除貪嫉棄眾惡。常知止足行於正眞。無有異心則逮平等。逮平等已
無有眾邪則獲慈心。已習慈心便遇善友。已得善友則便得聞寂然之
法。已聞寂然便建立行。已建立行則化眾生。化眾生。已則便講說
立寂然誼。假使菩薩不爲眾生不修寂然。則不微妙。已不微妙不獲
道眼。不得道眼不至善權。不能睹見一切眾生根本所趣。（西晉竺
法護譯・等集眾德三昧經 T12n0381_p0976b26）

例 71 從「無有異心，則逮平等，逮平等已，無有眾邪，則獲慈心」一直到「化
眾生已，則便講說，立寂然誼。」〔註33〕基本上都是「已 VO，便（或「則便」、
「則」）VO」的句式，而這樣的句式也可以用「VO 已，則便 VO」的句式來表
達，特別是「已得善友則便得聞寂然之法」與「化眾生已則便講說立寂然誼」，
兩者在句法結構上除了「已」出現位置的差別之外，是全然相同的結構，這顯
示「已 VO」與「VO 已」乃表達相同的語法、語義功能。像這樣的例子，在中
古翻譯佛經中還有很多，例如：

（例 72）假使菩薩於斯諸法。身無所著無所著已。不住異法。其於諸法不生
不住。爾能於彼無所倚著已無所倚。供養諸法則於諸法而無所倚。
（西晉竺法護譯・佛昇忉利天爲母說法經 T17n0815_p0788b24）

（例 73）習諸法者用正故學。習菩薩行等心眾生。已等眾生便等諸法。已等
諸法知菩薩心。已知菩薩則能暢解眾生志操。知眾生已則知諸法。
是名曰習弘等一切眾生之類。悉等諸法而無適莫。（西晉竺法護譯・
阿差末菩薩經 T13n0403_p0594b10）

（例 74）吾悉勸助斯眾德本。了此德本不可捉持。一切諸法猶如虛空。若能
勸助此德本已則無有本。已離諸本不可護持。無所志念寂然無生。
達無生已便入諸法。已入諸法便勸德本。如爲己身所可勸助。亦復
勸助一切菩薩。開化眾生俱復如是等無差特。（西晉竺法護譯・佛
說文殊悔過經 T14n0459_p0444c07）

上述這些例子也都是「已 VO，便（則）VO」與「VO 已，便（則）VO」之間
句式的轉換。而這種句式上的互用，在中古漢譯佛經中有時並不出現在同一段

─────────

〔註33〕CBETA 大藏經於此處的斷句顯然有問題，當斷爲「化眾生已，則便講說立寂然誼。」

文字的上下文，而是出現在同一經的兩段文字敘述當中，例如以下《佛說無言童子經》中的情形：

（例 75）若能平均一切眾生。則能平等一切諸佛。等諸佛[已]。則能奉修於一切智。（西晉竺法護譯・佛說無言童子經 T13n0401_p0525a10）

（例 76）復次等無二者則等眾生。則等諸佛。則等諸法。[已]等諸法則等國土。[已]等國土則等虛空。其於此等若不轉移。能於此等平等住者。修無所處。是為賢聖之正見也。（西晉竺法護譯・佛說無言童子經 T13n0401_p0527c29）

「等諸佛已，則能奉修於一切智」出現於《佛說無言童子經》的卷上，它與卷下「已等諸法則等國土，已等國土則等虛空」的「已VO，則VO」的句式，顯然也是屬於句式轉換上的關係。由這些例子來看，與副詞對應的句末「已」確如魏培泉先生所說的與「副詞『已』功能相當」，故而可推測其在句中的語法性質，亦屬「體貌助詞」的用法。

相對於上述這種出現在「V＋（Object）＋已」中的「已」，與副詞「已」之間對應關係的語法現象，並不存在於「畢」、「訖」、「竟」的使用情形裏面。這也顯示出，在部分完成貌句式中，「已」與「畢」、「訖」、「竟」之間的語法性質是有所不同的。這些例子中的「已」，在完成貌句式中的語法性質，是要比「畢」、「訖」、「竟」更加的虛化。

9.2 中古完成貌句式之來源與演變

上一個小節裏，我們從「同義詞」的角度對「畢」、「訖」、「竟」、「已」四個完成動詞，進行語義要素的分析。底下則就完成貌句式的來源與演變的過程進行討論。討論的重點，將放在中古完成貌句式「V＋（Object）＋完成動詞」結構的來源問題，以及此一結構在中古時期的發展與演變上。

9.2.1 中古完成貌句式之來源

早在 1958 年，王力先生就已針對現代漢語完成貌詞尾，在來源與演變上，提出相關的論述。之後張洪年（1977）分析敦煌變文的語法現象，指出在敦煌變文裏，有三種表現完成貌（perfective aspect）的方法，第一種是就上下文語

境的語義關係來呈現，第二種屬於句法層面，也就是透過副詞形式來表現。至於第三種，則是一種新興的語法手段，並且在變文當中，有超過 80% 的完成貌句式，都是運用助詞（particle）「了」、「已」、「訖」來標誌完成貌。〔註34〕這當中的第三種語法標誌，他認為就是現代漢語完成貌詞尾「了」的來源。如此，就把完成貌句式的來源與歷史演變，擴充到包含「已」、「訖」等完成動詞的討論上。

梅祖麟（1981）則指出，把「已」、「畢」、「訖」、「竟」用在句末表示完成貌的句式，在四、五世紀時就已經出現了，而在 1999 年〈先秦兩漢的一種完成貌句式——兼論現代漢語完成貌句式的來源〉一文中，他又進一步把完成貌句式（動＋賓＋完成動詞）的出現，往前推到戰國晚期，並說明這種句式一直到晚唐五代，仍持續被使用。

探討完成貌句式產生的年代，實際上，也涉及完成貌句式是如何產生的這一議題。對於中古完成貌句式的來源問題，大致有底下幾種不同的意見：

一、受佛經翻譯的影響

認為中古完成貌句式的產生，是受到翻譯佛經的影響，有關這一說法，主要的代表人物有張洪年（1977）、朱慶之（1993）、辛島靜志（2000）等。在探討敦煌變文語法時，張洪年推測，完成貌句式的來源，可能是受到佛經翻譯者有意或無意的利用「了」、「已」、「訖」去對應梵文當中的動詞詞尾 tvã。關於這一點，他說：

> It is suggested here that under the influence of Sanskrit a sentence-final liao, yi, or qi was used to mark a perfective aspect. In Sanskrit, the perfective form for a gerundial verb is marked by the suffix tvã. As the language is verb-final in its word order, the perfective suffix invariably

---

〔註34〕有關張洪年提出三種表現完成貌方法的原文表述為：「There are basically three ways of indicating a perfective aspect in the bian-wen language. As in classical Chinese, it may be semantically inferred from the context as in Sentence 1, or it may be syntactically realized as an adverb as in Sentence 2.……The third way of indicating a perfect is a new feature never found in writings prior to this period. Over 80% of the bian-wen perfective sentences are marked with a particle liao, yi, or qi.」

appears at the end of a gerundial sentence. In rendering such a case into Chinese, translators, consciously or unconsciously, placed a particle at the end of the sentence for the same purpose.

朱慶之（1993）、辛島靜志（2000）研究梵漢對譯的資料，舉出相關的例證，說明漢譯佛經中的「已」，乃表時態的助詞，它之所以會出現在「動＋（賓）＋已」的結構當中，就是受到對譯梵語分詞的影響。如朱慶之云：

> 在對勘材料裏，我們發現這種「已」的大量使用與原典有直接的關係，例如梵語的過去分詞常常被譯成漢語的「V 已」……梵語的分詞具有時（tense）、體（aspect）、態（voice）的語法意義。像以上所舉的過去分詞就有過去時、完成體、被動態的語法意義，譯語中的「已」正是用來表示其中過去和完成兩種語法意義的。但是就「地道」的漢語而言，句子成分間的語法關係主要靠詞序（word order）表示，語法關係助詞在當時很不發達，像這種時態助詞「已」在同期中土文獻很少見到。……我們有理由推測翻譯家把-ta 看得很實在，abhiṣikta 只譯成「灌頂」并不完整，這樣就直接導致了佛典譯文時態助詞「已」的大量出現。〔註35〕

雖然都主張完成貌句式的產生，是受到梵文的影響，但朱慶之（1993）與辛島靜志（2000）論述的重點，在於強調「已」字的用法，並不涉及「畢」、「訖」、「竟」的討論。因此嚴格的說，朱、辛兩位先生的說法，只在論證時態助詞「已」的來源問題。

二、漢語自身的演變

與佛經翻譯影響的這一看法不同，有些學者認為，完成貌句式的產生，是來自於漢語內部語法演變的發展，如梅祖麟（1981、1999）、馮春田（1986）等。梅祖麟（1999）指出，漢語「動＋賓＋完」這種完成貌句式，在戰國晚期就已經產生，較東漢時期的翻譯佛經時代更早，所以不同意完成貌句式是在翻譯佛經時，受到梵文的影響而產生的這一說法。

〔註35〕朱慶之〈漢譯佛典語文中的原典影響初探〉，《中國語文》1993 年第 5 期，頁 380，1993。

馮春田（1986）論及「完成貌句式問題」時，也與梅先生有相同的看法。
他說：

> 象"V完"、"VO完"這種完成貌句式，在魏晉時期已大量出現，
> 而且看不出這些格式所在的許多的文獻資料與梵文有什麼關係或怎
> 樣受到梵文的影響。所以，我們就很難說定這種句式是受梵文的影響
> 才出現或產生的。當然，在由梵文直接譯成的古代漢語資料中……，
> 這類句式一般都反映得比較充分，這裏就可能有個受譯者語言（母語）
> 習慣影響的問題。但這種影響，也并未完全脫離漢語的實際；而是基
> 於漢語在歷史發展中產了V完"、"VO完"這類完成貌句式并且逐
> 漸發展的事實，提高了這種句式在當時的使用頻率。〔註36〕

梅祖麟、馮春田兩位先生都主張「動＋賓＋完」這種完成貌句式，是漢語內部
自身的發展所產生，而在論證漢語語法如何從上古漢語的句法結構，演變至中
古「動＋（賓）＋完」句式的議題上，學者之間，各自又有幾種不同的看法：

（一）「之」字結構的消失

梅祖麟（1981）認為，完成動詞「已」、「畢」、「訖」、「竟」等出現在「動
＋賓＋完」這種句式，從漢語自身就能發展出來，而不必靠外來的影響。他並
舉出「妄搖手不得」、「丘禱之久矣」等，與「動＋賓＋完」結構相同的例句，
來證明這個論點。梅祖麟（1981）云：

> 張洪年（1977,第65頁）問的問題是：在有動詞和賓語的句子後面，
> 為什麼可以再加個完成動詞？這個問題可以換種問法：完成動詞的
> 前面，上古只能放簡單的短語，為什麼到了南北朝，或者更早，可
> 以放個主、動、賓俱全的完整的句子？上古時期，如果句子要用作
> 主語或賓語，需要預先在這句子的主語和謂語之間加個"之"字，
> 把句子變成仿語化的名詞。……到了南北朝，作主語或賓語的句子
> 不必仿語化。〔註37〕

換句話說，梅先生是認為完成貌句式的來源，與「之」字結構在上古漢語與中

〔註36〕馮春田〈魏晉南北朝時期某些語法問題探究〉，程湘清主編《魏晉南北朝漢語研
　　　　究》，頁209，山東教育出版社，濟南，1994。
〔註37〕梅祖麟〈現代漢語完成貌句式和詞尾的來源〉，《語言研究》第一冊，頁70，1981。

古漢語的分佈演變上，有很大的關係，由於「之」字從「主＋之＋謂」結構當中消失，使得原本應為「N 之 VP＋已」（或者「V 之 O＋已」）的句子變成了「N＋VP＋已」（或者「V＋O＋已」）的結構，如此就產生了「動＋賓＋完」的句式。

（二）複句結構的改變與合併

　　除了提出「之」字結構的消失，導致完成貌句式的產生之外，梅祖麟（1999）又提出了另一種看法，他說：

> "已"字這種新興用法是怎麼來的？《詩經‧風雨》有這樣的句子：
> "風雨如晦，雞鳴不已"。"雞鳴不已"取掉"不"字剩下來的是
> "雞鳴已"。把這句加在另一句的前面，結果是"雞鳴已，東方則
> 白"──雞叫完了，東方就發白了。〔註38〕

他並舉了馬王堆三號漢墓出土的帛書，與竹簡《五十二病方》的內容，說明在出土文獻當中，有「已」跟「不已」出現在全句句末，當主要動詞用的例證。同時在出土文獻裏，也有「已」跟「不已」出現在上句句末，而與下句的另一件事聯起來看的情形。除此之外，《五十二病方》尚有「飲熱酒，已，即入湯中」的例子。針對此一例句，梅先生云：

> "飲熱酒，已，即入湯中"的"已"在兩句之間，意思是喝完熱酒。
> 在這種情形下，"已"字會黏附在上句句末，產生"飲熱酒已，即
> 入湯中"……換句話說，"飲熱酒已"的上句句末"已"字已經是
> 完成動詞。〔註39〕

如果我們的理解沒有錯誤，根據梅先生的論述，「已」字之所以能夠進入完成貌句式，是因為在上下文語境當中，上下兩個相聯繫的句子，在結構上產生了變化，「已」字由原本出現於句末擔任謂語動詞，〔註40〕進一步出現在聯繫上下兩

〔註38〕梅祖麟〈先秦兩漢的一種完成貌句式──兼論現代漢語完成貌句式的來源〉，《中國語文》第 4 期，頁 290，1999。

〔註39〕梅祖麟〈先秦兩漢的一種完成貌句式──兼論現代漢語完成貌句式的來源〉，《中國語文》第 4 期，頁 291，1999。

〔註40〕梅祖麟〈先秦兩漢的一種完成貌句式──兼論現代漢語完成貌句式的來源〉一文把「雞鳴不已」、「雞鳴已」都用「完了」來解釋，我們則認為應解釋為「停止」。

個複句之間的位置，最後再歸併進入複句中的前一分句句末，於是產生了「動＋賓＋完成動詞，下句」的句式。

在中古漢語的文獻裏，我們確實可以發現有這種出現在「S，完成動詞，S」結構中的例句，如：

（例 77）於是下山拾取寶物。藏著一處 ⃞訖⃞ 便出山。求呼兄弟負馳持歸。（西晉法立共法炬譯・法句譬喻經 p0584a）

（例 78）十九者示現般遮旬世間有貧窮羸劣者。指示地中伏藏財物。施與貧窮人。⃞竟⃞ 為說經法皆令發意。（東漢支婁迦讖譯・佛說伅眞陀羅所問如來三昧經 p0358c）

（例 79）米必須晰，淨淘，水清乃止，即經宿浸置。明旦，碓擣作粉，稍稍箕簸，取細者如饊粉法。⃞訖⃞，以所量水煮少許穄粉作薄粥。（〈齊民要術・笨麴并酒第六十六〉）

上舉例 77、78 於斷句上應讀為「藏著一處，訖，便出山」與「施與貧窮人，竟，為說經法，皆令發意」，動詞「訖」與「竟」就上下文語義關係來說，都屬獨立成句的語法成分，因此我們認為梅先生的這一說法，是一個合理的推論。

（三）句法結構「類推（analogy）」的結果

周守晉（2003）認為「已」字具有「完結」的意義，大概是形成於戰國中期稍後，而在這個時期當中，已經可以看到表示「完結」的「已」，當做謂語使用的例子。如：［註41］

寇去事已，塞禱。（墨子・號令）

事已，皆各以其價償之。（墨子・號令）

故事已，新事起。（管子・小匡）

追補之，追事已，其矢其□□罪當□□□□。（龍崗秦簡－42,276）

周氏並舉《左傳》、《呂氏春秋》當中的例子，說明「已」的這種用法，是來源於動詞「畢」的影響，其云：

"動詞＋畢，下句" 或者 "動（賓）畢＋則／而動（賓）" 是在 "名

「已」字的「完了」義雖由「停止」引申而來，但語義上畢竟仍有差異。

［註41］這四例摘錄自周守晉〈戰國、秦漢表示完結的"已"補正〉一文。

詞＋畢，下句"的基礎上形成的。同樣的，表示完結的"已"也經歷了這個過程，即先有"名詞＋已，下句"，後有"動詞（賓）已，下句"。……把完結動詞"畢"和"已"的用法聯繫起來，可以說明在"名詞＋已，下句"向"動詞（賓）＋已，下句"的發展過程中，"畢"都是一個重要的推動因素。"畢"和"已"的交替發展表現為："名詞＋畢，下句"→"名詞＋已，下句"／"動詞（賓）＋畢，下句" →"動詞（賓）＋已，下句"。換句話說，"已"是作為一種詞彙興替手段出現在這種句式之中的。〔註42〕

此一論點，實際上與前兩種說法類似，都認為「已」字進入到中古完成貌句式之前，是先出現在主謂結構中，擔任謂語動詞的用法，之後主語結構產生變化，於是產生「動＋賓＋已」的句式。不過他進一步提出，「已」字的這種變化是因為受到句法結構類推（analogy）的影響。

（四）連動結構至動補結構的發展

石毓智、李訥（2001）不同意中古漢語本身有「動＋賓＋完」格式的存在，而把「畢」、「訖」、「竟」、「已」等進入所謂完成貌句式中的現象，認為是句法層次的連動結構，進一步演變為動補結構的來源。其文章指出：

梅祖麟（1981）提出，在魏晉南北朝時期有一個表完成的格式「動＋賓＋完」，可出現在「完」位置的有「畢、訖、已、竟」。……我們認為，當時沒有一個專表「完成」的格式，「畢」等只能出現於賓語之後是受「動＋X＋賓」的 X 的條件限制的結果，即 X 只能是與賓語具有施受關係的詞語。然而從語義上看，這一時期也確實新出現了一類補語，它們的語義指向是動詞。〔註43〕

此一說法與前三種不同之處，在於把「動＋賓＋完成動詞」視為連動結構，而不看成主謂結構。換句話說，「畢」、「訖」、「已」、「竟」與前面的「動＋賓」結構之間，乃是兩個動詞組結合之後，所構成的連動關係，之所以「畢」、「訖」、

〔註42〕周守晉〈戰國、秦漢表示完結的 "已" 補正〉，《語言學論叢》第二十七輯，頁 317，商務印書館，北京，2003。

〔註43〕石毓智、李訥《漢語語法化的歷程——形態句法發展的動因和機制》，頁 133，北京大學出版社，北京，2004。

「已」、「竟」只會出現在「動＋賓」結構之後，而不構成「動＋完成動詞＋賓」的句式，是因為賓語與「畢」、「訖」、「已」、「竟」間沒有施受之語義關係的原因。

我們同意中古完成貌句式和漢語動補結構的發展有關，但是對於石毓智、李訥（2001）將「動＋賓＋完成動詞」視為連動結構的說法，則不是很認同。因為在佛經文獻裏，「畢」、「訖」、「竟」都具有後接賓語名詞的及物動詞用法，例如：

（例 80）菩薩承事定光。至于泥曰。奉戒護法。壽終即生第一天上。為四天王。畢天之壽。下生人間。作轉輪聖王飛行皇帝。七寶自至。（吳支謙譯・佛說太子瑞應本起經 p0473b）

（例 81）佛告阿難。是恒加調弟。當來之世當作佛。號名金華如來無所著等正覺。畢女人身受男子形。後當生於妙樂佛國。於彼國修梵行。（西晉無羅叉等譯・放光般若經 p0093c）

（例 82）問受伽絺那衣。應如布薩作羯磨不。答言應作。問訖迦絺那衣。應作捨羯磨不。答言。應作。問應何時受迦絺那衣。答夏末後月。問幾時應捨。答從夏末月竟多四月應捨。（姚秦鳩摩羅什譯・十誦律 p0390c）

（例 83）其佛般泥洹已是兒當習其後。便於遮迦越羅壽盡。當至兜術天上。從上竟壽而下。當生彼佛剎而自成佛。（東漢支婁迦讖譯・佛說阿闍世王經 p0405a）

（例 84）王意乃解。即便下床。遙禮祇洹。歸命三尊。懺悔謝過。盡形竟命。首戴尊教。（東漢曇果共康孟詳譯・中本起經 p0160b）

例 80 至 84，「畢」、「訖」、「竟」之後都接上賓語名詞，顯示它們本身都具有及物動詞（他動詞）的用法。理論上如果它們與「動＋賓」結構所構成的語法關係為連動結構的話，應該會有上古漢語雙動共賓的結構存在，也就是可以出現「動＋完成動詞＋賓」的形式。在中古文獻當中，我們也確實看到有這樣的例子出現，例如：

（例 85）世尊。如佛所說滅業障罪。云何滅業障罪。佛告文殊師利。若菩薩

見一切法性無業無報。則能畢滅業障之罪。（姚秦鳩摩羅什譯・諸法無行經 p0753b）

（例 86）天子復問。文殊師利。意不妄信菩薩。云何報畢信施之恩。文殊師利答言。天子。意不妄信者。是名曰眼見了一切諸法。不隨他人教有所信從也。意不妄信者。不復報信施之恩。何以故。從本已來悉清淨故。（西晉竺法護譯・佛說須真天子經 p0105b）

在第三章中，我們曾經討論過這兩個例子，其中「畢滅業障之罪」與「報畢信施之恩」都是所謂雙動共賓的結構。因此如果把「動＋賓＋完成動詞」也看作是連動結構的話，就無法解釋為何它不與「畢滅業障之罪」一樣採取雙動共賓的結構，而要另外形成「動＋賓＋完成動詞」的句式。

其次，我們在前文中也已經指出，佛經文獻中「NP＋完成動詞，VP」與「V＋完成動詞，VP」、「V＋Object＋完成動詞，VP」句式之間，具有平行的語法關係，例如：

（例 87）鱉辭曰。恩畢請退。答曰……（吳康僧會譯・六度集經 p0015b）

（例 88）期竟辭退。又送神珠一枚。（吳康僧會譯・六度集經 p0004c）

（例 89）塗拭事訖當洗。（東晉佛陀跋陀羅譯・摩訶僧祇律 p0351c）

（例 90）嚴畢升車。出宮趣城。（東漢曇果共康孟詳譯・中本起經 p0152a）

（例 91）罵訖傷打船主手臂腳。（東晉佛陀跋陀羅譯・摩訶僧祇律 p0246c）

（例 92）欬竟還入。（東晉佛陀跋陀羅譯・摩訶僧祇律 p0513b）

（例 93）分舍利訖。當自奉送。（姚秦佛陀耶舍共竺佛念譯・長阿含經 p0029c）

（例 94）待縫衣訖當去。（姚秦鳩摩羅什譯・大智度論 p0384b）

（例 95）刺汝眼竟。持汝珠去。（元魏慧覺等譯・賢愚經 p0413a）

上述例 87 至 89 屬「NP＋完成動詞，VP」結構，例 90 至 92 為「V＋完成動詞，VP」結構，例 93 至 95 則為「V＋Object＋完成動詞，VP」句式，這些平行對應的關係亦顯示「畢」、「訖」、「竟」與其前的「動＋賓」結構不屬於連動結構的語法關係，而應視為「主謂結構」。

認為中古完成貌句式與漢語動補結構相關的說法，還有吳福祥（1999）。他在文章中，把完成動詞出現在「V＋完」結構時，視為一種特殊的「動補結構」，

而把完成動詞位於「Vt＋Object＋完成動詞」格式，視爲「主謂結構」。他的理由，在於「畢」、「訖」、「竟」、「已」的語義指向爲整個「Vt＋Object」所表達的事件，我們同意這一種說法。〔註44〕但是把「V＋完成動詞」結構視爲一種特殊的「動補結構」這一點，則仍可作進一步的討論。梁銀峰（2006）不同意將所有「V＋完」結構都視爲「動補結構」，他說：

> 吳福祥先生認爲「V1＋Vw2」格式都是動補結構，我不能完全接受。
> 其一，認爲「Vw2」的意義較虛，不表示實在的動作或狀態，因此
> 就把它當作「V1」的補語，這種格式都是動補結構，這不太合適，
> 因爲所謂「Vw2」的意義虛化與否的說法，往往因人而異，具有很
> 大的隨意性；而且「V＋Vw2」格式在整個漢魏六朝時期使用極爲
> 普遍，若統統將它們當作動補結構，這必將造成動補結構數量的急
> 劇膨脹。〔註45〕

根據梁銀峰的主張，他認爲應該把「畢」、「訖」、「竟」、「已」分開處理，當「畢」、「訖」處於「雙音動詞＋Vw2」與「Vi＋Vw2」格式時，皆爲「主謂結構」，只有「Vt＋Vw2」格式中的「畢」、「訖」可能是「動補結構」。「V＋竟」都屬「主謂結構」。「V＋已」在非佛經文獻中應看作主謂結構，在佛經中則受到譯經的影響，「V＋已」中的「已」是一個動態助詞。

　　梁銀峰將「畢」、「訖」位於「雙音動詞＋Vw2」與「Vi＋Vw2」格式中，與「V＋竟」結構等，都分析爲「主謂結構」的證據，在於這些結構都可插入修飾的語法成分。例如：〔註46〕

> 言未畢，而黃門令奏宮人相殺。（《三國志・魏書・方技傳》）
>
> 新寫始畢，會以無狀，幽囚待命。（《三國志・吳書・韋曜傳》）
>
> 坐裁竟，問王楨之曰：「我何如卿第七叔？」（《世說新語・品藻》）

〔註44〕但是在中古佛經裏，「Vt＋Object＋完成動詞」結構已發展出「動＋賓＋補」語法
　　　　關係的用法，特別是佛經「已」出現在這一格式中時，基本上已不再屬於「主謂
　　　　結構」的語法關係。

〔註45〕梁銀峰《漢語動補結構的產生與演變》，頁157，學林出版社，上海，2006。

〔註46〕這六例主要摘錄自梁銀峰《漢語動補結構的產生與演變》一書，而佛經中相關的
　　　　例證，我們在本論文第三、四、五章當中也已作了許多的分析與說明，可參看。

語未竟，鬼在前，大賢便逆捉其腰。(《搜神記》卷十八)

祭祀既訖。(《三國志・魏書・方技傳》)

嚴駕已訖 (《三國志・蜀書・費褘傳》)

而之所以中古「Vt＋畢」與「Vt＋訖」可以視爲「動補結構」，「V＋竟」卻不行的原因，主要是因爲「V＋竟」結構之後，在後代的發展中，無法接上賓語，而「Vt＋畢」與「Vt＋訖」結構，在後代的發展中，可以接上賓語。

我們同意梁銀峰先生所指出的：「V＋完成動詞」在中古可以具有「主謂結構」的語法關係，但是他把「Vt＋畢」、「Vt＋訖」與「雙音動詞＋Vw2」、「Vi＋Vw2」、「V＋竟」區分爲「動補結構」及「主謂結構」的這一作法，則似乎仍有待商榷。因爲即使在明清時期，「Vt＋畢」與「Vt＋訖」已形成「動補結構」，也無法用來當作論證六朝時期它們是否屬於「動補結構」的依據。並且從上述例90、91、92 的平行句法關係來看，也無法區分出它們之間的語法結構，在語法關係上有何不同（例90 動詞「嚴」與例91 動詞「罵」都屬及物動詞，例92 動詞「欬」則爲不及物動詞）。事實上他自己也清楚這一種區別方式本身的侷限性，因而在文章中也指出：

> 即使嚴格按照我所列的三個條件，仍不能排除「Vt＋畢」、「Vt＋罷」是主謂結構的可能性。如「食畢」，並非所有的「食畢」皆爲動補結構，當「食」表示一個事件的過程，「畢」表示這個過程的完成時，仍是主謂結構。只有當「畢」表示「食」這個動作本身的完成時，才有可能是動補結構。但這種區分施行起來是很困難的，因爲沒有任何形式可供借助。〔註47〕

我們的看法是，動詞「畢」、「訖」、「竟」進入到中古漢語「V＋完成動詞」與「V＋Object＋完成動詞」格式時，都是以「謂語動詞」的性質進入的。而產生此一句法結構的眞正原因，應如梅祖麟先生所說的，是受到「之」字仂語結構的消亡，致使主語結構產生與上古漢語不同的語法形式。由於一開始「畢」、「訖」、「竟」仍具有謂語動詞的功能，因此在句式結構上，可以與「NP＋完成動詞，VP」有平行對應的句法結構。至於它們後來產生「動詞補語」的語法功

〔註47〕梁銀峰《漢語動補結構的產生與演變》，頁162，學林出版社，上海，2006。

能，則是因為句法結構「重新分析」的結果。

另外，梁銀峰先生把佛經文獻「V＋已」結構的「已」，都看作是「動態助詞」的作法也是有問題的，因為在佛經文獻裏，有許多「已」字在「V＋已」結構中，可以與「畢」、「訖」、「竟」之間互相的代用，例如：

（例 96）上座時至方來。亦不歡食呪願。狼狼食已便去。年少問言。上座來
未。答言。已來食竟便去。（東晉佛陀跋陀羅譯・摩訶僧祇律
T22n1425_p0500a03）

「食已便去」與「食竟便去」，「已」、「竟」所處句式完全相同，而一用「已」，一用「竟」，顯見它們之間可以互用。

三、漢語內部的演變加上佛經翻譯的影響

針對完成貌句式究竟是受到梵語的影響而產生，亦或是漢語內部自身的發展，這兩種不同的意見，蔣紹愚（2001）提出了一個綜合性的說法。他根據《世說新語》、《齊民要術》、《洛陽伽藍記》、《賢愚經》、《百喻經》五部書的材料進行統計，指出「在漢譯佛典中『已』用得很多，在中土文獻中『已』用得很少」的分佈情形。並進一步說明「已」與「畢、訖、竟」用法上的差別，在於：一、「畢」、「訖」、「竟」之前可直接接上時間副詞，但副詞一般只會出現在整個「V＋（Object）＋已」結構之前，而不會直接位於「已」字之前；二、「畢」、「訖」、「竟」可用於一個句子的終了，後面不再接另一小句，「已」則未見用於一個句子終了，後面不再接另一小句的用法；三、「已」可出現在「持續性」與「非持續性」動詞之後，「畢」、「訖」、「竟」則一般只能位於「持續性」動詞之後。因此他認為「畢」、「訖」、「竟」在中古時期仍具有「謂語動詞」的功能，並且歸結出漢譯佛典中的「已」，應該區分為「已1」跟「已2」這樣的結論。他說：

東漢魏晉南北朝的"V（O）已"的"已"應分為兩部分：（A）一部分是"V1+（O）+已"中的"已1"（V1是持續動詞），這種"已"是在佛教傳入前就已存在的、漢語中原有的"已"。（B）另一部分是"V2+（O）+已"中的"已2"（V2是非持續動詞），這種"已"是用來翻譯梵文的"絕對分詞"的。……這兩種"已"在語法上應作不同的分析。從句子成分來說，兩者都是補語，而且都是指動補語。從性質來說，"已1"是動詞（完成動詞），"已2"已高度虛

化，只起語法作用，已經不能看作動詞。從作用來說，"已₁"表示動作的完結；"已₂"本是梵文的"絕對分詞"的翻譯，表示做了一事再做另一事，或某一情況出現後再出現另一情況，進入漢語後，也可以表示動作的完成。"完結"和"完成"僅一字之差，但在語法作用上是不一樣的。"完結"表示一個過程的結束，所以前面必須是持續動詞（吃完）。"完成"是一種體貌，表示動作或狀態的實現，前面可以是非持續動詞（死了），也可以是持續動詞（吃了）。〔註48〕

此一說法的優點，在於進一步區分了「畢」、「訖」、「竟」、「已」出現在完成貌句式中的分佈狀況，以及語法、語義性質上的差異，並且兼顧到語法演變，可能由內部結構的改變而產生變化，也可能受到外來語言衝擊的影響兩種因素。在解釋中古完成貌句式來源的問題上，其解釋力所涵蓋的範圍，可說是比之前的幾種說法要來得細緻與廣泛。

不過，此處仍有一個小小的問題存在，即中古漢語「畢」、「訖」、「竟」、「已」同樣都具有表達「完成」的概念，何以在翻譯梵文的「絕對分詞」時，單單只以「已」字與之對譯，而不以另外三個完成動詞「畢」、「訖」、「竟」來對應呢？關於這個問題，我們認爲可以從幾個方面加以考量。首先，辛島靜志（2000）云：

在梵語裏絕對分詞一般表示同一行爲者所做的兩個行爲的第一個（"……了以後"），相當於漢譯佛典的"……已"。筆者認爲，把絕對分詞翻成漢語時，漢譯佛典的譯者往往使用"已"一詞。在梵語佛典裏出現了大量絕對分詞，這就造成漢譯佛典裏"……了以後"意思的"已"大量出現。〔註49〕

梵語「絕對分詞」既指同一行爲者所做的兩個行爲的第一個，且具有「……了以後」的意涵，就意味著它所標誌的前一個行爲，乃是完整的事件。在本章第一小節中，我們從義素分析的角度來觀察「畢」、「訖」、「竟」、「已」四個完成

〔註48〕蔣紹愚〈《世說新語》《齊民要術》《洛陽伽藍記》《賢愚經》《百喻經》中的"已""竟""訖""畢"〉，《中古漢語研究（二）》，頁315～316，商務印書館，北京，2005。

〔註49〕辛島靜志〈漢譯佛典的語言研究〉，《文化的饋贈・語言文學卷》，頁513，2000。

動詞，並指出中古時期的「已」具有「完全態」（perfective）的語義要素，「畢」、「訖」、「竟」則具有「不完全態」（imperfective）的語義要素。因此可以推測，此一「完全態」（perfective）的語義要素，應是導致翻譯佛經的譯者選用「已」字去對譯梵語「絕對分詞」的原因。

其次，在 9.1.2 小節裏，我們也指出句末「已」在佛經裏，有與副詞「已」對應的例子存在，它與副詞「已」具有完全相同的語法功能。就上古漢語來說，對於動作行為的時間關係，主要透過動詞前的狀語位置以及句末的助詞來呈現。上古漢語具備此一語法功能的句末助詞，主要是「矣」跟「已」。〔註50〕因此我們接下來要問的問題是：中古漢語這種與副詞對應的句末助詞「已」，和上古漢語的「矣」或「已」之間，是否有來源上的關係存在呢？

魏培泉（2003）認為，中古這種表現體貌功能的「已」，應該與上古的句末助詞「已」區別開來，〔註51〕他說：

「已」的虛化可能經由「S，已，S」的過程，也就是由獨立的動詞而轉為前附的句末助詞……助詞「已」的產生為漢語的句子創造了一個新成分，並成為近代漢語動詞詞尾「了」的前導。〔註52〕

根據魏培泉先生的意思，中古漢語的「已」是由動詞演變為句末助詞，屬當時新興的語法成分，它與上古漢語的句末語氣詞「已」無關。我們同意佛經句末體貌助詞「已」來源於動詞「已」的說法，因為在中古佛經裏，「已」字明顯呈現出由「動詞＞結果補語＞動相補語＞體貌助詞」的語法化過程，顯示體貌助

〔註50〕關於「矣」字的語法功能，可參考梅廣'Functional Categories in Classical Chinese'、蒲立本'Outline of Classical Chinese Grammar'。至於句末語氣詞「已」的功能，《史記・太史公自序》中有「察其所以，皆失其本已」一句，司馬貞索隱云：「已者，語終之辭也。」（《新校史記三家注》，頁 3297～3299，世界書局，台北，1983）劉景農亦云：「比『矣』的語氣稍輕些是『已』，同樣可用來表對事理的推測或情況的描寫等等語氣。如：《漢書。游俠傳》『吳楚舉大事而不求劇孟，吾知其無能為已。』」（參劉景農《漢語文言語法》，頁 324，中華書局，北京，2003）。

〔註51〕魏培泉〈上古漢語到中古漢語語法的重要發展〉，《古今通塞：漢語歷史與發展》，頁 88 注釋第 27，中央研究院語言學研究所（籌備處），台北，2003。

〔註52〕魏培泉〈上古漢語到中古漢語語法的重要發展〉，《古今通塞：漢語歷史與發展》，頁 89，中央研究院語言學研究所（籌備處），台北，2003。

詞「已」確實由動詞「已」演變而來。但是在語法化的過程當中，是否完全與上古漢語的句末語氣詞「已」無關，可能在下結論時還有可斟酌的空間。因爲當我們在分析中古佛經文獻「已」字的具體用例時，可以看到佛經文獻的「已」，與上古漢語句末助詞「矣」之間，有相類似的句式存在，例如：

（例 97）反謂有身。正使餘道人信佛。信佛已。反持小道入佛道中。入佛道中已不受。色痛痒思想生死識不受。不受已亦未曉。尚未成。亦不見慧。亦不於內見慧。亦不於外見慧。亦不於餘處見慧。亦不於內痛痒思想生死識見慧。亦不於外痛痒思想生死識餘處見慧。（東漢支婁迦讖譯・道行般若經 T08n0224_p0426b05）

（例 98）是時曇無竭菩薩欲使薩陀波倫菩薩成其功德故。悉受五百女人及五百乘車珍寶。既受已。復持反遺薩陀波倫菩薩。（東漢支婁迦讖譯・道行般若經 T08n0224_p0476a09）

例 97 經文的斷句應讀爲「入佛道中已，不受色，痛痒思想生死識不受，不受已，亦未曉。」此一讀法的理由在於下文「亦不於內痛痒思想生死識見慧，亦不於外痛痒思想生死識餘處見慧」，「痛痒思想生死識」單獨出現，故應該把「色痛痒思想生死識」一句中的「色」與「痛痒思想生死識」斷開來。「色」屬上句，爲「不受」的賓語，「痛痒思想生死識」屬下句，爲「不受」的主語，兩者之間的語義關係爲「痛痒思想生死識」乃「色」的具體內容。試把例 97 與 98 兩個例子與先秦《左傳》的一段文字作比較：

（例 99）宣子曰：「我若受秦，秦則賓也；不受，寇也。**既不受矣，而復緩師**，秦將生心。先人有奪人之心，軍之善謀也。逐寇如追逃，軍之善政也。」（左傳文公七年）

例 97「不受已，亦未曉」與例 99「既不受矣」，「已」跟「矣」都出現在「不受」之後，例 98「既受已，復持反遺薩陀波倫菩薩」與例 99「既不受矣，而復緩師」一屬「既 V 已，復 VP」結構，一爲「既不 V 矣，而復 VP」結構，兩者在句式上呈現出相同的結構。

　　從語法功能來說，上古漢語句末語氣詞「矣」有表示事態之「已然」或「必然」的概念，在佛經裏，我們也可以看到「已」當句末語氣詞用，同樣表事態之「已然」的用法，例如：

（例100）佛告比丘。諦聽。諦聽。善思念之。當爲汝說。比丘。若隨使使者。
　　　　即隨使死。若隨死者。爲取所縛。比丘。若不隨使使。則不隨使死。
　　　　不隨使死者。則於取解脫。比丘白佛。知⬚。世尊。知⬚。善逝。
　　　　佛告比丘。汝云何於我略說法中。廣解其義。（劉宋求那跋陀羅譯・
　　　　雜阿含經 T02n0099_p0003a17）

就事態之「已然」的概念，與狀態之實現的意義來說，在語義上，其實是很相
近的，而由於有這種形式與語義上的關係存在，因此我們也不排除中古佛經完
成貌句式中的「已」，有可能受到上古句末語氣詞「已」或「矣」的影響，因而
產生「體貌助詞」的功能。

9.2.2　中古完成貌句式之發展與演變

　　在整個中古時期，本屬主謂結構的完成貌句式，是處在「重新分析」的語
法化過程當中。有關「重新分析」的語法化過程，劉堅、曹廣順、吳福祥（1995）
提到：

> 重新分析（reanalysis）是從西方語言學中引進的理論，主要用來解
> 釋語法現象產生、變化的原因和過程。Langacker（1977）把重新分
> 析定義爲：沒有改變表層表達形式的結構變化。一個可分析爲
> （A,B),C 的結構，經過重新分析後，變成了 A,（B,C）。〔註53〕

在前文的討論當中，我們基本上根據「副詞」出現在句中的位置、上下文義與
語義指向，以及其他形式標記（如後置詞「時」的對應，肯定「V＋完」與否
定「未 V」）等標準，來區分「畢」、「訖」、「竟」、「已」的語法性質與功能。根
據此一標準，可以確定「畢」、「訖」、「竟」、「已」都已具有「動詞補語」的功
能。也就是，副詞或助動詞出現在句中的位置，標記出了原本屬於主語（「V＋
（Object)」）與謂語（「完成動詞」）之間的語法關係已經產生改變。舉「竟」
字的例子來說：

（例101）語適竟。是三兒已到。前爲恒薩阿竭作禮。各各以其白珠散佛上。
　　　　　　　　（東漢支婁迦讖譯・佛說阿闍世王經 T15n0626_p0395a08）

〔註53〕劉堅、曹廣順、吳福祥〈論誘發漢語詞彙語法化的若干因素〉，《中國語文》第 3
　　　期，頁 168，1995。

（例 102）方到問言。打揵椎未。答言已食[竟]。時阿練若還去。明便早來盡持

食去。（東晉佛陀跋陀羅共法顯譯・摩訶僧祇律 T22n1425_p0509c28）

例 101「語適竟」一句，動詞「語」與完成動詞「竟」爲主謂結構，所以副詞「適」可位於兩者之間。例 102「已食竟」一句，動詞「食」與完成動詞「竟」的語法關係已經變爲「動＋補」結構，故副詞「已」位於整個「V＋竟」結構之前。

在中古時期由「謂語動詞」向「動詞補語」發展的過程中，以「畢」字發展的情形最緩慢，因爲在佛經與中土文獻裏，副詞往往是直接位於「畢」字之前，表明「畢」屬「謂語動詞」的用法。在整個中古時期，副詞位於「V＋畢」結構之前，並且可以確認是屬於「結果補語」的用例，僅有 2 個，故而我們判斷「畢」在當時主要仍是「謂語動詞」的用法。

「訖」、「竟」處於完成貌句式中，則有愈來愈多副詞位於整個「V＋（Object）＋訖」與「V＋（Object）＋竟」結構之前的例子，而從上下文義及語義指向的分析，可以確認這些例子中的完成動詞「訖」與「竟」，已經屬於補語性質的語法成分。這顯示它們在中古時期是處於由「謂語動詞」語法化爲「動詞補語」的階段，由於正處在此一語法化的發展過程中，因此在中古時期的語料當中，可以發現新舊兩種並存的形式。

當完成動詞「訖」、「竟」進入到「動詞補語」的位置以後，進一步的發展，則是從表動作行爲的「結果」虛化爲表動作行爲或狀態的「完成」與「實現」，也就是從「結果補語」演變出「動相補語」的功能。此一演變可藉由它們與「謂語動詞」的搭配情形來確認。基本上，如果「謂語動詞」屬於「持續性動詞」，則與之搭配的「訖」、「竟」仍屬「結果補語」；如果「謂語動詞」屬於「非持續性動詞」，則可推測處於補語位置的完成動詞，已經具有「動相補語」的功能。因爲「非持續性動詞」對現實世界的描述，並不具備一個動作行爲或者某一事件，從開始到結尾的過程。它所表達的是一種時間極爲短暫，或者沒有時間進程的狀態。因此，處於謂語動詞爲「非持續動詞」，且擔任句中「補語」功能的完成動詞，所表達的，不再是動作從發生到終結點的結束，而是一種瞬間動作之完成或狀態之實現的相貌。

就「畢」、「訖」、「竟」三者而言，只有「竟」產生與「非持續性動詞」共

存的現象，〔註54〕具備了「動相補語」的功能。它在佛經語料裏，大體從「舊譯時代前期」以後，有增多的趨勢，因此「舊譯時代前期」可視爲「竟」字進一步虛化的開端。

　　蔣紹愚（2001）認爲「竟」位於「非持續性動詞」之後的狀況，是因爲受到「已」字的影響。因爲當「畢」、「訖」、「竟」、「已」位於「持續性動詞」之後，在語義功能的表達上，往往可以有互相通用的現象。例如：

（例 103）若比丘盜心取幡解繩一頭。未波羅夷。解兩頭已。滿者波羅夷。若
　　　　　比丘盜心詐分布諸幡。處處間取。未波羅夷。取已持去。滿者波羅
　　　　　夷。若比丘盜花鬘解一頭。未波羅夷。解兩頭竟。滿者波羅夷。（東
　　　　　晉佛陀跋陀羅譯・摩訶僧祇律 T22n1425_p0249c06）

例 103「解兩頭已」與「解兩頭竟」兩句，即呈現出這種互相代用的情形。由於在「持續性動詞」語境中的這一使用狀況，導致原本「竟」只能出現在「持續性動詞」之後，演變出位於「非持續動詞」語境中的用法。這種情形，在語言的演變裏，即屬於一種「類推」（analogy）的過程。

　　與「畢」、「訖」、「竟」三者比較起來，完成貌句式中的「已」，在進入到漢語中古時期時，就已經處於句子結構裏「補語」的位置。因此當句子結構出現副詞修飾的語法成分時，往往只能夠位於整個「V＋（Object）＋已」結構之前，而不能介於「V＋（Object）」與「已」之間。而從完成貌句式「已」的分佈，可以出現在各類動詞所構成的各種動相結構這一點來看，在所有完成動詞中，「已」字是虛化程度最深的一個。在佛經中，它已具有「結果補語」、「動相補語」、「體貌助詞」等各種語法功能的用法。

　　由於就佛經與中土文獻之間的比較，大量出現在佛經文獻中的完成動詞「已」，在中土文獻中卻很罕見。加以經由梵漢對譯的研究，「已」字往往被用來直接對應梵文「絕對分詞」的語法成分。如朱慶之（1993）云：

在對勘材料裏，我們發現這種"已"的大量使用與原典有直接的關係，例如梵語的過去分詞常常被譯成漢語的"V 已"：abhiṣikta "灌頂已、既灌頂已"，āpanna "犯已"，evan ukte "如是語已、作是語

<hr>

〔註54〕可參考本章第一節「表 9.1.1-1、動詞分類配合表」的歸納與舉例。

已"，udgṛhīta "既咨受已"，upanimantrita "受請已"，upasaṃkrānta "往已"，……等等。〔註55〕

辛島靜志（2000）亦指出：

> 在漢梵對比時，我們就發現這些"已"大多數與梵語的絕對分詞（或叫獨立式：Absolutive, Gerund）相對應。上面所例舉的"適見（佛）已"與梵語 dṛṣṭvā（H. Kern and B. Nanjio , *Saddharmapuṇḍarīka* , St. Petersburg 1908－12[*Bibliotheca. -Buddhica* Ⅹ]，第 169 頁，第 3 行）相對應；"念（此）已"與 cintayitvā（同 215.2）相對應；"說（此頌）已"與 bhāṣitvā（同 270.5）相對應。〔註56〕

因此，可以推測「已」字的這種語法化過程，應該有受到翻譯梵文佛經的影響，使得「已」字由原本擔任「結果補語」的功能，進一步擴充至「動相補語」、「體貌助詞」的性質。這種影響應該屬於語言接觸（language contact）過程中所造成的「句法影響」（syntactic influence）。〔註57〕

不過，兩種不同語言之間的翻譯，雖然會刺激語言成分或語法結構產生變化，但是我們認為這種演變仍舊會受到原語言之語法體系的制約。如用「已」字對譯梵語「絕對分詞」的情形，應該就是和「已」字在漢語詞彙系統中所扮演的角色有關。由於「已」字本身具有 perfective 的語義要素，加上副詞「已」，或上古漢語的句末語氣詞「已」，都具有表達「已然」或「實然」的功能，它與梵語「絕對分詞」在語法、語義功能上的表達，有極為相似的特點，因此在翻譯時，很自然的就選擇了「已」字對譯梵語中的「絕對分詞」，而不會選擇另外的三個完成動詞「畢」、「訖」、「竟」。

9.3　小　結

在這一章裏，我們首先從詞彙學的角度，對「畢」、「訖」、「竟」、「已」四個具有同義詞關係的完成動詞，進行比較與分析。而透過它們具體所處的語境，

〔註55〕朱慶之〈漢譯佛典語文中的原典影響初探〉，《中國語文》第 5 期，頁 380，1993。

〔註56〕辛島靜志〈漢譯佛典的語言研究〉，《文化的饋贈·語言文學卷》，頁 513，2000。

〔註57〕吳福祥〈漢語歷史語法研究的檢討與反思〉，《語法化與漢語歷史語法研究》，頁 239～277，安徽教育出版社，合肥，2006。

以及「義素分析法」的原則，最終可歸納出下面的表格內容：

表 9.3-1　「畢」、「訖」、「竟」、「已」之義素分析表：〔註58〕

義素 ＼ 完成動詞		畢	訖	竟	已
語法意義	〔謂語動詞〕	＋	＋	＋	（＋）
	〔結果補語〕	（＋）	＋	＋	＋
	〔動相補語〕	－	－	＋	＋
	〔體貌助詞〕	－	－	－	＋
概念意義	〔完結〕	＋	＋	＋	＋
	〔終結點〕	＋	＋	＋	＋
	〔完成、實現〕	－	－	＋	＋
	〔已然〕	－	－	－	＋
	〔完全態 perfective〕	－	－	－	＋
	〔不完全態 imperfective〕	＋	＋	＋	－

上表顯示出完成動詞「畢」、「訖」、「竟」、「已」在語法功能與語義要素兩方面的差異。

就「語法功能」來看，「已」字在佛經文獻中同時具有「謂語動詞」、「結果補語」、「動相補語」及「體貌助詞」四種功用，其中當「已」字表「完結」概念時，作「謂語動詞」用的例子佔極為少數，在中古時期可說已經不再具有能產性，而其他三種語法功能則是「已」在中古佛經中的主要用法。

「竟」字在中古佛經文獻裏包括「謂語動詞」、「結果補語」、「動相補語」三種語法功能，在這三種用法裏，「謂語動詞」與「結果補語」佔絕大多數，呈現出「竟」字正處於這兩種新舊語法功能相互競爭的階段，其「動相補語」的用法，是受到「已」字的影響，所產生的語法功能，大致是從「舊譯時代前期」以後才開始出現。

「訖」字在中古佛經裏，同樣處於「謂語動詞」與「結果補語」兩種主要

〔註58〕按：本表根據 9.1.1 與 9.1.2 兩小節之論述歸納而成，表中「＋」代表具有此一「語義要素」，「－」代表不具有此一「語義要素」，「（＋）」則代表可能具有之「語義要素」。

用法的競爭階段。「畢」字則在四個完成動詞中，是虛化程度最小的一個。不管是在佛經，或者是中土文獻裏，它的主要功用都是擔任句中的「謂語動詞」。而本文之所以在表 9.3-1 義素分析表中「畢」字之「結果補語」一項底下標上「（＋）」符號，是因為在沒有副詞標記的語境裏，無法明確判斷「畢」字究屬「謂語動詞」抑或「動詞補語」。

就「語義要素」而言，「畢」、「訖」、「竟」、「已」在中古佛經裏都具有〔完結〕的語義要素，並且都具有指明動作行為或事件之〔終結點〕的意義。從它們與動詞類別的搭配關係著眼，「畢」、「訖」由於沒有與「非持續性動詞」搭配的用法，因此不具有動作行為〔實現〕的語義要素。

語義要素〔已然〕是根據它們與「時態副詞」搭配的情形所作的分析，其中「已」在中古文獻裏，都沒有與表「將然」的副詞「將」、「欲」、「垂」共存的用法，它與表「未然」的副詞「未」共存的情況，也僅有七個例子，這七個例子應是上古漢語的殘留用法。這顯示中古時期，「已」大體只具有〔＋已然〕的語義特徵。「畢」、「訖」、「竟」則可以與副詞「將」、「欲」、「垂」共存，並且有大量的例句，是受到副詞「未」的修飾，顯示「畢」、「訖」、「竟」不具有〔＋已然〕的核心義素。

另外，我們也引用陳平（1988）對「時態結構」分析的論點，指出「畢」、「訖」、「竟」在句中描述動作行為或事件時，是把語義重心放在指陳動作行為的「終結點」上面，「已」字的語義重心，則是在於描述動作行為完了以後的狀況。因此兩者之間有「不完全態（imperfective）」與「完全態（perfective）」之間的區別。

李宗江（2004）曾經討論過「完成」類動詞的語義差別，他根據完成動詞的意義與用法，區分為「盡類」、「已類」、「了類」三類完成動詞，並分別描述它們向語法標記的演變方向。其中就「畢」、「訖」、「竟」、「已」四個完成動詞來看，在「時態標記」一項，他所列出的語義徵性為：

「已」：〔＋完成〕、〔＋已然〕、〔＋終然〕、〔＋後然〕

「訖」：〔＋完成〕、〔－已然〕、〔＋終然〕、〔＋後然〕

「竟」：〔＋完成〕、〔－已然〕、〔＋終然〕、〔＋後然〕

「畢」：〔＋完成〕、〔－已然〕、〔－終然〕、〔＋後然〕

李宗江所指的〔終然〕爲「強調事件的時間過程的終點」，至於〔後然〕一項，他所指的意義爲「在某一事件之後，相當於『然後』」。

李宗江先生推論「畢」、「訖」、「竟」都具有〔＋後然〕語義徵性的根據，在於底下幾個例句：〔註59〕

（68）信亦知其意，怒，竟絕去。（史記・淮陰侯列傳）

（69）庾（公）從溫（公）言詣陶（公），至便拜。陶自起止之，日：「庾元規何緣拜陶士衡？」畢，（庾）又降就下坐。陶又自要起同坐。（世說新語・尤悔）

（70）卓尋徙都西入關，焚燒雒邑。堅乃前入至雒，修諸陵，平塞卓所發掘。訖，引軍還住魯陽。（三國志・孫破虜討逆傳）

（72）却後九日景午日午時，必當有野雌雉飛來，與交合。既畢，雙飛去。（搜神記・卷二）

（73）楊見，即令壞之。既竟，日：「『門』中『活』，『闊』字，王正嫌門大也」（世說新語・捷悟）

（75）人定後，聞鬼從外來，發盆啖糜。既訖，便擲破甌走去。（搜神記・卷六）

如果我們沒有誤解李先生的意思，他的推論過程，在於「既」、「已」可以表示「然後」的概念，而「畢」、「訖」、「竟」可以單獨位於具有先後關係的上下兩個句子之間，也可以與「既」構成並列詞組，同樣位於具有先後關係的兩個句子之間。既然「既」、「已」都具有表達〔後然〕的語義徵性，因此與之構成並列結構，並且具有單獨出現（如上舉例68、69、70）與同時出現（如上舉例72、73、75）之對應關係的「畢」、「訖」、「竟」，自然也就具有〔＋後然〕的特徵。

我們不同意此一推論過程。他的問題在於把「既畢」、「既訖」、「既竟」都視爲同義的「並列結構」。但是就他所舉「既畢」、「既訖」、「既竟」的例子，實際上都應該視爲「副詞＋動詞」的偏正結構。〔註60〕句中表達〔＋後然〕的語

〔註59〕底下這六個例句摘錄自李宗江〈“完成”類動詞的語義差別及其演變方向〉一文，例句的編號本論文不做更改。

〔註60〕李宗江在其文章注釋 8 當中說明「既畢」、「既竟」、「既訖」可以有「並列結構」與「偏正結構」兩種解釋，他的態度傾向於把「既畢」、「既竟」、「既訖」都視爲

義概念，仍是屬於副詞「既」的語法功能。周守晉（2003）指出：

> 「既」的完結、既盡義的用法並不多見；像前舉出土材料裏的幾例，
> 以及《莊子・應帝王》：「壺子曰：吾與汝既其文，未既其實，而固
> 得道與？」這樣的例子，春秋戰國以來的文獻裏並不普遍。〔註61〕

「既」在上古漢語確實有擔任完成動詞的用法，但是在《搜神記》、《世說新語》
等中古文獻當中，它一律都是當作副詞的用法。例如：

> 周直過不應。既入，苦相存救。既釋，周大說飲酒。（世說新語・尤
> 悔）

如果李宗江上文所舉「既畢」、「既訖」、「既竟」之例，可視爲並列結構，那麼
此處「既入」、「既釋」之間的語法關係，又該作何解釋呢？因此我們不認爲「畢」、
「訖」、「竟」等具有「後然」的語義徵性。並且「然後」的概念，就時間系統
的表達而言，它與「已然」的概念基本相同，故實際上可歸入〔已然〕一項，
沒有必要另外抽出爲單一的「義素」。

其次，李宗江一文的缺點，在於他主要是根據《漢語大詞典》中，具有「完」、「盡」
等意義的詞作分類，並進行比較。然而在比較的過程中，卻往往忽略了斷代上
的問題，把不同時期的例子歸併在一起討論。因此所得到的結果，就自然會衍
生出許多問題來，如上述他認爲「畢」字不具有〔＋終然〕的語義徵性，即是
如此。在本論文第三至第六章裏，我們已列舉了許多「畢」、「訖」、「竟」、「已」
具有表達動作行爲或事件之終結點概念的例子，它們在中古漢語裏，都應具有
〔＋終結點〕的語義特徵。〔註62〕因此，在本章比較漢語中古時期「已」、「畢」、
「訖」、「竟」之間的差別以後，我們認爲，它們在「概念意義」上所具備的「語
義徵性」（semantics feature）應如上列表 9.3-1 所呈現的內容。

其次，在本章 9.2 小節裏，我們就句法結構的角度，對中古漢語「完成貌
句式」的來源，以及此一句式在漢語中古時期的發展與演變，作了完整的探討。

並列結構。

〔註61〕周守晉〈戰國、秦漢表示完結的"已"補正〉，《語言學論叢》第二十七輯，頁320，
2003。

〔註62〕本文所謂「終結點」的概念，與李宗江〈"完成"類動詞的語義差別及其演變方
向〉一文所言之「終然」大體相同。

　　關於完成貌句式的來源問題，我們的看法爲：「畢」、「訖」、「竟」、「已」在中古都是具有表達「完成」概念的動詞，因此它們進入到中古漢語「動＋（賓）＋完成動詞」結構時，都具有「謂語動詞」的功能。而影響此一結構產生的因素，是因爲漢語內部語法結構改變所造成，也就是受到「之」字結構消亡與句式整合的影響，導致「動＋（賓）＋完成動詞」格式的產生。

　　「畢」、「訖」、「竟」、「已」在此一完成貌句式的結構底下，逐漸演變出「補語性質」的語法功能。「已」字在一開始進入到「動＋（賓）＋已」結構時，是帶有「謂語動詞」的功能，但從東漢以後，大部分都已經屬於補語性質的語法成分。而在對譯梵文「絕對分詞」的實際操作之下，逐漸又從表「結果」的補語成分，發展出「動相補語」的功能，因此可以與「非持續性動詞」搭配使用。由於「畢」、「訖」、「竟」、「已」出現的結構相同，它們之間往往可以互用，因此受到「已」字「動相補語」的影響，「竟」也出現了「動相補語」的功能，故出現了與「非持續性動詞」搭配的例子。〔註63〕除了擔任補語性的語法成分以外，「已」字在中古佛經裏，也已經具有「體貌助詞」的語法功能，它是由「動相補語」進一步語法化爲「體貌助詞」的結果，但在語法化的過程中，也有受到上古漢語句末語氣詞「已」的影響。

　　在解釋完成貌句式演變與發展時，本文主要利用副詞的語法標記、肯定與否定形式的對應、後置詞「時」的對應，以及完成動詞在上下文語境中的語義指向等原則，來確認「畢」、「訖」、「竟」、「已」由「謂語動詞」演變爲「動詞補語」的語法化過程。但是，當句中沒有副詞或具體可供判斷的語法標誌出現時，則無法論斷句中完成動詞所具有的語法功能。例如：

（例 104）居士供施已訖。自行澡水。食畢攝缽。持一小床在佛前坐。（姚秦
　　　　　弗若多羅共鳩摩羅什譯・十誦律 T23n1435_p0192b07）

例 104「食畢攝缽」一句，「畢」字究竟應視爲「謂語動詞」還是「動詞補語」呢？「畢」與「食」之間的語法關係，正如梁銀峰先生所指出的狀況一樣。〔註64〕由於句中沒有其他的語法成分可供判斷，本文在處理這些語料時所採取的作

〔註63〕在中古佛經中，動詞「竟」的使用次數遠多於「畢」與「訖」，因此這種影響應該是與使用頻率相關。

〔註64〕梁銀峰《漢語動補結構的產生與演變》，頁 162，學林出版社，台北，2006。

法，是承認它們可能具有兩種解釋的開放態度。沈家煊（1994）指出：

> 語法化給我們的主要啟示是，在一個成分 A 虛化為 B 的過程中，必定有一個 A 和 B 並存的階段，即「A→A,B→B」。在這個中間階段有的成分既可按 A 理解又可按 B 理解。既然語法化是一個連續的漸變的過程，語言中大量存在的一詞多義、歧義、兼類和類別不明現象也就不足為奇了，它們都是歷時演變的過渡階段在共時上的反映。〔註65〕

因此面對這些語料，不管是把它視為「謂語動詞」，亦或是「動詞補語」，基本上對於解釋「畢」、「訖」、「竟」、「已」的語法化過程不會有太大的影響。

〔註65〕沈家煊〈“語法化”研究綜觀〉，《外語教學與研究》第 4 期，頁 23，1994。

第十章 結 論

　　關於漢語完成貌的研究，早期都把研究的重心與焦點，放在現代漢語完成貌詞尾「了」的來源與演變上。張洪年（1977）提出敦煌變文「了」、「已」、「訖」是受到梵語影響而產生的看法，[註1] 梅祖麟（1981）接著提出「動＋賓＋完成動詞」格式，是漢語「完成貌」在南北朝時期新興的語法形式，並以「詞彙興替」理論，論證此一新興語法形式，即為現代漢語完成貌詞尾「了」的來源。[註2]張洪年、梅祖麟兩位先生的論點，打破了以往單就「了」字探討漢語完成貌之歷史演變的侷限，同時引起學術界對魏晉南北朝時期完成貌句式研究的重視。

　　本論文以「中古佛經完成動詞之研究」為題，即是希望透過中古佛經「完成動詞」的研究與分析，探討漢語中古時期完成貌句式的來源與演變。在論文的第三至第九章，我們已從不同的角度切入，或分或合地進行討論，而在最後一章裏，我們將整合前文之論述，總結本論文的研究成果。

10.1　中古佛經完成貌句式之來源

　　在 9.2 小節裏，本文首先歸納了各家學者對於完成貌句式來源的看法，接著，就佛經與中土文獻之相關例證，綜合比較了各家的說法，並歸結出本文對

[註1] 張洪年〈變文中的完成貌虛詞〉，《中國語言學報》第 5 期，頁 55～74，1977。

[註2] 梅祖麟〈現代漢語完成貌句式和詞尾的來源〉，《語言研究》第一冊，頁 65～77，1981。

此一議題的觀點為：中古「動＋（賓）＋完成動詞」句式的來源，乃是漢語內部語法系統的改變，導致此一句法結構的產生。影響此一結構產生的因素，則與「之」字從「主＋之＋謂」結構當中消失，以及複句結構的改變與合併有關。

梅祖麟（1981）就《論語・述而》「丘之禱之久矣」與漢孔安國注：「故曰丘禱之久矣」、皇侃《論語義疏》：「丘禱久矣」之間的發展與對比，論證從漢語內部就可以發展出完成貌句式的結構。而就佛經文獻的角度來看，中古佛經完成貌句式即具有「Subject＋V＋Adv＋完」的句式結構，可以用來印證此一說法。如「女舞未竟」（東漢曇果共康孟詳譯・中本起經），副詞「未」顯示「竟」為謂語動詞的用法，「女舞」則為主語的功能，它在上古漢語必須以「女之舞未竟」的形式出現，而實際上在中古佛經裏卻作「女舞未竟」，此即「之」字結構消失所導致的影響。

複句結構改變與合併的現象，則是促發中古完成貌句式產生的另一動因。從馬王堆三號漢墓出土的帛書和竹簡具有「飲熱酒，已，即入湯中」的例子，可以說明當「已」字進一步附著在「飲熱酒」之後時，即構成「V＋Object＋已，VP」的完成貌句式。〔註3〕在佛經裏，完成動詞「訖」、「竟」、「已」同時都具有「S，完，S」結構的例子，也可印證此一推論的可信度。

因此就句子形式的角度來說，完成貌句式是由漢語內部自身發展而來。完成動詞一開始進入此一「動＋賓＋完成動詞」結構時，主要是擔任「謂語動詞」的語法功能，它與「動＋（賓）」詞組之間的語法關係，為「主語＋謂語」的結構。之後，在句法結構「重新分析」的演變之下，才進一步發展出「動補結構」的語法關係。

10.2　中古佛經完成動詞之語法化等級

有關漢語中古時期的完成動詞「畢」、「訖」、「竟」、「已」，一般都將它們視為具有相同語法功能的語法成分。蔣紹愚（2001）首先明確指出，應該把完成動詞「已」區分為「已1」與「已2」兩種性質，其中「已1」與「畢」、「訖」、「竟」功能相同，「已2」則是受到梵文絕對分詞的影響，產生「動相補語」（phase

---

〔註3〕 梅祖麟〈先秦兩漢的一種完成貌句式——兼論現代漢語完成貌句式的來源〉，《中國語文》第4期，頁291，1999。

complement）的語法性質。〔註4〕但是對於「畢」、「訖」、「竟」之間的差異，蔣先生則沒有進一步的釐清。本文在對中古佛經「畢」、「訖」、「竟」、「已」的使用情形進行全面性觀察與歸納以後，發現完成動詞「畢」、「訖」、「竟」、「已」在語法化的程度上，實際是有深淺的不同。

由於漢語屬於孤立性語言，在語法形式上，沒有明顯的屈折形式用以標明句中成分的語法功能，因此往往只能透過相對的詞序手段作確認。在分析中古佛經「畢」、「訖」、「竟」、「已」的語法功能時，本文透過副詞在句中所處的位置、完成動詞之語義指向、動詞搭配以及其他形式語法標記等幾個原則進行分析。

就完成貌句式來說，當句中出現副詞修飾的語法成分時，可根據副詞所處的位置加以區判。當副詞直接位於完成動詞之前時（「V＋（Object）＋Adv＋完」結構），可判斷完成動詞在句中仍屬「謂語動詞」的作用。當副詞位於整個「V＋（Object）＋完」結構之前時，則完成動詞與前面的「V＋（Object）」結構，可以構成「連動詞組」與「動補結構」兩種語法關係。此時必須根據上下文語義表達，確認完成動詞之語義指向。若語義指向為主語，則完成動詞在句中與其前的動詞「V」（或「V＋Object」）構成「連動結構」的語法關係。若語義指向為動詞「V」，則完成動詞在句中即屬補語性質之語法成分，與前面的動詞「V」構成「動補結構」的語法關係。

動詞搭配的部分，本文依據「V＋（Object）＋完」句式裏，動詞「V」所屬的類別，判斷完成動詞所表達的語法意義。一般而言，當動詞「V」屬「持續性」動作動詞時，位於其後的完成動詞表達「完結」之義，具有實際的詞彙意義，可詮釋為「完」義的「結果補語」。當動詞「V」屬「非持續性」動詞（包含「瞬間動詞」、「狀態動詞」）時，則位於其後的完成動詞表達「完成」或「實現」的概念，完成動詞的詞彙意義已經虛化，無法再用「完」義詮釋，故這類完成動詞在句中屬「動相補語」的功能。

其他形式語法標記的部分，本文則是依照上下文語境中，是否有「未V」與「V完」形式，「V＋（Object）＋時」與「V完」形式相對應的情形，做為分析的準則。也就是當佛經經文裏，出現這種完成動詞與後置詞「時」，或肯定

〔註4〕　蔣紹愚〈《世說新語》《齊民要術》《洛陽伽藍記》《賢愚經》《百喻經》中的"已""竟""訖""畢"〉，《中古漢語研究（二）》頁，316，商務印書館，北京，2005。

與否定形式相對應的情形，亦可判斷句中完成動詞已不屬於「謂語動詞」的功能，而進一步虛化成具有補語性質或功能詞的作用。

根據上述幾個判斷原則，我們分析出完成動詞「畢」、「訖」、「竟」、「已」在中古佛經裏，語法化的不同等級。

首先，從副詞出現在完成貌句式中的位置來看，在佛經裏，一般只出現在「V＋（Object）」與完成動詞「畢」之間，而不出現在整個「V＋（Object）＋畢」結構之前，因此中古佛經完成貌句式中的「畢」，大體僅具有「謂語動詞」的語法功能。「畢」與動詞的搭配情形，則只出現在「持續性」動作動詞之後，因此主要表達「完結」的語義概念。

完成貌句式中的「訖」與「竟」都具有「V＋（Object）＋Adv＋完」與「Adv＋V＋（Object）＋完」兩種句法結構的用法，顯示它們正處在「謂語動詞」語法化為「動詞補語」的階段。在動詞搭配的表現上，「訖」都位於「持續性」動作動詞之後，表達「完結」的意義，因此「訖」在中古佛經裏，已發展出「結果補語」的語法性質。完成動詞「竟」大部分亦出現在「持續性」動作動詞之後，具有「結果補語」的性質。而除了「持續性」動作動詞之外，「竟」也有與「瞬間動詞」搭配使用的例子，並且不侷限在表達「終結」義的動詞類別，如動詞「了」、「覺了」、「得」等。少數例句中，「竟」更與「狀態動詞」搭配使用，如「乾」、「老」、「壞」等。〔註5〕這些例句顯示完成動詞「竟」已具有「動相補語」的語法功能，其語法化的程度要比「訖」來得深。

「已」則一般只有「Adv＋V＋（Object）＋完」的結構用法，〔註6〕顯示它在佛經文獻裏，基本上已經語法化為「動詞補語」的性質，而不再具有「謂語動詞」的功能。並且就搭配動詞的狀況來看，「已」可與「持續性」動作動詞搭配，具有「結果補語」的性質，亦可以與「瞬間動詞」及「狀態動詞」搭配，表達「完成」或「實現」的概念，具有「動相補語」的功能。除此之外，「已」還可以出現在「能＋V＋（Object）＋完」、「不V＋完」、「動＋補＋完」結構中，這些結構中的完成動詞「已」，在「語義表達」及「句法結構」上，都顯示「已」

〔註5〕 可參見本論文第九章「表 9.1.1-1、動詞分類配合表」的歸納。

〔註6〕 佛經文獻裏，「已」字僅有八個位於「V＋（Object）＋Adv＋已」結構中的例子，可參看本論文 9.1.1 與 9.1.2 的討論。

不再是補語性質的語法成分，而是屬於句末的「體貌助詞」。另外，在佛經裏，完成動詞「已」也出現了與副詞「已」相對應的例句，其所表達的語法功能與副詞「已」相當，這些例句中的完成動詞「已」亦屬句末「體貌助詞」的功能。因此在中古完成動詞的使用裏，「已」字屬於語法化程度最深的一個。

　　Haspelmath（2001）指出「一個語法化的候選者相對於其他參與競爭的候選者使用頻率越高，那麼它發生語法化的可能性就越大。」〔註7〕從完成動詞「畢」、「訖」、「竟」、「已」在中古佛經文獻裏的出現頻率來看，「已」字在完成貌句式中的使用次數最多，其次爲完成動詞「竟」，再其次則爲「訖」與「畢」，此一現象正符合 Haspelmath 所指出的語法化趨勢。

10.3　中古佛經完成動詞之演變機制

　　中古佛經之完成動詞，在語法演變上，都朝著「補語」成分的方向發展，它們由原本擔任句中「主謂結構」的「謂語動詞」，重新分析爲「動補結構」的「補語」性質。其過程大體如下：

〔〔主V〕〔謂完〕〕 → 〔〔動V〕〔補完〕〕

〔〔主Sub.＋V〕〔謂完〕〕 → 〔〔主Sub.〕〔謂〔動V〕〔補完〕〕〕

〔〔主V＋Obj.〕〔謂完〕〕 → 〔謂〔動V〕〔賓Obj.〕〔補完〕〕

〔〔主Sub.＋V＋Obj.〕〔謂完〕〕 → 〔〔主Sub.〕〔謂〔動V〕〔賓Obj.〕〔補完〕〕〕

佛經裏「（Subject）＋Adv＋V＋（Object）＋完成動詞」結構的出現，標誌此一重新分析的完成。在語義上，則由表達「完結」的「結果補語」，進一步語法化爲表「完成」或「實現」義的「動相補語」，再由「動相補語」發展出「句末體貌助詞」的功能。

　　藉由佛經與中土文獻之間的比較，可以推知，完成動詞「已」由「結果補語」進一步語法化爲「動相補語」，是受到翻譯梵文「絕對分詞」的影響。因此在中土文獻裏，完成動詞「已」只有出現在「持續性」動作動詞之後的用法，而沒有位於「瞬間動詞」或「狀態動詞」之後的例子。這一現象乃是語言接觸

〔註7〕　轉引自吳福祥〈近年來語法化研究的進展〉，《語法化與漢語歷史語法研究》，頁3，安徽教育出版社，合肥，2006。

（language contact）中「句法影響」（syntactic influence）的結果。而此一結果又進一步誘發完成動詞「竟」發展出「動相補語」的功能，故從「舊譯時代前期」開始，完成動詞「竟」出現了較多位於「瞬間動詞」與「狀態動詞」之後的用法，這在語法演變上屬於一種「類推」（analogy）的演變機制。

　　另外，「已」字在上古漢語，本已具有「句末助詞」的語法功能，用於表達句子之限止語氣，或描述事理之已然的狀態。此一語法功能，在東漢及魏晉南北朝的佛經與中土文獻裏，仍繼續被使用。故中古佛經之「已」，實際上具有「體貌助詞」與「句末語氣詞」兩種句末助詞的用法。「已」之「體貌助詞」，是在「動相補語」的基礎上，進一步語法化而來。然而在中古佛經裏，體貌助詞「已」也出現了與上古漢語之句末語氣詞「矣」相對應的句式，〔註8〕並且句末語氣詞「已」與「矣」，在中古佛經的判斷句裏也有混用的情形出現。〔註9〕這些現象，似乎透露出完成動詞「已」在語法化的過程中，也受到了上古漢語句末語氣詞「矣」（或「已」）的影響。此一影響呈現出，中古佛經的句末助詞「已」，乃是翻譯佛經時，梵漢混合使用，所構成的語法成分。Harbsmeier（1989）就曾經指出：

> I have a lingering doubt that yi 已 here is a usage which was incorporated into Buddhist hybrid Chinese in order to convey in Chinese Sanskrit constructions. The Bai Yu Jing may be a colloquial text , but it is also heavily Sanskrit-inspired. One does smell syntactic interference with a foreign language in many places. But as we have seen , the usage has its ancient roots in pre-Han literature. 〔註10〕

Harbsmeier 說明「已」字在南北朝時期的使用情形，是一種梵漢混合體的現象。但是此一梵漢融合的形式，其根源與「已」字在上古漢語的發展演變有關。也就是說不管是完成動詞「已」發展出「動相補語」的功能，或者「已」在佛經

〔註8〕 參本論文 9.2.1 小節。

〔註9〕 參本論文 6.1.2 小節。

〔註10〕 Harbsmeier, The Classical Chinese modal particle yi（Proceedings of the Second International Conference on Sinology, Section on Linguistics and Paleography, Taipei, Academie Sinica，1989），頁 500。

做爲「句末助詞」的使用，其語法現象的動因，某一部分雖然是受到梵語的影響，但究其根本，仍然會受到漢語本身語法體系的制約。

10.4　中古佛經完成動詞之連文形式

漢語詞彙系統從單音節向複音節的發展趨勢，在漢語的中古時期，處於快速發展的階段。這與佛經的翻譯影響了整個漢語詞彙雙音化的發展有關。而「完成動詞」在佛經裏，除了單音節的使用狀況以外，亦有許多雙音節或三音節連文的形式。這些連文形式的語法現象，是否即爲漢語詞彙雙音化的結果？必須就其經文中的用例，進行具體的分析方可確認。在本論文的第七章裏，我們也針對佛經文獻「畢」、「訖」、「竟」、「已」的連文形式，進行分析與討論。透過「以經證經」的方式，以及「句法結構平行」對應的角度，認爲應該把這些連文形式，區分爲三個層次：第一種屬句法結構中的偏正形式，包含「已」字分別與「畢」、「訖」、「竟」所構成的連文形式，其中「已畢」、「已訖」、「已竟」爲「副詞＋動詞」結構，「畢已」、「訖已」、「竟已」爲「動詞＋補語」結構。第二種爲同義並列的詞組結構，包含「畢訖／訖畢」、「訖竟／竟訖」、「竟畢」之連文形式。第三種爲詞彙層次，即屬於眞正的雙音複合詞，這樣的用法，只有「畢竟」一詞。

本論文在探論中古佛經之完成動詞「畢」、「訖」、「竟」、「已」，經過細部的分析與討論之後，得到如上所敘述的成果。然而中古時期表達完成意義的動詞尚有「了」字的用法，只不過在佛經文獻裏，動詞「了」的語義多用於表示「了解」的意思，到了西晉以後，用以表示「完成」意義的「了」才逐漸增多。〔註11〕經南北朝一直到晚唐五代，則逐漸取代「畢」、「訖」、「竟」、「已」的用法。梅祖麟（1981）認爲這是一種「詞彙興替」的演變。但是誘發此一「詞彙興替」

〔註11〕關於此一議題，可參考楊秀芳〈從歷史語法的觀點論閩南語"了"的用法——兼論完成貌助詞"矣（"也"）"〉，《台大中文學報》第4期，頁213～283，1991。另外，魏晉南北朝時期中土文獻裏「了」字的使用情形，可參考潘維桂、楊天戈〈魏晉南北朝時期"了"字的用法——"了"字綜合研究之一〉，《中古漢語研究》，頁307～320，2000。董琨〈漢魏六朝佛經所見若干新興語法成分〉一文列出部分東漢、三國時期譯經「了」字的例子，認爲詞尾「了」在當時可能已經出現，但是仔細觀察他所舉之例，在解讀上有許多是可再商榷的例子。

的原因與過程為何？是否與佛經翻譯到了「新譯時期」產生固定的翻譯模式，使得「畢」、「訖」、「竟」、「已」在語言系統中逐漸僵化有關呢？又完成動詞「畢」、「訖」、「竟」、「已」在唐代被「了」字取代了以後，到了元明清時期，「畢」字卻又佔有相當的優勢。〔註12〕何以會有這樣的情形發生呢？這中間是否有方言現象的存在？由於本論文的研究範圍主要設定在漢語中古時期，因此對於這些議題，目前仍無法作進一步的解釋。然而這種種問題，都將是我們未來可以繼續深入探討與研究的範疇。

〔註12〕參鍾兆華〈近代漢語完成態動詞的歷史沿革〉，《語言研究》第 1 期，頁 81～88，1995。

參考書目〔註1〕

一、佛　經

東漢・安世高

14. 佛說人本欲生經

31. 佛說一切流攝守因經

32. 佛說四諦經

36. 佛說本相猗致經

48. 佛說是法非法經

57. 佛說漏分布經

105. 五陰譬喻經

112. 佛說八正道經

150A. 佛說七處三觀經

150B. 佛說九橫經

603. 陰持入經

792. 佛說法受塵經

1157. 阿毘曇五法行經

東漢・支婁迦讖

224. 道行般若經

〔註1〕本論文參考書目主要分成五大類，第一類：佛經，第二類：中土文獻，第三類：專著，第四類：單篇論文，第五類：學位論文。其中佛經類按照年代、譯者排列，編號依據《大正新脩大藏經總目錄》，中土文獻按年代臚列，專著類以下依作者筆劃安排順序。

313. 阿閦佛國經

350. 佛說遺日摩尼寶經

458. 文殊師利問菩薩署經

624. 佛說伅眞陀羅所問如來三昧經

626. 佛說阿闍世王經

807. 佛說內藏百寶經

東漢・安玄共嚴佛調

322. 法鏡經

東漢・康孟祥共曇果

196. 中本起經

吳・支謙

54. 佛說釋摩男本四子經

68. 佛說賴吒和羅經

76. 梵摩渝經

87. 佛說齋經

169. 佛說月明菩薩經

185. 佛說太子瑞應本起經

225. 大明度經

362. 佛說阿彌陀三耶三佛薩樓佛檀過度人道經

493. 佛說阿難四事經

532. 私呵昧經

533. 菩薩生地經

559. 佛說老女人經

581. 佛說八師經

632. 佛說慧印三昧經

735. 佛說四願經

790. 佛說孛經抄

1011. 佛說無量門微密持經

吳・康僧會

152. 六度集經

西晉・竺法護

103. 佛說聖法印經

118. 佛說鴦掘摩經

135. 佛說力士移山經

154. 生經

168. 佛說太子慕魄經

170. 佛說德光太子經

180. 佛說過去世佛分衛經

186. 佛說普曜經

199. 佛五百弟子自說本起經

222. 光讚經

263. 正法華經

266. 佛說阿惟越致遮經

283. 菩薩十住行道品

285. 漸備一切智德經

288. 等目菩薩所問三昧經

291. 佛說如來興顯經

310（3）.密蹟金剛力士會

310（47）.寶髻菩薩會

315. 佛說普門品經

317. 佛說胞胎經

318. 文殊師利佛土嚴淨經

323. 郁迦羅越問菩薩行經

324. 佛說幻士仁賢經

338. 佛說離垢施女經

342. 佛說如幻三昧經

345. 慧上菩薩問大善權經

349. 彌勒菩薩所問本願經

378. 佛說方等般泥洹經

381. 等集眾德三昧經

398. 大哀經

399. 寶女所問經

401. 佛說無言童子經

403. 阿差末菩薩經

425. 賢劫經

435. 佛說滅十方冥經

459. 佛說文殊悔過經

460. 佛説文殊師利淨律經

461. 佛説文殊師利現寶藏經

481. 持人菩薩經

513. 佛説琉璃王經

565. 順權方便經

585. 持心梵天所問經

588. 佛説須眞天子經

589. 佛説魔逆經

598. 佛説海龍王經

606. 修行道地經

627. 文殊支利普超三昧經

635. 佛説弘道廣顯三昧經

736. 佛説四自侵經

810. 諸佛要集經

812. 菩薩行五十緣身經

815. 佛昇忉利天爲母説法經

817. 佛説大淨法門經

西晉・法立共法炬

23. 大樓炭經

211. 法句譬喻經

683. 諸德福田經

西晉・無羅叉

221. 放光般若經

西晉・安法欽

2042. 阿育王經

東晉・僧伽提婆

26. 中阿含經

1506. 三法度論

1543. 阿毘曇八犍度論

東晉・佛陀跋陀羅

278. 大方廣佛華嚴經

618. 達摩多羅禪經

643. 佛説觀佛三昧海經

666. 大方等如來藏經

1012. 出生無量門持經

東晉・佛陀跋陀羅共法顯

1425. 摩訶僧祇律

1426. 摩訶僧祇律大比丘戒本

東晉・法顯

7. 大般涅槃經

745. 佛說雜藏經

1427. 摩訶僧祇比丘尼戒本

苻秦・竺佛念

309. 最勝問菩薩十住除垢斷結經

384. 菩薩從兜術天降神母胎說廣普經

385. 中陰經

656. 菩薩瓔珞經

1464. 鼻奈耶

苻秦・曇摩蜱共竺佛念

226. 摩訶般若鈔經

前涼・支施崙：

329. 佛說須賴經

苻秦・僧伽跋澄

194. 僧伽羅刹所集經

1547. 鞞婆沙論

1549. 尊婆須蜜菩薩所集論

苻秦・曇摩難提

2045. 阿育王息壞目因緣經

苻秦・鳩摩羅佛提

1505. 四阿含暮鈔

乞伏秦・聖堅

175. 睒子經

744. 除恐災患經

姚秦・鳩摩羅什

201. 大莊嚴論經

208. 眾經撰雜譬喻

223. 摩訶般若波羅蜜經

227. 小品般若波羅蜜經

235. 金剛般若波羅蜜經

262. 妙法蓮華經

286. 十住經

310（17）.富樓那會

366. 佛說阿彌陀經

389. 佛垂般涅槃略說教誡經

420. 自在王菩薩經

456. 佛說彌勒大成佛經

464. 文殊師利問菩提經

475. 維摩詰所說經

482. 持世經

586. 思益梵天所問經

614. 坐禪三昧經

615. 菩薩訶色欲法經

616. 禪法要解

642. 佛說首楞嚴三昧經

650. 諸法無行經

653. 佛藏經

657. 佛說華手經

1436. 十誦比丘波羅提木叉戒本

1509. 大智度論

1521. 十住毘婆沙論

1564. 中論

1568. 十二門論

1569. 百論

1646. 成實論

2046. 馬鳴傳

2047. 龍樹傳

2048. 提婆傳

姚秦・弗若多羅共鳩摩羅什

1435. 十誦律

姚秦・佛陀耶舍

　1. 長阿含經

　1430. 四分僧戒本

姚秦・佛陀耶舍共竺佛念等

　1428. 四分律

姚秦・曇摩耶舍共曇摩崛多

　1548. 舍利弗阿毘曇論

北涼・曇無讖

　157. 悲華經

　374. 大般涅槃經

　387. 大方等無想經

　397. 大方等大集經（1-11,13 品）

　663. 金光明經

　1488. 優婆塞戒經

北涼・浮陀跋摩共道泰等

　1546. 阿毘曇毘婆沙論

北涼・道泰等

　1577. 大丈夫論

　1643. 入大乘論

北涼・法眾

　1339. 大方等陀羅尼

北涼・釋道龔

　310（44）. 寶梁聚會

劉宋・曇無竭

　371. 觀世音菩薩授記經

劉宋・曇摩蜜多

　277. 佛說觀普賢菩薩行法經

　409. 觀虛空藏菩薩經

　564. 佛說轉女身經

劉宋・佛陀什共竺道生等

　1421. 彌沙塞部和醯五分律

　1422. 彌沙塞比丘戒本

劉宋‧畺良耶舍

　365. 佛說觀無量壽佛經

劉宋‧求那跋摩

　1582. 菩薩善戒經

　1583. 菩薩善戒經

劉宋‧僧伽跋摩

　723. 分別業報略經

　1441. 薩婆多部毘尼摩得勒伽

　1552. 雜阿毘曇心論

　1673. 勸發諸王要偈

劉宋‧求那跋陀羅

　99. 雜阿含經

　120. 央掘魔羅經

　189. 過去現在因果經

　270. 大法鼓經

　353. 勝鬘師子吼一乘大方便方廣經

　670. 楞伽阿跋多羅寶經

　678. 相續解脫地波羅蜜了義經

劉宋‧沮渠京聲

　452. 佛說觀彌勒菩薩上生兜率天經

　620. 治禪病秘要法

劉宋‧功德直

　414. 菩薩念佛三昧經

　1014. 無量門破魔陀羅尼經

劉宋‧智嚴

　268. 佛說廣博嚴淨不退轉輪經

蕭齊‧曇摩伽陀耶舍

　276. 無量義經

　1462. 善見律毘婆沙

蕭齊‧求那毘地

　73. 佛說須達經

　209. 百喻經

梁・僧伽婆羅

233. 文殊師利所說般若波羅蜜經

314. 佛說大乘十法經

358. 度一切諸佛境界智嚴經

468. 文殊師利問經

984. 孔雀王呪經

1016. 舍利弗陀羅尼經

1491. 菩薩藏經

1648. 解脫道論

梁・曼陀羅仙

232. 文殊師利所說摩訶般若波羅蜜經

310（46）. 文殊說般若會

元魏・慧覺

202. 賢愚經

元魏・月婆首那

310（23）. 摩訶迦葉會

423. 僧伽吒經

478. 大乘頂王經

元魏・吉迦夜

1632. 方便心論

元魏・曇摩流支

305. 信力入印法門經

357. 如來莊嚴智慧光明入一切佛境界經

元魏・勒那摩提共僧朗等

1520. 妙法蓮華經論優波提舍

1611. 究竟一乘寶性論

元魏・菩提流支

236. 金剛般若波羅蜜經

272. 大薩遮尼乾子所說經

440. 佛說佛名經

465. 伽耶山頂經

573. 差摩婆帝授記經

575. 佛說大方等修多羅王經

587. 勝思惟梵天所問經

668. 佛說不增不減經

671. 入楞伽經

675. 深密解脫經

761. 佛說法集經

828. 無字寶篋經

831. 謗佛經

832. 佛語經

1511. 金剛般若波羅蜜經論

1519. 妙法蓮華經憂波提舍

1522. 十地經論

1523. 大寶積經論

1524. 無量壽經憂波提舍

1525. 彌勒菩薩所問經論

1531. 文殊師利菩薩問菩提經論

1532. 勝思惟梵天所問經論

1572. 百字論

1639. 提婆菩薩破楞伽經中外道小乘四宗論

1640. 提婆菩薩釋楞伽經中外道小乘涅槃論

1651. 十二因緣論

元魏‧佛陀扇多

310（9）. 大乘十法會

310（32）. 無畏德菩薩會

576. 佛說轉有經

835. 如來師子吼經

1015. 佛說阿難陀目佉尼呵離陀隣尼經

1344. 金剛上味陀羅尼經

1496. 佛說正恭敬經

1592. 攝大乘論

元魏‧瞿曇般若流支

162. 金色王經

339. 得無垢女經

354. 毗耶婆問經

421. 奮迅王問經

578. 無垢優婆夷問經

645. 不必定入定入印經

721. 正法念處經

823. 佛說一切法高王經

833. 第一義法勝經

1460. 解脫戒經

1565. 順中論

1573. 壹輸盧迦論

元魏・毘目智仙

341. 聖善住意天子所問經

1526. 寶髻經四法憂波提舍

1533. 轉法輪經憂波提舍

1534. 三具足經憂波提舍

1608. 業成就論

陳・真諦

97. 廣義法門經

237. 金剛般若波羅蜜經

669. 佛說無上依經

677. 佛說解節經

1461. 律二十二明了論

1482. 佛阿毘曇經

1528. 涅槃經本有今無偈論

1559. 阿毘達磨俱舍釋論

1584. 決定藏論

1589. 大乘唯識論

1593. 攝大乘論

1595. 攝大乘釋論

1599. 中邊分別論

1610. 佛性論

1616. 十八空論

1617. 三無性論

1619. 無相思塵論

1620. 解捲論

1633. 如實論

1641. 隨相論

1644. 佛說立世阿毘曇論

1647. 四諦論

1656. 寶行王正論

2033. 部執異論

2049. 婆藪槃豆法師傳

2137. 金七十論

高齊・萬天懿

1343. 尊勝菩薩所問一切諸法入無量門陀羅尼經

高齊・那連提耶舍

310（16）. 菩薩見實會

380. 大悲經

397（15）. 大方等大集月藏經

397（16）. 大乘大集經大集須彌藏經

639. 月燈三昧經

702. 佛說施燈功德經

1551. 阿毘曇心論經

北周・闍那耶舍

673. 大乘同性經

993. 大雲經請雨品第六十四

北周・耶舍崛多等

1070. 佛說十一面觀世音神呪經

北周・闍那崛多

1337. 種種雜呪經

二、中土文獻

1. 《新校史記三家注》，〔西漢〕司馬遷著，〔南朝宋〕裴駰集解，〔唐〕司馬貞索隱，〔唐〕張守節正義，世界書局，台北，1993。

2. 《論衡校釋》，〔東漢〕王充著，黃暉校釋，中華書局，北京，2006。

3. 《抱朴子・內篇校釋》，〔東晉〕葛洪著，王明校釋，中華書局，北京，2007。

4. 《搜神記》，〔東晉〕干寶著，世界書局，台北，1959。

5. 《世說新語校箋》，〔南朝宋〕劉義慶著，徐震堮校箋，文史哲出版社，台北，1989。

6. 《齊民要術校釋》，〔後魏〕賈思勰著，繆啟愉校釋，明文書局，台北，1986。

7. 《齊民要術譯注》，〔後魏〕賈思勰著，繆啓愉、繆桂龍譯注，上海古籍出版社，上海，2006。

8. 《水經注校證》，〔北魏〕酈道元著，陳橋驛校證，中華書局，北京，2007。

9. 《洛陽伽藍記校釋今譯》，〔北魏〕楊衒之著，周振甫釋譯，學苑出版社，北京，2001。

10. 《洛陽伽藍記校箋》，〔北魏〕楊衒之著，楊勇校箋，中華書局，北京，2008。

11. 《出三藏記集》，〔梁〕釋僧祐，中華書局，北京，2003。

三、專　著

（1）佛教學術類

1. 小野玄妙著、楊白衣譯，1983，《佛教經典總論》，新文豐出版公司，台北。

2. 王文顏，1984，《佛典漢譯之研究》，天華出版事業公司，台北。

3. 任繼愈，1985，《中國佛教史》，中國社會科學出版社，北京，1997。

4. 呂澂，1985，《中國佛學源流略講》，里仁書局，台北，1998。

5. 呂澂，1980，《新編漢文大藏經目錄》，《呂澂佛學論著選集》，齊魯書社，山東，1996。

6. 梁啓超，1936，《佛學研究十八篇》，上海古籍出版社，上海，2001。

7. 陳垣，1955，《中國佛教史籍概論》，上海書店出版社，上海，2002。

8. 湯用彤，1938，《漢魏兩晉南北朝佛教史》，臺灣商務印書館，台北，1998。

9. 劉寶金，1997，《中國佛典通論》，河北教育出版社，河北。

（2）語言學類

1. 王力，1943，《中國現代語法》，中華書局，香港，2002。

2. 王力，1958，《漢語史稿》，中華書局，北京，2004。

3. 王錦慧，2004，《「往」「來」「去」歷時演變綜論》，里仁書局，台北，2004。

4. 太田辰夫著、蔣紹愚、徐昌華譯，1987，《中國語歷史文法》（修訂譯本），北京大學出版社，北京，2003。

5. 太田辰夫著、江藍生、白維國譯，1988，《漢語史通考》，重慶出版社，重慶，1991。

6. 左松超，2003，《文言語法綱要》，五南圖書出版股份有限公司，台北。

7. 石毓智、李訥，2004，《漢語語法化的歷程——形態句法發展的動因和機制》，北京大學出版社，北京，2004。

8. 朱德熙，1982，《語法講義》，商務印書館，北京，2004。

9. 朱慶之，1992，《佛典與中古漢語詞彙研究》，文津出版社，台北。

10. 呂叔湘，1957，《中國文法要略》，文史哲出版社，台北，1992。

11. 呂叔湘主編，1999，《現代漢語八百詞（增訂本）》，商務印書館，北京，2005。

12. 志村良治著、江藍生、白維國譯，1995，《中國中世語法史研究》，中華書局，北

京。

13. 李維琦，1999，《佛經續釋詞》，岳麓書社，長沙，1999。

14. 李維琦，2004，《佛經詞語彙釋》，湖南師範大學出版社，長沙，2005。

15. 李佐豐，2003，《先秦漢語實詞》，北京廣播學院出版社，北京，2003。

16. 李佐豐，2004，《古代漢語語法學》，商務印書館，北京，2004。

17. 李鐵根，1998，《現代漢語時制研究》，遼寧大學出版社，審陽，1999。

18. 汪維輝，2007，《《齊民要術》詞彙語法研究》，上海教育出版社，上海，2007。

19. 吳福祥，1996，《敦煌變文語法研究》，岳麓書社，長沙，1996。

20. 吳福祥，2004a，《敦煌變文 12 種語法研究》，河南大學出版社，開封，2004。

21. 吳福祥，2004b，《《朱子語類輯略》語法研究》，河南大學出版社，開封，2004。

22. 何亮，2007，《中古漢語時點時段表達研究》，巴蜀書社，2007。

23. 何樂士編，2004，《古代漢語虛詞詞典》，語文出版社，北京，2006。

24. 竺家寧，1999a，《漢語詞彙學》，五南圖書出版有限公司，台北，1999。

25. 竺家寧，2005，《佛經語言初探》，橡樹林文化出版，台北。

26. 周守晉，2005，《出土戰國文獻語法研究》，北京大學出版社，北京，2005。

27. 周生亞，2007，《《搜神記》語言研究》，中國人民大學出版社，北京，2007。

28. 林新平，2006，《《祖堂集》動態助詞研究》，上海三聯書店，上海，2006。

29. 尚新，2007，《英漢體範疇對比研究——語法體的內部對立與中立化》，上海人民出版社，上海，2007。

30. 屈承熹著、紀宗仁協著，1999，《漢語認知功能語法》，黑龍江人民出版社，2005。

31. 俞理明，1993，《佛經文獻語言》，巴蜀書社，成都。

32. 施春宏，2008，《漢語動結式的句法語義研究》，北京語言大學出版社，北京，2008。

33. 孫錫信，1992，《漢語歷史語法要略》，復旦大學出版社，上海。

34. 孫錫信，1999，《近代漢語語氣詞：漢語語氣詞的歷史考察》，語文出版社，北京。

35. 徐丹著、張祖建譯，1996，《漢語句法引論》，北京語言大學出版社，北京，2004。

36. 張猛，2003，《左傳謂語動詞研究》，語文出版社，北京，2003。

37. 張美蘭，2003，《《祖堂集》語法研究》，商務印書館，北京，2003。

38. 曹廣順，1995，《近代漢語助詞》，語文出版社，北京，1995。

39. 曹廣順、遇笑容，2006，《中古漢語語法史研究》，巴蜀書社，四川，2006。

40. 曹逢甫著、王靜譯，2005，《漢語的句子與子句結構》，北京語言大學出版社，北京，2005。

41. 梁銀峰，2006，《漢語動補結構的產生與演變》，學林出版社，上海，2006。

42. 梁曉虹、徐時儀、陳五雲，2005，《佛經音義與漢語詞彙研究》，商務印書館，北京，200 年 5。

43. 彭利貞，2007，《現代漢語情態研究》，中國社會科學出版社，北京，2007。

44. 董志翹、蔡鏡浩，1994，《中古虛詞語法例釋》，吉林教育出版社，吉林，1994。

45. 楊伯峻、何樂士，1992，《古漢語語法及其發展》，語文出版社，北京，1992。

46. 楊永龍，2001，《《朱子語類》完成體研究》，河南大學出版社，開封，2001。

47. 趙元任著、丁邦新譯，1980，《中國話的文法》，學生書局，台北，1994。

48. 趙元任著、呂叔湘譯，1979，《漢語口語語法》，商務印書館，北京，2005。

49. 劉景農，1994，《漢語文言語法》，中華書局，北京，2003。

50. 蔣紹愚，1994，《近代漢語研究概況》，北京大學出版社，北京，1996。

51. 蔣紹愚，2005，《古漢語詞彙綱要》，商務印書館，北京，2005。

52. 蔣紹愚、曹廣順主編，2005，《近代漢語語法史研究綜述》，商務印書館，北京，2005。

53. 鄭良偉，1997，《台、華語的時空、疑問與否定》（第五集，時空關係），遠流出版事業股份有限公司，台北，1997。

54. 龍國富，2004，《姚秦譯經助詞研究》，湖南師範大學出版社，長沙，2005。

55. 魏培泉，1990，《漢魏六朝稱代詞研究》（《語言暨語言學》專刊甲種之六），中央研究院語言學研究所，台北，2004。

56. 龔千炎，1995，《漢語的時相時制時態》，商務印書館，北京，1995。

57. Li & Thompson 著、黃宣範譯，1983，《漢語語法》，文鶴出版有限公司，台北。

58. Comrie, Bernard，1976，Aspect. Cambridge: Cambridge University Press.

59. Hopper, Paul J. and Elizabeth Closs Traugott.

60. Comrie, Bernard，Grammaticalization. Cambridge: Cambridge University Press.

61. Comrie, Bernard，2003，Grammaticalization （Second Edition）. Cambridge: Cambridge University Press.

62. Pulleyblank , Edwin G.，1995，Outline of Classical Chinese Grammar. Vancouver, Canada: UBS Press.（孫景濤譯《古漢語語法綱要》，語文出版社，北京，2006）

四、單篇論文

1. 王寅、嚴辰松，2005，〈語法化的特徵、動因和機制〉，《解放軍外國語學院學報》第 4 期，頁 1～5。

2. 孔令達，1986，〈關於動態助詞“過 1”和“過 2”〉，《中國語文》第 4 期，頁 272～276。

3. 石毓智，1992，〈論現代漢語的“體”範疇〉，《中國社會科學》第 6 期，頁 183～201。

4. 石定栩、胡建華，2006，〈“了 2”的句法語義地位〉，《語法研究和探索》（十三），頁 94～112。

5. 朱慶之，1993，〈漢譯佛典語文中的原典影響初探〉，《中國語文》第 5 期，頁 379～385。

6. 朱慶之，1997，〈試論佛典翻譯對中古漢語詞彙發展的若干影響〉，王云路、方一新編《中古漢語研究》頁 125～156，商務印書館，北京，2000。

7. 江藍生，2003，〈時間詞"時"和"後"的語法化〉，吳福祥、洪波主編《語法化與語法研究（一）》頁 181～201，商務印書館，北京，2003。

8. 沈家煊，1994，〈"語法化"研究綜觀〉，《外語教學與研究》第 4 期，頁 17～24。

9. 汪維輝，2004，〈試論《齊民要術》的語料價值〉，《古漢語研究》第 4 期，頁 84～91。

10. 吳福祥，1998，〈重談"動＋了＋賓"格式的來源和完成體助詞"了"的產生〉，《中國語文》第 6 期，頁 452～462。

11. 吳福祥，1999，〈試論現代漢語動補結構的來源〉，《語法化與漢語歷史語法研究》，頁 178～204，安徽教育出版社，合肥，2006。

12. 吳福祥，2003，〈關於語法化的單向性問題〉，《語法化與漢語歷史語法研究》頁 24～49，安徽教育出版社，合肥，2006。

13. 吳福祥，2004，〈近年來語法化研究的進展〉，《語法化與漢語歷史語法研究》頁 1～23，安徽教育出版社，合肥，2006。

14. 吳福祥，2005，〈漢語歷史語法研究的檢討與反思〉，《語法化與漢語歷史語法研究》頁 239～277，安徽教育出版社，合肥，2006。

15. 李宗江，2004，〈"完成"類動詞的語義差別及其演變方向〉，《語言學論叢》第三十輯，頁 147～168，商務印書館，北京，2004。

16. 李思明，1997，〈中古漢語並列合成詞中決定詞素次序諸因素考察〉，《安慶師院社會科學學報》第一期，頁 64～69。

17. 李訥、石毓智，1997，〈論漢語體標記誕生的機制〉，《中國語文》第 2 期，頁 82～96。

18. 辛島靜志，2000，〈漢譯佛典的語言研究〉，《文化的饋贈·語言文學卷》頁 512～524。

19. 竺家寧，1994，〈論漢語詞義變遷中義位之轉化與補位〉，《國立中正大學學報》（人文分冊）第五卷第一期，頁 1～18。

20. 竺家寧，1997a，〈早期佛經詞彙之動補結構研究〉，《國立中正大學學報》（人文分冊）第八卷第一期，頁 1～20。

21. 竺家寧，1997b，〈西晉佛經並列詞之內部次序與聲調的關係〉，《國立中正大學中文學術年刊》創刊號，頁 41～69。

22. 竺家寧，1998，〈佛經同形義異詞舉隅〉，《國立中正大學學報》（人文分冊）第九卷第一期，頁 1～33。

23. 竺家寧，1999b，〈早期佛經動賓結構詞初探〉，《國立中正大學學報》（人文分冊）第十卷第一期，頁 1～38。

24. 竺家寧，2003，〈論佛經中的「都盧皆」和「悉都盧」〉，《文與哲》第三期，頁 199～209。

25. 竺家寧，2006，〈《慧琳音義》與佛經中的名詞重疊現象〉，《佛經音義研究論文集》頁 83～108，上海古籍出版社，上海，2006。

26. 林永澤，2002，〈《祖堂集》中表示動作完成的幾種格式〉，《漢語史論文集》頁 389～413，武漢出版社，武漢，2002。

27. 林若望，2002，〈論現代漢語的時制意義〉，《語言暨語言學》3.1，頁 1～25。

28. 武振玉，2005，〈試論"既"字在金文中的用法〉，《蘇州科技學院學報》（社會科學版），第 4 期，頁 64～66。

29. 周守晉，2003，〈戰國、秦漢表示完結的"已"補正〉，《語言學論叢》第二十七輯，頁 313～323，商務印書館，北京，2003。

30. 周小婕，2007，〈《百喻經》中表完成的標記系統〉，《株洲師範高等專科學校學報》第 1 期，頁 88～91。

31. 易立，2003，〈關於魏晉南北朝時期完成動詞"已"的幾個問題〉，《湛江師範學院學報》第 24 卷第 5 期，頁 17～20。

32. 柳士鎮，1992，〈魏晉南北朝期間的動詞時態表示法〉，《漢語歷史語法散論》頁 25～35，上海人民出版社，2007。

33. 洪波，2003，〈使動形態的消亡與動結式的語法化〉，《語法化與語法研究（一）》頁 330～349，商務印書館，北京，2003。

34. 洪波，2006，〈上古漢語的焦點表達〉，《21 世紀的中國語言學（二）》，頁 36～51，商務印書館，北京，2006。

35. 洪波、曹小云，2004，〈《漢語語法化的歷程》商兌〉，《語言研究》第 24 卷第 3 期，頁 67～76。

36. 帥志嵩，2008，〈中古漢語"完成"語義的表現形式〉，《北京廣播電視大學學報》第 1 期，頁 46～50。

37. 馬慶株，1981，〈時量賓語和動詞的類〉，《中國語文》第 2 期，頁 86～90。

38. 胡明揚，1992，〈語法意義和詞彙意義之間的相互影響〉，《漢語學習》第 1 期，頁 1～6。

39. 胡敕瑞，2006，〈代用與省略——論歷史句法中的縮約方式〉，《古漢語研究》第 4 期，頁 28～35。

40. 徐丹，1992，〈漢語裏的"在"與"著"〉，《中國語文》第 6 期，頁 453～461。

41. 徐丹，1995，〈關於漢語裏"動詞＋X＋地點詞"的句型〉，《語文研究》第 3 期，頁 16～21。

42. 徐正考、史維國，2008，〈語言的經濟原則在漢語語法歷時發展中的表現〉，《語文研究》第 1 期，頁 9～12。

43. 夏青，1997，〈虛詞"既"在古漢語中被忽視的幾種用法〉，《濟南大學學報》第 2 期，頁 25～27。

44. 梅祖麟，1981，〈現代漢語完成貌句式和詞尾的來源〉，《語言研究》第一冊，頁 65～77。

45. 梅祖麟，1988，〈漢語方言裏虛詞「著」字三種用法的來源〉，《中國語言學報》第 3 期，頁 193～216。

46. 梅祖麟，1989，〈漢語方言虛詞"著"字三種用法的來源〉，《中國語言學報》第 3 期，頁 193～216。

47. 梅祖麟，1994，〈唐代、宋代共同語的語法和現代方言的語法〉，《中國境內語言暨語言學》（第二輯），頁 61～97。

48. 梅祖麟，1998，〈漢語語法史中幾個反復出現的演變方式〉，《古漢語語法論集》頁 15～31，語文出版社，北京。

49. 梅祖麟，1999，〈先秦兩漢的一種完成貌句式——兼論現代漢語完成貌句式的來源〉，《中國語文》第 4 期，頁 285～294。

50. 梅祖麟、楊秀芳，1995，〈幾個閩語語法成份的時間層次〉，《中央研究院歷史語言研究所集刊》第六十六本、第一分，頁 1～21。

51. 梅廣，2003，〈迎接一個考證學和語言學結合的漢語語法史研究新局面〉，《古今通塞：漢語的歷史與發展》頁 23～47，中研院語言學研究所（籌備處），台北，2003。

52. 梅廣，2004，〈解析藏緬語的功能範疇體系——以羌語爲例〉，《漢藏語研究：龔煌城先生七秩壽慶論文集》頁 177～199，中研院語言學研究所（《語言暨語言學》專刊外編之四），台北。

53. 梅廣，2005，〈詩三百篇「言」字新議〉，《漢語史研究：紀念李方桂先生百年冥誕論文集》頁 235～266，中研院語言學研究所（《語言暨語言學》專刊外編之二），台北。

54. 郭錫良，1988，〈先秦語氣詞新探〉，《漢語史論集》頁 49～74，商務印書館，北京，1997。

55. 陳平，1988，〈論現代漢語時間系統的三元結構〉，《中國語文》第 6 期，頁 401～422。

56. 陳澤平，1992，〈試論完成貌助詞"去"〉，《中國語文》第 2 期，頁 143～146。

57. 陳明娥，2004，〈敦煌變文同素異序詞的特點及成因〉，《中南大學學報》（社會科學版）第 5 期，頁 654～658。

58. 陳寶勤，1994，〈試論"而後""而已""而況""而且""既而""俄而""然而"〉，《古漢語研究》第 3 期，頁 28～33。

59. 梁曉虹，1991，〈漢魏六朝譯經對漢語詞彙雙音化的影響〉，《佛教與漢語詞彙》頁 465～488，佛光，台北，2001。

60. 梁曉虹，1992a，〈現代漢語中源於佛教的時間詞〉，《佛教與漢語詞彙》頁 391～398，佛光，台北，2001。

61. 梁曉虹，1992b，〈簡論佛教對漢語的影響〉，《漢語學習》第 6 期，頁 33～38。

62. 梁曉虹，1999，〈佛教詞彙的辨釋與訓詁〉，《佛教與漢語詞彙》頁 1～50，佛光，台北，2001。

63. 梁曉虹，2000，〈試論魏晉南北朝漢譯佛經中的同義複合副詞〉，《佛教與漢語詞彙》頁 321～362，佛光，台北，2001。

64. 梁曉虹，2001，〈論佛教對漢語詞彙的影響〉，《佛教與漢語詞彙》頁 527～558，佛光，台北，2001。

65. 梁銀峰，2005，〈論漢語動補複合詞的詞彙化過程〉，《語言研究集刊》第二輯，頁 202～224，上海辭書出版社，上海，2005。

66. 曹廣順，1986，〈《祖堂集》中的"底"（地）、"却"（了）、"著"〉，《中國語文》第 3 期，頁 192～202。（又收入蔣紹愚、江藍生編《近代漢語研究（二）》頁 15～34，商務印書館，北京，1999。）

67. 曹廣順，2006，〈中古譯經與中古漢語語法史研究〉，《21 世紀的中國語言學（二）》，頁 52～59，商務印書館，北京，2006。

68. 曹廣順、遇笑容，2004，〈漢語語法史中的語言接觸與語法變化〉，《中古漢語語法史研究》，頁 138～149，巴蜀書社，四川，2006。

69. 曹廣順、遇笑容，2006，〈梵漢對勘與中古譯經語法研究〉，《中古漢語語法史研究》頁 150～160，巴蜀書社，四川，2006。

70. 曹小云，1999，〈《王梵志討》詞法特點初探〉，《中古近代漢語語法詞彙叢稿》頁 68～80，安徽大學出版社，合肥，2005。

71. 曹小云，2000，〈《型世言》中的"VO 過"式〉，《中古近代漢語語法詞彙叢稿》頁 130～131，安徽大學出版社，合肥，2005。

72. 曹小云，2001，〈近代漢語中的"VO 過"式〉，《中古近代漢語語法詞彙叢稿》頁 122～129，安徽大學出版社，合肥，2005。

73. 曹小云，2005，〈語法化理論與漢語歷史語法研究〉，《寧波大學學報》（人文科學版）第 3 期，頁 70～75。

74. 崔希亮，2003，〈事件情態和漢語的表態系統〉，《語法研究和探索》（十二），頁 331～347，商務印書館，北京。

75. 張洪年，1977，〈變文中的完成貌虛詞〉，《中國語言學報》第 5 期，頁 55～74。

76. 張新華，2005，〈現代漢語的時範疇〉，《語言研究集刊》（第二輯），頁 153～167，上海辭書出版社，上海。

77. 張萬起，1995，〈《世說新語》複音詞問題〉，王云路、方一新編《中古漢語研究》頁 79～86，商務印書館，北京，2003。

78. 連金發，1995，〈臺灣閩南語的完結時相詞試論〉，《臺灣閩南語論文集》，頁 121～140，文鶴出版社，台北，1995。

79. 連金發，2006，〈《荔鏡記》動詞分類和動相、格式〉，《語言暨語言學》7.1：27～61。

80. 馮春田，1986，〈魏晉南北朝時期某些語法問題探究〉，程湘清主編《魏晉南北朝漢語研究》，頁 179～239，山東教育出版社，濟南，1994。

81. 楊秀芳，1991，〈從歷史語法的觀點論閩南語"了"的用法——兼論完成貌助詞

"矣（"也"）"〉，《台大中文學報》第 4 期，頁 213～283。

82. 楊秀芳，1992，〈從歷史語法的觀點論閩南語「著」及持續貌〉，《漢學研究》第 10 卷第 1 期，頁 349～394。

83. 楊永龍，2003，〈《朱子語類》中"了"的語法化等級〉，《語法化與語法研究（一）》頁 371～399，商務印書館，北京，2003。

84. 楊榮祥，2006，〈語義特徵分析在語法史研究中的作用——"V＋V＋O"向"V＋C＋O"演變再探討〉，《21 世紀的中國語言學（二）》，頁 91～110，商務印書館，北京，2006。

85. 董琨，1985，〈漢魏六朝佛經所見若干新興語法成分〉，王云路、方一新編《中古漢語研究》頁 321～346，商務印書館，北京，2000。

86. 董志翹、王東，2002，〈中古漢語語法研究概述〉，《南京師範大學文學院學報》第 2 期，頁 148～162。（又收入朱慶之編《中古漢語研究（二）》頁 1～31，商務印書館，北京，2005。）

87. 董志翹，1986，〈中世漢語中的三類特殊句式〉，《中古文獻語言論集》，頁 313～328，巴蜀書社，四川，2000。

88. 董志翹，1998，〈試論《洛陽伽藍記》在中古漢語詞彙史研究上的語料價值〉，《中古文獻語言論集》，頁 29～42，巴蜀書社，四川，2000。

89. 董志翹，2007，〈漢譯佛典中的"形容詞同義複疊修飾"〉，《語文研究》第 4 期，頁 37～42。

90. 董秀芳，2000，〈論"時"字的語法化〉，《欽州師範高等專科學校學報》第 15 卷第 1 期，頁 48～54。

91. 趙金銘，1979，〈敦煌變文中所見的"了"和"著"〉，《中國語文》第 1 期，頁 65～69。

92. 鄧守信，1986，〈漢語動詞的時間結構〉，《第一屆國際漢語教學討論會論文選》，頁 30～37，北京語言學院出版社，北京。

93. 劉勛寧，1988，〈漢代漢語詞尾"了"的意義〉，《中國語文》第 5 期，頁 321～330。

94. 劉堅、曹廣順、吳福祥，1995，〈論誘發漢語詞彙語法化的若干因素〉，《中國語文》第 3 期，頁 161～169。

95. 鄭懿德，1988，〈時間副詞"在"的使用條件〉，《語法研究與探索》（四），頁 228～235，北京大學出版。

96. 蔣紹愚，1999a，〈漢語動結式產生的時代〉，《漢語詞彙語法史論文集》頁 240～262，商務印書館，北京，2001。

97. 蔣紹愚，1999b，〈"抽象原則"和"臨摹原則"在漢語語法史中的體現〉，《漢語詞彙語法史論文集》頁 263～271，商務印書館，北京，2001。

98. 蔣紹愚，2000，〈現代語言學與漢語史研究〉，《漢語詞彙語法史論文集》頁 272～281，商務印書館，北京，2001。

99. 蔣紹愚，2001，〈《世說新語》《齊民要術》《洛陽伽藍記》《賢愚經》《百喻經》中

的"已""竟""訖""畢"〉,《中古漢語研究(二)》頁 309～321,商務印書館,北京,2005。

100. 蔣紹愚,2004,〈從"盡 V－V 盡"和"誤 V／錯 V－V 錯"看述補結構的形成〉,《語言暨語言學》5.3:559～581。

101. 潘維桂、楊天戈,1980,〈魏晉南北朝時期"了"字的用法——"了"字綜合研究之一〉,王云路、方一新編《中古漢語研究》,頁 307～320,商務印書館,北京,2000。

102. 潘維桂、楊天戈,1984,〈宋元時期"了"字的用法,兼談"了"字的虛化過程〉,《語言論集》第 2 輯,頁 71～90,中國人民大學出版社,北京。

103. 蔡鏡浩,1989,〈魏晉南北朝詞語考釋方法論——《魏晉南北朝詞語彙釋》編撰瑣議〉,王云路、方一新編《中古漢語研究》頁 157～168,商務印書館,北京,2000。

104. 鍾兆華,1995,〈近代漢語完成態動詞的歷史沿革〉,《語言研究》第 1 期,頁 81～88。

105. 戴耀晶,1994,〈論現代漢語現實體的三項語義特徵〉,《復旦學報》(社會科學版)第 2 期,頁 95～100。

106. 儲澤祥、謝曉明,2002,〈漢語語法化研究中應重視的若干問題〉,《世界漢語教學》第 2 期,頁 5～13。

107. 魏培泉,2000,〈東漢魏晉南北朝在語法史上的地位〉,《漢學研究》第 18 卷特刊,頁 199～230。

108. 魏培泉,2003,〈上古漢語到中古漢語語法的重要發展〉,《古今通塞:漢語的歷史與發展》頁 75～106,中研院語言學研究所(籌備處),台北,2003。

109. 龍果夫,1955,〈現代漢語語法研究〉(七),《中國語文》8 月號,頁 34～38。

110. 龍國富,2001,〈《阿含經》"V+(O)+CV"格式中的"已"〉,《雲夢學刊》第 23 卷第 1 期,頁 109～111。

111. 羅自群,2005,〈從官話"著(之／子)"類持續標記看中古"著(着)"的語法化過程〉,《語法化與語法研究(二)》頁 152～170,商務印書館,北京,2005。

112. 龔千炎,1991,〈談現代漢語的時制表示和時態表達系統〉,《中國語文》第 4 期,頁 251～261。

113. Harbsmeier ,Christoph,1989,The Classical Chinese modal particle yi , Proceedings of the Second International Conference on Sinology , Section on Linguistics and Paleography , Taipei , Academie Sinica , 475-504.

114. Mei , Kuang(梅廣),2004b,Functional Categories in Classical Chinese.(未刊稿)

115. Peyraube, Alain.,1988,Syntactic Change in Chinese:On Grammaticalization. The Bulletin of the Institute of History and Philology , Taiwan:Academia Sinica , Vol. LIX , Part III:617-652.

116. Peyraube, Alain., 2003, On Moving Constituents in Chinese Historical Syntax. Historical

Development of Chinese Language, Papers from the Third International Conference on Sinology , Linguistics Section , Taipei , Academie Sinica , 141-156.

117. Pulleyblank , Edwin G., 1994, Aspects of aspect in Classical Chinese ,（高思曼、何樂士編）《第一屆國際先秦漢語語法研討會論文集》，岳麓書社，313～363。（中譯本：〈古漢語體態的各方面〉，《古漢語研究》1995 年第 2 期，頁 1～13。）

118. Zürcher , E，1977, Late Han vernacular elements in the earliest Buddhist translations , Journal of the Chinese Language Teacher's Association 12.177-203.（許理和著，蔣紹愚譯〈最早的佛經譯文中的東漢口語成分〉，《語言學論叢》第十四輯，頁 197～225，1987。）

五、學位論文

（1）碩士論文

1. 王文杰，2000，《《六祖壇經》虛詞研究》，國立中正大學中國文學研究所碩士論文。

2. 林昭君，1998，《東漢佛典之介詞研究》，國立中正大學中國文學研究所碩士論文。

3. 陳宣貝，2004，《漢語未完成貌的語法化及其語意分析》，國立中正大學語言學研究所碩士論文。

4. 郭維茹，2000，《句末助詞「來」、「去」：禪宗語錄之情態體系研究》，國立臺灣大學中國文學研究所碩士論文，台北。

5. 詹秀惠，1971，《世說新語語法探究》，國立臺灣大學中國文學研究所碩士論文。

6. 顏洽茂，1984，《南北朝佛經複音詞研究——《賢愚經》、《雜寶藏經》、《百喻經》複音詞初探》，遼寧師範大學中文系碩士學位論文，《法藏文庫中國佛教學術論典》第 65 輯，頁 315～448，佛光山文教基金會印行，高雄，2001。

（2）博士論文

1. 王錦慧，1993，《敦煌變文語法研究》，國立臺灣師範大學國文研究所碩士論文。

2. 周碧香，2000，《《祖堂集》句法研究——以六項句式為主》，國立中正大學中國文學研究所博士論文。

3. 具熙卿，2007，《唐宋五種禪宗語錄助詞研究》，中國文化大學中國文學研究所博士論文。

4. 高婉瑜，2006，《漢文佛典後綴的語法化現象》，國立中正大學中國文學研究所博士論文。

5. 張泰源，1993，《漢語動貌體系研究》，國立臺灣大學中國文學研究所博士論文。

6. 張麗麗，2003，《處置式「將」「把」句的歷時研究》，國立清華大學中國文學研究所博士論文。

7. 郭維茹，2005，《指示趨向詞"來"、"去"之句法功能及歷時演變》，國立臺灣大學中國文學研究所博士論文。

附錄：東漢魏晉南北朝漢譯佛經篩選目錄

說　明

1、表內「大正藏編號」、「譯經名」及「卷數」依據《大正新脩大藏經總目錄》。

2、「呂澂之編號」一欄，依據呂澂著《新編漢文大藏經目錄》。

3、「呂」：指呂澂《新編漢文大藏經目錄》，「○」表呂澂認爲眞實無誤之譯經，
　　「╳」則表「失譯經」，或「重譯經」而譯者身分不明確之經目。

4、「小」：指小野玄妙《佛教經典總論》，「○」表小野玄妙認爲眞實無誤之譯
　　經，「〔闕〕」、「〔失〕」、「〔僞〕」、「〔別〕」分別爲《佛教經典總論》著明「闕本」、「失
　　譯經」、「疑僞經」、「抄經」之經目，「╳」表小野玄妙認爲「虛僞、誤謬」
　　之譯經經目。

5、「任」：指任繼愈主編《中國佛教史》，「○」表《中國佛教史》認爲眞實無誤
　　之譯經，「╳」則表「失譯經」，或「重譯經」而譯者身分不明確之經目。

大正藏編號	呂澂之編號	譯者	朝代	譯經名	卷數	經錄	呂	小	任	備　註
0013	-0549	安世高	東漢	長阿含十報法經	2	祐	○	〔闕〕	○	
0014	-0490	安世高	東漢	佛說人本欲生經	1	祐	○	○	○	

0016	-0509	安世高	東漢	佛說尸迦羅越六方禮經	1	祐	×	〔失〕	×	呂澂:「西晉竺法護譯〔祐〕。……後誤題尸迦羅越六方禮經。安世高譯〔開〕。」
0031	-0470	安世高	東漢	佛說一切流攝守因經	1	祐	○	○	○	
0032	-0471	安世高	東漢	佛說四諦經	1	祐	○	○	○	
0036	-0475	安世高	東漢	佛說本相猗致經	1	祐	○	○	○	
0048	-0486	安世高	東漢	佛說是法非法經	1	祐	○	○	○	
0057	-0497	安世高	東漢	佛說漏分布經	1	祐	○	○	○	
0098	0600	安世高	東漢	佛說普法義經	1	祐	○	〔失〕	○	
0105	-0428	安世高	東漢	五陰譬喻經	1	祐	○	○	○	
0109	-0438	安世高	東漢	佛說轉法輪經	1	祐	○	〔闕〕	○	
0112	-0453	安世高	東漢	佛說八正道經	1	祐	○	○	○	
0150A	-0433	安世高	東漢	佛說七處三觀經	1	祐	○	○	○	
0150B	0670	安世高	東漢	佛說九橫經	1	祐	○	○	○	
0397（17）	0624	安世高	東漢	明度五十校計經	2	祐	○	○	○	按:大正藏目錄作「高齊那連提耶舍譯」。
0553	0866	安世高	東漢	奈女耆域經	1	經	×	〔失〕	×	呂澂:「西晉竺法護譯〔祐〕。後誤安世高譯〔開〕。」
0602	0619	安世高	東漢	佛說大安般守意經	1	祐	○	〔僞〕	○	小野玄妙:「現殘留吳會稽陳慧注解、康僧會寫序者,亦即是現行本。因長年來,屢經傳寫以致本文與注糅亂而難於分別。」
0603	1057	安世高	東漢	陰持入經	1	祐	○	○	○	
0605	0623	安世高	東漢	禪行法想經	1	祐	○	〔失〕	○	
0607	1070	安世高	東漢	大道地經	2	祐	○	〔闕〕	○	
0701	0675	安世高	東漢	佛說溫室洗浴眾僧經	1	祐	×	〔闕〕	×	呂澂:「西晉竺法護譯〔祐〕。後誤安世高譯〔開〕。」

0792	0606	安世高	東漢	佛說法受塵經	1	祐	○	○	○	
1492	0705	安世高	東漢	佛說舍利弗悔過經	1	祐	×	〔闕〕	×	呂澂：「西晉竺法護譯〔祐〕。後誤安世高譯〔開〕。」
1508	1056	安世高	東漢	阿含口解十二因緣經	1	房	○	×	○	按：大正藏目錄作「後漢安玄共嚴佛調譯。」
1557	-1031	安世高	東漢	阿毘曇五法行經	1	祐	○	○	○	
2027	0776	安世高	東漢	迦葉結經	1	祐	×	×	×	呂澂：「西晉竺法護譯〔祐〕。後誤安世高譯〔開〕。」
0224	-0254	支婁迦讖	東漢	道行般若經	10	祐	○	○	○	
0280	-0329	支婁迦讖	東漢	佛說兜沙經	1	祐	○	〔闕〕	○	
0313	-0008	支婁迦讖	東漢	阿閦佛國經	2	祐	○	○	○	
0350	-0043	支婁迦讖	東漢	佛說遺日摩尼寶經	1	祐	○	○	○	
0361	-0005	支婁迦讖	東漢	佛說無量清淨平等覺經	4	祐	×	×	×	呂澂：「西晉竺法護譯〔祐〕。……後誤支婁迦讖譯。」小野玄妙：「無量清淨經當然亦爲其僞目之一。」
0417	0066	支婁迦讖	東漢	般舟三昧經	1	開	×	〔闕〕	○	呂澂：「般舟三昧經二卷。西晉竺法護譯〔祐〕。後誤支婁迦讖譯〔開〕。」小野玄妙則認爲確屬支讖所譯。
0458	0152	支婁迦讖	東漢	文殊師利問菩薩署經	1	祐	○	○	○	
0624	0215	支婁迦讖	東漢	佛說伅眞陀羅所問如來三昧經	2	經	○	○	○	呂澂：「漢支婁迦讖譯〔經〕。先失譯。……」
0626	0288	支婁迦讖	東漢	佛說阿闍世王經	2	祐	○	○	○	
0807	0147	支婁迦讖	東漢	佛說內藏百寶經	1	祐	○	○	○	
0322	-0017	安玄	東漢	法鏡經	1	祐	○	○	○	嚴佛調共譯。
0630	-0292	支曜	東漢	佛說成具光明定意經	1	祐	○	〔闕〕	○	
0137	-0575	康孟詳	東漢	舍利弗摩訶目蓮遊四衢經	1	祐	×	〔闕〕	×	呂澂：「西晉竺法護譯〔祐〕。後誤康孟祥譯。」

0196	-0814	康孟祥、曇果	東漢	中本起經	2	祐	○	○	○	
0184	0816	康孟祥、竺大力	東漢	修行本起經	2	經	○	〔失〕	○	呂澂:「後漢曇果竺大力共譯〔經〕。先失譯〔祐〕。建安二年(一九七)出〔房〕」小野玄妙:「此外有興起行經、舍利弗目連遊四衢經等之譯,尙傳與曇果共譯出修行本起經,此三本於現行大藏中,均署孟詳之名流傳。然此非確實之說。……」
0021	-0552	支謙	吳	佛說梵網六十二見經	1	祐	×	〔失〕	×	呂澂:「西晉竺法護譯〔祐〕。後誤支謙譯。」
0054	-0493	支謙	吳	佛說釋摩男本四子經	1	祐	○	○	○	
0068	-0506	支謙	吳	佛說賴吒和羅經	1	祐	○	○	○	
0076	-0518	支謙	吳	梵摩渝經	1	祐	○	○	○	
0087	-0531	支謙	吳	佛說齋經	1	祐	○	○	○	
0153	0830	支謙	吳	菩薩本緣經	3	經	○	○	×	
0169	0186	支謙	吳	佛說月明菩薩經	1	祐	○	○	○	
0185	-0817	支謙	吳	佛說太子瑞應本起經	2	祐	○	○	○	
0198	0589	支謙	吳	佛說義足經	2	祐	○	〔偽〕	○	
0200	0883	支謙	吳	撰集百緣經	10	經	○	○	×	
0225	0255	支謙	吳	大明度經	6	祐	○	○	○	
0281	-0330	支謙	吳	佛說菩薩本業經	1	祐	○	〔闕〕	○	
0362	-0004	支謙	吳	佛說阿彌陀三耶三佛薩樓佛檀過度人道經	2	祐	○	○	○	
0474	0164	支謙	吳	佛說維摩詰經	2	祐	○	〔闕〕	○	小野玄妙:「現行大藏經中,維摩詰經二卷之譯者,署名爲支謙,似有待商榷。……以現行經本而言,無論譯文譯語,若擬爲支謙譯出乃過於整齊,故寧依僧祐說判斷爲竺法護之譯。」

0493	0659	支謙	吳	佛說阿難四事經	1	祐	○	○	○	
0532	0184	支謙	吳	私呵昧經	1	祐	○	○	○	
0533	0185	支謙	吳	菩薩生地經	1	祐	○	○	○	
0556	0204	支謙	吳	佛說七女經	1	祐	○	〔闕〕	○	
0557	0202	支謙	吳	佛說龍施女經	1	祐	○	〔闕〕	○	
0559	0863	支謙	吳	佛說老女人經	1	祐	○	○	○	
0581	0668	支謙	吳	佛說八師經	1	祐	○	○	○	
0632	0294	支謙	吳	佛說慧印三昧經	1	祐	○	○	○	
0708	0096	支謙	吳	了本生死經	1	祐	○	×	×	《中國佛教史》：「《祐錄》卷六有道安序，云支謙爲此經作注解。」小野玄妙：「支謙所作乃了本生死經之注解，而非譯經，……從現行經本觀之，似爲漢末某人譯出。」
0713	0631	支謙	吳	貝多樹下思惟十二因緣經	1	祐	×	×	×	呂澂：「西晉竺法護譯〔祐〕。後誤支謙譯。」
0735	0657	支謙	吳	佛說四願經	1	祐	○	○	○	
0790	0803	支謙	吳	佛說孛經抄	1	祐	○	○	○	
1011	0318	支謙	吳	佛說無量門微密持經	1	祐	○	○	○	
0210	-0591	維祇難等	吳	法句經	2	祐	×	〔闕〕	○	呂澂：「吳竺將炎共支謙譯。」小野玄妙：「現行本署名維祇難，應更正爲支謙譯本。」
0129	-0564	竺律炎	吳	佛說三摩竭經	1	經	○	×	×	小野玄妙：「又歷代三寶紀以下諸錄，傳將炎另有三摩竭等譯經。其中三摩竭、佛醫二經，現行大藏經署名爲竺律炎，但此二經於道安目錄中不載，而僧佑則新編入失譯部分……故吾人不能輕信其說。」

0152	0785	康僧會	吳	六度集經	8	祐	○	○	○	《中國佛教史》：「此經當是康僧會選編，非全譯。」小野玄妙：「六度集經乃僧會從諸經中集錄有關布施，持戒等六度行之本生經，並非原有六度集之梵本而加以翻譯者。」
0310（19）	0001（19）	康僧鎧	曹魏	郁伽長者會	1	經	○	×	○	小野玄妙：「彼等經本徵諸文章譯語等，均爲晉末以後之作，絕非曹魏代之古譯經典。」
0360	-0006	康僧鎧	曹魏	〔新〕無量壽經	2	祐	×	×	○	呂澂：「劉宋寶雲譯……後誤康僧鎧譯。」小野玄妙：「現行之無量壽經，確爲寶雲所譯，無論譯文、譯語，均不愧爲出於當代第一名家之手筆。而將之擬爲曹魏時代譯本，可謂昏愚透頂，……」
1433	0728	曇諦	曹魏	羯磨	1	經	×	×	○	呂澂：「從曇無德律抄出。舊誤曹魏曇諦譯〔經〕。」
0328	-0023	白延	曹魏	佛說須賴經	1	祐	×	〔闕〕	○	呂澂：「吳支謙譯〔祐〕。後誤曹魏白延譯〔宋〕。」
0005	-0543	竺法護	西晉	佛般泥洹經	2	祐	○	×	×	呂澂：「西晉竺法護譯。太始五年（二六九）出〔祐〕。後作帛法祖譯。」《中國佛教史》即列爲帛法祖譯。小野玄妙：「法祖果眞譯出此等諸經與否之問題，吾人以爲僧祐等本傳之記事較近事實，且其數過多難以輕信，故應予存疑。」
0047	-0485	竺法護	西晉	佛說離睡經	1	祐	×	〔失〕	○	呂澂：「失譯〔祐〕。後誤竺法護譯〔開〕。」

0050	-0488	竺法護	西晉	佛說受歲經	1	祐	×	〔失〕	○	呂澂：「失譯〔祐〕。後誤竺法護譯〔開〕。」
0056	-0496	竺法護	西晉	佛說樂想經	1	祐	×	〔失〕	○	呂澂：「失譯〔祐〕。後誤竺法護譯〔開〕。」
0077	-0519	竺法護	西晉	佛說尊上經	1	祐	×	〔失〕	○	呂澂：「失譯〔祐〕。後誤竺法護譯〔開〕。」
0082	-0525	竺法護	西晉	佛說意經	1	祐	×	〔失〕	○	呂澂：「失譯〔祐〕。後誤竺法護譯〔開〕。」
0083	-0526	竺法護	西晉	佛說應法經	1	祐	×	〔失〕	○	呂澂：「失譯〔祐〕。後誤竺法護譯〔開〕。」
0103	-0430	竺法護	西晉	佛說聖法印經	1	祐	○	○	○	
0118	-0457	竺法護	西晉	佛說鴦掘摩經	1	祐	○	○	○	
0135	-0573	竺法護	西晉	佛說力士移山經	1	祐	○	○	○	
0136	-0574	竺法護	西晉	佛說四未曾有法經	1	祐	×	〔失〕	○	呂澂：「失譯〔祐〕。後誤竺法護譯〔開〕。」
0154	0809	竺法護	西晉	生經	5	祐	○	○	○	
0168	0792	竺法護	西晉	佛說太子墓魄經	1	祐	○	○	○	
0170	0801	竺法護	西晉	佛說德光太子經	1	祐	○	○	○	
0180	0804	竺法護	西晉	佛說過去世佛分衛經	1	祐	○	○	○	
0182	0808	竺法護	西晉	佛說鹿母經	1	祐	○	○	×	
0186	0821	竺法護	西晉	佛說普曜經	8	祐	○	○	○	
0199	0835	竺法護	西晉	佛五百弟子自說本起經	1	祐	○	○	○	
0222	-0251	竺法護	西晉	光贊經	10	祐	○	○	○	
0263	0417	竺法護	西晉	正法華經	10	祐	○	○	○	
0266	0141	竺法護	西晉	佛說阿惟越致遮經	3	祐	○	○	○	
0274	0423	竺法護	西晉	佛說濟諸方等學經	1	祐	○	○	×	
0283	0332	竺法護	西晉	菩薩十住行道品	1	祐	○	○	○	

0285	-0334	竺法護	西晉	漸備一切智德經	5	祐	○	○	○	
0288	-0337	竺法護	西晉	等目菩薩所問三昧經	3	祐	○	○	○	
0291	-0340	竺法護	西晉	佛說如來興顯經	4	經	○	○	○	
0292	-0341	竺法護	西晉	度世品經	6	祐	○	〔失〕	○	
0310 (3)	0001 (3)	竺法護	西晉	密蹟金剛力士會	7	祐	○	○	○	
0310 (47)	0001 (47)	竺法護	西晉	寶髻菩薩會	2	祐	○	○	○	
0315	-0010	竺法護	西晉	佛說普門品經	1	祐	○	○	○	
0317	-0012	竺法護	西晉	佛說胞胎經	1	祐	○	○	○	
0318	-0013	竺法護	西晉	文殊師利佛土嚴淨經	2	祐	○	○	○	
0323	-0018	竺法護	西晉	郁迦羅越問菩薩行經	1	祐	○	○	○	
0324	-0019	竺法護	西晉	佛說幻士仁賢經	1	祐	○	○	○	
0334	-0029	竺法護	西晉	佛說須摩提菩薩經	1	祐	○	○	○	
0337	-0030	竺法護	西晉	佛說阿闍貰王女阿術達菩薩經	1	祐	○	○	○	
0338	-0031	竺法護	西晉	佛說離垢施女經	1	祐	○	○	○	
0342	-0034	竺法護	西晉	佛說如幻三昧經	2	祐	○	○	○	
0345	-0038	竺法護	西晉	慧上菩薩問大善權經	2	祐	○	○	○	
0349	-0042	竺法護	西晉	彌勒菩薩所問本願經	1	祐	○	○	○	
0378	0398	竺法護	西晉	佛說方等般泥洹經	2	祐	○	○	○	
0381	0286	竺法護	西晉	等集眾德三昧經	3	祐	○	○	○	
0395	0779	竺法護	西晉	佛說當來變經	1	祐	○	○	✕	
0398	-0049	竺法護	西晉	大哀經	8	祐	○	○	○	
0399	-0050	竺法護	西晉	寶女所問經	4	祐	○	○	○	
0401	-0052	竺法護	西晉	佛說無言童子經	2	祐	○	○	○	

0403	0069	竺法護	西晉	阿差末菩薩經	7	祐	○	○	○	
0425	0366	竺法護	西晉	賢劫經	8	祐	○	○	○	
0433	0378	竺法護	西晉	寶網經	1	祐	○	○	✕	
0435	0375	竺法護	西晉	佛說滅十方冥經	1	祐	○	○	○	
0453	?	竺法護	西晉	彌勒成佛經	1		✕	〔闕〕	○	
0459	0701	竺法護	西晉	佛說文殊悔過經	1	祐	○	○	○	
0460	0716	竺法護	西晉	佛說文殊師利淨律經	1	祐	○	○	○	
0461	0124	竺法護	西晉	佛說文殊師利現寶藏經	2	祐	○	○	○	
0477	0191	竺法護	西晉	佛說大方等頂王經	1	祐	○	○	✕	
0481	0168	竺法護	西晉	持人菩薩經	4	祐	○	○	○	
0496	0628	竺法護	西晉	佛說大迦葉本經	1	祐	○	〔失〕	○	
0513	-0569	竺法護	西晉	佛說琉璃王經	1	祐	○	○	○	
0534	0187	竺法護	西晉	佛說月光童子經	1	祐	○	〔失〕	○	
0558	-0203	竺法護	西晉	佛說龍施菩薩本起經	1	祐	○	○	✕	
0565	0170	竺法護	西晉	順權方便經	2	祐	○	○	○	
0567	0194	竺法護	西晉	佛說梵志女首意經	1	祐	○	○	✕	
0569	0207	竺法護	西晉	佛說心明經	1	祐	○	○	✕	
0585	0208	竺法護	西晉	持心梵天所問經	4	祐	○	○	○	
0588	0213	竺法護	西晉	佛說須眞天子經	4	祐	○	○	○	
0589	0214	竺法護	西晉	佛說魔逆經	1	祐	○	○	○	
0598	0219	竺法護	西晉	佛說海龍王經	4	祐	○	○	○	
0606	-1071	竺法護	西晉	修行道地經	7	祐	○	○	○	
0622	0825	竺法護	西晉	佛說自誓三昧經	1	祐	○	〔失〕	✕	呂澂：「西晉竺法護譯，後誤安世高譯。」
0623	-0826	竺法護	西晉	佛說如來獨證自誓三昧經	1	祐	○	○	✕	

0627	-0289	竺法護	西晉	文殊支利普超三昧經	3	祐	○	○	○	
0635	0297	竺法護	西晉	佛說弘道廣顯三昧經	4	祐	○	○	○	
0636	0298	竺法護	西晉	無極寶三昧經	1	祐	○	○	×	
0685	0687	竺法護	西晉	佛說盂蘭盆經	1	祐	×	〔失〕	○	呂澂:「失譯〔祐〕。後誤竺法護譯〔開〕。」
0736	0658	竺法護	西晉	佛說四自侵經	1	祐	○	○	○	
0737	0607	竺法護	西晉	所欲致患經	1	祐	○	○	×	
0770	0137	竺法護	西晉	佛說四不可得經	1	祐	○	○	×	
0809	-0875	竺法護	西晉	佛說乳光佛經	1	祐	○	○	×	
0810	0119	竺法護	西晉	諸佛要集經	2	祐	○	○	○	
0811	0310	竺法護	西晉	佛說決定總持經	1	祐	○	○	×	
0812	0146	竺法護	西晉	菩薩行五十緣身經	1	祐	○	○	○	
0813	0308	竺法護	西晉	佛說無希望經	1	祐	○	○	×	
0815	0828	竺法護	西晉	佛昇忉利天爲母說法經	3	祐	○	○	○	
0817	0135	竺法護	西晉	佛說大淨法門經	1	祐	○	○	○	
1301	-0868	竺法護	西晉	舍頭諫太子二十八宿經	1	經	○	〔失〕	×	
0033	-0472	法炬	西晉	佛說恒水經	1	祐	×	〔失〕	○	呂澂:「失譯〔祐〕。後作法炬譯〔開〕。」
0034	-0473	法炬	西晉	法海經	1	開	○	〔失〕	○	小野玄妙:「至於現行大藏經已堂堂署名法炬譯之經典,究應如何?吾人以爲應重加考查,反正縱使有似確實者,亦絕無確實者。」
0039	-0477	法炬	西晉	佛說頂生王故事經	1	祐	×	〔失〕	○	呂澂:「失譯〔祐〕。後作法炬譯〔開〕。」
0049	-0487	法炬	西晉	佛說求欲經	1	祐	×	〔失〕	○	呂澂:「失譯〔祐〕。後作法炬譯。」

0055	-0494	法炬	西晉	佛說苦陰因事經	1	祐	×	〔別〕	○	呂澂：「失譯〔祐〕。後作法炬譯〔開〕。」
0064	-0501	法炬	西晉	佛說瞻婆比丘經	1	祐	×	〔失〕	○	呂澂：「失譯〔祐〕。後作法炬譯。」
0065	-0503	法炬	西晉	佛說伏婬經	1	祐	×	〔失〕	○	呂澂：「失譯〔祐〕。後作法炬譯。」
0070	-0511	法炬	西晉	佛說數經	1	祐	×	〔失〕	○	呂澂：「失譯〔祐〕。後作法炬譯。」
0111	-0441	法炬	西晉	佛說相應相可經	1	祐	×	〔失〕	○	呂澂：「失譯〔祐〕。後作法炬譯〔開〕。」
0113	-0454	法炬	西晉	佛說難提釋經	1	祐	×	〔失〕	○	呂澂：「失譯〔祐〕。後作法炬譯。」
0119	-0458	法炬	西晉	佛說鴦崛髻經	1	祐	×	〔失〕	○	呂澂：「失譯〔祐〕。後作法炬譯。」
0122	-0460	法炬	西晉	佛說波斯匿王太后崩塵土坌身經	1	祐	×	〔失〕	○	呂澂：「失譯〔祐〕。後作法炬譯〔開〕。」
0133	-0570	法炬	西晉	頻毘娑羅王詣佛供養經	1	祐	×	〔失〕	○	呂澂：「失譯〔祐〕。後作法炬譯。」
0178	0806	法炬	西晉	前世三轉經	1	祐	×	〔失〕	○	呂澂：「失譯〔祐〕。後作法炬譯〔開〕。」
0215	0629	法炬	西晉	佛說群牛譬經	1	祐	×	〔失〕	○	呂澂：「失譯〔祐〕。後作法炬譯〔開〕。」
0332	-0027	法炬	西晉	佛說優填王經	1	祐	×	〔失〕	○	呂澂：「失譯〔祐〕。後作法炬譯。」
0500	0630	法炬	西晉	羅云忍辱經	1	祐	×	〔失〕	○	呂澂：「失譯〔祐〕。後作法炬譯〔開〕。」
0501	0838	法炬	西晉	佛說沙曷比丘功德經	1	祐	×	〔失〕	○	呂澂：「失譯〔祐〕。後作法炬譯〔開〕。」
0502	0626	法炬	西晉	佛爲年少比丘說正事經	1	祐	×	〔失〕	○	呂澂：「失譯〔祐〕。後作法炬譯〔開〕。」
0503	0618	法炬	西晉	比丘避女惡名欲自殺經	1	祐	×	〔失〕	○	呂澂：「失譯〔祐〕。後作法炬譯〔開〕。」
0508	0662	法炬	西晉	阿闍世王問五逆經	1	祐	×	〔失〕	○	呂澂：「失譯〔祐〕。後作法炬譯〔開〕。」
0509	0247	法炬	西晉	阿闍世王授決經	1	祐	×	〔失〕	○	呂澂：「失譯〔祐〕。後作法炬譯〔開〕。」
0695	0237	法炬	西晉	佛說灌洗佛形像經	1	祐	×	〔失〕	○	呂澂：「失譯〔祐〕。後誤法炬譯。」
0739	0637	法炬	西晉	佛說慢法經	1	祐	×	〔失〕	○	呂澂：「失譯〔祐〕。後作法炬譯〔開〕。」
0023	-0554	法立、法炬	西晉	大樓炭經	6	祐	○	○	○	

0211	0593	法立、法炬	西晉	法句譬喻經	4	祐	○	○	○	
0683	0245	法立、法炬	西晉	諸德福田經	1	祐	○	○	○	
0221	-0252	無羅又等	西晉	放光般若經	20	房	○	○	○	
0537	0853	聶承遠	西晉	越難經	1	祐	×	〔失〕	○	呂澂:「失譯〔祐〕。後誤聶承遠譯〔開〕。」
0638	0300	聶承遠	西晉	佛說超日明三昧經	2	祐	○	〔闕〕	○	
0188	0813	聶道眞	西晉	異出菩薩本起經	1	祐	×	〔失〕	○	呂澂:「失譯〔祐〕。後誤聶道眞譯〔開〕。」
0310（33）	0001（33）	聶道眞	西晉	無垢施菩薩應辯會	1	祐	○	〔失〕	○	呂澂:「原名無垢施菩薩分別應辯經〔祐〕。西晉聶道眞譯〔房〕。先失譯〔祐〕。」
0463	0163	聶道眞	西晉	佛說文殊師利般涅槃經	1	祐	×	〔失〕	○	呂澂:「失譯〔祐〕。後誤聶道眞譯〔開〕。」
1502	0698	聶道眞	西晉	菩薩受齋經	1	祐	×	〔失〕	○	呂澂:「失譯〔祐〕。後誤聶道眞譯〔開〕。」
0144	-0584	白法祖	西晉	佛說大愛道般泥洹經	1	祐	×	〔失〕	○	呂澂:「失譯〔祐〕。後作白法祖譯〔開〕。」
0330	-0025	白法祖	西晉	佛說菩薩修行經	1	經	×	〔失〕	○	呂澂:「失譯〔經〕。後作白法祖譯〔開〕。」
0528	-0182	白法祖	西晉	佛說菩薩逝經	1	祐	×	×	○	呂澂:「失譯〔祐〕。後作白法祖譯〔開〕。」小野玄妙:「於歷代三寶紀等諸錄,則載法祖之譯經有菩薩逝經,菩薩修行經,佛般泥洹經,大愛般泥洹經,賢者五福經等二十餘部……法祖果眞譯出此等諸經與否之問題,吾人以爲僧祐等本傳之記事較近事實,且其數過多難以輕信,故應予存疑。」

0777	0664	白法祖	西晉	佛說賢者五福德經	1	祐	×	〔失〕	○	呂澂：「失譯〔祐〕。後作白法祖譯〔開〕。」
0816	-0829	安法欽	西晉	佛說道神足無極變化經	4	經	○	〔失〕	○	呂澂：「西晉安法欽譯〔經〕，先失譯〔祐〕。」
2042	0885	安法欽	西晉	阿育王經	7	房	○	○	○	呂澂：「西晉安法欽譯。光熙年出。題首有大字〔房〕。後誤僧伽婆羅譯〔開〕。」小野玄妙：「其中道神足無極變化與阿育王二經，現仍以法欽譯之署名收錄於大藏經中。然其所依典據，仍爲竺道祖之晉世雜錄，故不足憑信。……譯本本身是西晉代之古經，故勉強擬爲法欽所譯亦無不可。」
0017	-0510	支法度	西晉	佛說善生子經	1	開	○	〔失〕	○	呂澂：「西晉支法度譯〔開〕。先失譯〔祐〕。」
0527	-0183	支法度	西晉	佛說逝童子經	1	經	○	〔失〕	○	呂澂：「西晉支法度譯〔經〕。先失譯〔祐〕。」小野玄妙：「其中逝童子，善生子二經，現仍置支法度之譯號，而收錄於現行大藏經中。然僧祐均編入失譯錄中，故究竟是否正確，然却不詳。」
0794	0774	若羅嚴	西晉	佛說時非時經	1	開	×	〔失〕	○	呂澂：「失譯。後作若羅嚴譯。」小野玄妙：「認爲時經係若羅嚴所譯。此事尚無可厚非，……時非時經從其譯文、譯語等觀之，絕非得以溯至西晉之古經典，大體上可斷定晉末以後之經典，故若羅嚴不可列爲西晉時代之譯經家。」

0212	0927	竺佛念	苻秦	出曜經	30	祐	○	〔闕〕	○	
0309	0363	竺佛念	苻秦	最勝問菩薩十住除垢斷結經	10	祐	○	○	○	
0384	0403	竺佛念	苻秦	菩薩從兜術天降神母胎說廣普經	7	祐	○	○	○	
0385	0402	竺佛念	苻秦	中陰經	2	祐	○	○	○	
0388	0411	竺佛念	苻秦	大雲無想經第九卷	1		○	?	×	小野玄妙：「本經是否爲佛念所譯，筆者就不敢肯定了。」
0656	0115	竺佛念	苻秦	菩薩瓔珞經	14	祐	○	○	○	
1464	0723	竺佛念	苻秦	鼻奈耶	10	經	○	○	○	
1485	1095	竺佛念	苻秦	菩薩瓔珞本業經	2	祐	×	〔失〕	○	呂澂：「失譯〔祐〕。後誤姚秦竺佛念譯〔經〕。」
0226	-0256	曇摩蜱、竺佛念	苻秦	摩訶般若鈔經	5	祐	○	○	○	
0194	0833	僧伽跋澄等	苻秦	僧伽羅刹所集經	3	祐	○	○	○	
1549	1038	僧伽跋澄等	苻秦	尊婆須蜜菩薩所集論	10	祐	○	○	○	
1547	1044	僧伽跋澄	苻秦	鞞婆沙論	14	祐	○	○	○	
0125	0557	曇摩難提	苻秦	增一阿含經	51	祐	○	○	×	《中國佛教史》列爲僧伽提婆譯。呂澂：「苻秦曇摩難提譯。……後誤東晉僧伽提婆譯〔開〕。今勘係經僧伽提婆修正。」小野玄妙：「且現行本確爲曇摩難提之古譯本，實不可擬爲提婆之譯作。」
2045	0889	曇摩難提	苻秦	阿育王息壞目因緣經	1	房	○	○	○	
1505	1062	鳩摩羅佛提等	苻秦	四阿含暮鈔	2	祐	○	○	○	
0171	-0788	聖堅	乞伏秦	太子須大拏經	1	房	○	〔失〕	○	呂澂：「乞伏秦聖堅譯〔房〕。先失譯〔祐〕。」小野玄妙：「關於歷代三寶紀等諸錄，列有羅摩伽經以下十數部，其中十部今附

									聖堅譯名，編入現行大藏中一事，吾人不能一概相信。此亦與前法炬、曇無蘭之例同，似由古異或失譯經等古經中抽出，而托其名下者為多，故筆者姑且均置於闕疑中。」
0175	-0791	聖堅	乞伏秦	睒子經	1	經	○	○	○	
0294	-0343	聖堅	乞伏秦	佛說羅摩伽經	3	經	○	〔失〕	○	呂澂：「乞伏秦聖堅譯〔經〕。先失譯〔祐〕。」
0495	0638	聖堅	乞伏秦	佛說阿難分別經	1	經	○	〔失〕	✕	
0570	0200	聖堅	乞伏秦	佛說賢首經	1	房	○	〔失〕	○	呂澂：「乞伏秦聖堅譯〔房〕。先失譯〔祐〕。」
0571	0685	聖堅	乞伏秦	佛說婦人遇辜經	1	經	○	〔失〕	○	呂澂：「乞伏秦聖堅譯〔經〕。先失譯〔祐〕。」
0696	-0238	聖堅	乞伏秦	佛說摩訶刹頭經	1	祐	✕	〔失〕	○	呂澂：「失譯〔祐〕。後誤聖堅譯〔開〕。」
0744	0797	聖堅	乞伏秦	除恐災患經	1	開	○	○	○	
0820	0113	聖堅	乞伏秦	佛說演道俗業經	1	經	○	〔失〕	○	呂澂：「乞伏秦聖堅譯〔經〕。先失譯〔祐〕。」
1342	0314	聖堅	乞伏秦	佛說無崖際總持法門經	1	經	○	〔失〕	○	呂澂：「乞伏秦聖堅譯〔經〕。先失譯〔祐〕。」
0022	-0553	竺曇無蘭	東晉	佛說寂志果經	1	祐	✕	〔失〕	○	呂澂：「失譯〔祐〕。後作竺曇無蘭譯。」
0042	-0480	竺曇無蘭	東晉	佛說鐵城泥犁經	1	祐	✕	〔失〕	○	呂澂：「失譯〔祐〕。後作竺曇無蘭譯。」
0058	-0498	竺曇無蘭	東晉	佛說阿耨風經	1	祐	✕	〔失〕	○	呂澂：「失譯〔祐〕。後作竺曇無蘭譯。〔開〕」
0062	-0462	竺曇無蘭	東晉	佛說新歲經	1	祐	✕	〔失〕	○	呂澂：「失譯〔祐〕。後作竺曇無蘭譯〔開〕。」
0071	-0512	竺曇無蘭	東晉	梵志頞波羅延問種尊經	1	經	✕	〔失〕	○	呂澂：「失譯〔經〕。後作竺曇無蘭譯。」
0086	-0530	竺曇無蘭	東晉	佛說泥犁經	1	祐	✕	〔失〕	○	呂澂：「失譯〔祐〕。後作竺曇無蘭譯。」

0106	-0429	竺曇無蘭	東晉	佛說水沫所漂經	1	祐	✕	〔失〕	○	呂澂:「失譯〔祐〕。後作竺曇無蘭譯。」
0116	-0455	竺曇無蘭	東晉	佛說戒德香經	1	祐	✕	〔失〕	○	呂澂:「失譯〔祐〕。後作竺曇無蘭譯〔開〕。」
0139	-0579	竺曇無蘭	東晉	佛說四泥犁經	1	祐	✕	〔失〕	○	呂澂:「失譯〔祐〕。後作竺曇無蘭譯。」
0143	-0582	竺曇無蘭	東晉	玉耶經	1	經	✕	〔失〕	○	呂澂:「失譯〔經〕。後作竺曇無蘭譯。」
0148	-0588	竺曇無蘭	東晉	國王不犁先泥十夢經	1	祐	✕	〔失〕	○	呂澂:「失譯〔祐〕。後作竺曇無蘭譯。」
0216	0610	竺曇無蘭	東晉	佛說大魚事經	1	祐	✕	〔失〕	○	呂澂:「失譯〔祐〕。後作竺曇無蘭譯〔開〕。」
0393	0408	竺曇無蘭	東晉	迦葉赴佛般涅槃經	1	祐	✕	〔失〕	○	呂澂:「失譯〔祐〕。後作竺曇無蘭譯〔開〕。」
0494	0667	竺曇無蘭	東晉	阿難七夢經	1	祐	✕	〔失〕	○	呂澂:「失譯〔祐〕。後作竺曇無蘭譯〔開〕。」
0504	0612	竺曇無蘭	東晉	比丘聽施經	1	祐	✕	〔失〕	○	呂澂:「失譯〔祐〕。後作竺曇無蘭譯〔開〕。」
0510	-0248	竺曇無蘭	東晉	採花違王上佛授決號妙花經	1	祐	✕	〔失〕	○	呂澂:「失譯〔祐〕。後作竺曇無蘭譯〔開〕。」
0538	0856	竺曇無蘭	東晉	佛說呵雕阿那鋡經	1	祐	✕	〔失〕	○	呂澂:「失譯〔祐〕。後作竺曇無蘭譯〔開〕。」
0741	0665	竺曇無蘭	東晉	五苦章句經	1	祐	✕	〔失〕	○	呂澂:「失譯〔祐〕。後作竺曇無蘭譯〔開〕。」
0742	0651	竺曇無蘭	東晉	佛說自愛經	1	祐	✕	〔失〕	○	呂澂:「失譯〔祐〕。後作竺曇無蘭譯〔開〕。」
0743	0604	竺曇無蘭	東晉	佛說忠心經	1	祐	✕	〔失〕	○	呂澂:「失譯〔祐〕。後作竺曇無蘭譯〔開〕。」
0796	0644	竺曇無蘭	東晉	佛說見正經	1	祐	✕	〔失〕	○	呂澂:「失譯。原題生死變化經〔祐〕。後作竺曇無蘭譯〔開〕。」
1352	-1238	竺曇無蘭	東晉	佛說陀隣尼鉢經	1	祐	✕	〔失〕	○	呂澂:「失譯〔祐〕。後作竺曇無蘭譯。」
1378	1482	竺曇無蘭	東晉	佛說玄師颰陀所說神呪經	1	祐	✕	〔失〕	○	呂澂:「失譯〔祐〕。後作竺曇無蘭譯。」

1393	1483	竺曇無蘭	東晉	佛說摩尼羅亶經	1	祐	×	〔失〕	○	呂澂：「失譯〔祐〕。後作竺曇無蘭譯。」
0026	0465	僧伽提婆	東晉	中阿含經	60	祐	○	○	○	
1506	-1063	僧伽提婆	東晉	三法度論	3	祐	○	○	○	
1543	1040	僧伽提婆	東晉	阿毘曇八犍度論	30	祐	○	○	○	
1550	1045	僧伽提婆	東晉	阿毘曇心論	4	祐	○	〔闕〕	○	
0195	0819	迦留陀伽	東晉	佛說十二遊經	1	房	○	〔失〕	○	呂澂：「東晉迦留陀伽譯。太元十七年（三九二）出〔房〕。先失譯〔祐〕。」
0278	0327	佛陀跋陀羅	東晉	大方廣佛華嚴經	60	祐	○	○	○	
0296	-0345	佛陀跋陀羅	東晉	文殊師利發願經	1	祐	○	〔闕〕	○	
0618	1075	佛陀跋陀羅	東晉	達摩多羅禪經	2	祐	○	○	○	
0643	0306	佛陀跋陀羅	東晉	佛說觀佛三昧海經	10	祐	○	○	○	
0666	0080	佛陀跋陀羅	東晉	大方等如來藏經	1	祐	○	○	○	
1012	-0319	佛陀跋陀羅	東晉	出生無量門持經	1	祐	○	○	○	
1425	0753	法顯、佛陀跋陀羅	東晉	摩訶僧祇律	40	祐	○	○	○	
1426	0751	法顯、佛陀跋陀羅	東晉	摩訶僧祇律大比丘戒本	1	祐	○	○	○	
0007	-0544	法顯	東晉	大般涅槃經	3	開	○	○	○	
0376	-0397	法顯	東晉	大般泥洹經	6	祐	○	○	○	小野玄妙：「若據後記所載，此經應爲佛大跋陀與寶雲二人共譯。」
0745	-0879	法顯	東晉	佛說雜藏經	1	祐	○	○	○	
1427	0752	法顯、覺賢	東晉	摩訶僧祇比丘尼戒本	1	房	○	○	○	
0284	-0333	祇多蜜	東晉	佛說菩薩十住經	1	祐	×	×	○	呂澂：「失譯〔祐〕。後作祇多蜜譯〔開〕。」小野玄妙：「其中菩薩十住經一卷，寶如來經二部三卷，現以祇多蜜譯名入藏。此事與前期之法炬、近者如曇無蘭之例同，乃抽自異經、失譯經中，而擬爲

									祇多蜜所譯，故根本不足相信。」
0637	-0299	祇多蜜	東晉	佛說寶如來三昧經	2	經	×	×	○	呂澂：「失譯〔經〕。後作祇多蜜譯〔開〕。」
0310（38）	0001（38）	竺難提	東晉	大乘方便會	3	經	○	×	○	小野玄妙：「此等經僧祐均編入失譯經中，故存疑方爲妥善。」
1043	1330	竺難提	東晉	請觀世音菩薩消伏毒害陀羅尼呪經	1	經	○	〔失〕	○	呂澂：「宋竺難提譯〔經〕。先失譯〔祐〕。」小野玄妙：「此等經僧祐均編入失譯經中，故存疑方爲妥善。」
0988	1282	帛尸利密多	東晉	孔雀王神呪經	1	經	○	？	×	呂澂：「東晉帛尸利密多譯〔經〕。後誤鳩摩羅什譯〔開〕。」小野玄妙：「現行大藏經中有稱爲大金色孔雀王呪經之同名經二本，列於失譯部，而未署譯人名，此二本或即是尸梨蜜所譯本。」
0201	0881	鳩摩羅什	姚秦	大莊嚴論經	15	經	○	○	○	
0208	0893	鳩摩羅什	姚秦	眾經撰雜譬喻	2	祐	○	○	○	
0223	-0253	鳩摩羅什	姚秦	摩訶般若波羅蜜經	27	祐	○	○	○	
0227	-0257	鳩摩羅什	姚秦	小品般若波羅蜜經	10	祐	○	○	○	
0235	-0263	鳩摩羅什	姚秦	金剛般若波羅蜜經	1	祐	○	○	○	
0262	-0418	鳩摩羅什	姚秦	妙法蓮華經	7	祐	○	○	○	
0286	-0335	鳩摩羅什	姚秦	十住經	4	祐	○	○	○	呂澂：「姚秦鳩摩羅什共佛馱耶舍譯〔祐〕。」
0307	-0416	鳩摩羅什	姚秦	莊嚴菩提心經	1	經	○	○	×	
0310（17）	0001（17）	鳩摩羅什	姚秦	富樓那會	3	祐	○	○	○	
0366	0390	鳩摩羅什	姚秦	佛說阿彌陀經	1	祐	○	○	○	
0389	0409	鳩摩羅什	姚秦	佛垂般涅槃略說教誡經	1	祐	○	○	○	

0420	0174	鳩摩羅什	姚秦	自在王菩薩經	2	祐	○	○	○	
0454	-0383	鳩摩羅什	姚秦	彌勒下生經	1	祐	○	〔偽〕	○	小野玄妙：「又僧祐所列目錄中，彌勒成佛經雖可，然下生經則令人有難以承認是羅什所譯之感覺。」
0456	0385	鳩摩羅什	姚秦	佛說彌勒大成佛經	1	祐	○	○	○	
0464	0153	鳩摩羅什	姚秦	文殊師利問菩提經	1	祐	○	○	○	
0475	-0165	鳩摩羅什	姚秦	維摩詰所說經	3	祐	○	○	○	
0482	-0169	鳩摩羅什	姚秦	持世經	4	祐	○	○	○	
0484	0173	鳩摩羅什	姚秦	不思議光菩薩所說經	1	房	○	○	×	
0586	-0209	鳩摩羅什	姚秦	思益梵天所問經	4	祐	○	○	○	
0613	0620	鳩摩羅什	姚秦	禪秘要法經	3	經	○	〔失〕	×	
0614	1072	鳩摩羅什	姚秦	坐禪三昧經	2	祐	○	○	○	
0615	1079	鳩摩羅什	姚秦	菩薩訶色欲法經	1	祐	○	○	○	
0616	1073	鳩摩羅什	姚秦	禪法要解	2	祐	○	○	○	
0625	-0216	鳩摩羅什	姚秦	大樹緊那羅王所問經	4	經	○	○	×	
0642	0285	鳩摩羅什	姚秦	佛說首楞嚴三昧經	2	祐	○	○	○	
0650	0126	鳩摩羅什	姚秦	諸法無行經	2	祐	○	○	○	
0653	0713	鳩摩羅什	姚秦	佛藏經	3	祐	○	○	○	
0657	0114	鳩摩羅什	姚秦	佛說華手經	10	祐	○	○	○	
1436	0720	鳩摩羅什	姚秦	十誦比丘波羅提木叉戒本	1	祐	○	○	○	
1509	0912	鳩摩羅什	姚秦	大智度論	100	祐	○	○	○	
1521	0910	鳩摩羅什	姚秦	十住毘婆沙論	17	經	○	○	○	
1564	0928	鳩摩羅什	姚秦	中論	4	祐	○	○	○	
1568	0932	鳩摩羅什	姚秦	十二門論	1	祐	○	○	○	
1569	0942	鳩摩羅什	姚秦	百論	2	祐	○	○	○	
1646	1059	鳩摩羅什	姚秦	成實論	16	祐	○	○	○	
2046	1080	鳩摩羅什	姚秦	馬鳴傳	1	經	○	○	○	

2047	1081	鳩摩羅什	姚秦	龍樹傳	1	經	○	○	○	
2048	1082	鳩摩羅什	姚秦	提婆傳	1	經	○	○	○	
1435	0721	鳩摩羅什、弗若多羅	姚秦	十誦律	61	祐	○	○	○	
0001	0539	佛馱耶舍	姚秦	長阿含經	22	祐	○	○	○	
0405	0060	佛陀耶舍	姚秦	虛空藏菩薩經	1	祐	○	？	○	小野玄妙：「唯於罽賓所得，贈予涼州諸僧之虛空藏經，已爲漢譯？或即現行本？吾姑且存疑。」
1430	0726	佛陀耶舍	姚秦	四分僧戒本	1	祐	○	○	○	
1428	0727	佛陀耶舍共竺佛念等	姚秦	四分律	60	祐	○	○	○	
0566	-0171	曇摩耶舍	姚秦	樂瓔珞莊嚴方便經	1	開	○	〔失〕	○	
1548	1060	曇摩耶舍、曇摩崛多	姚秦	舍利弗阿毘曇論	30	祐	○	○	○	
0040	-0478	曇無讖	北涼	佛說文陀竭王經	1	祐	×	〔失〕	○	呂澂：「失譯〔經〕。後誤曇無讖譯。」
0157	-0365	曇無讖	北涼	悲華經	10	祐	○	○	○	
0192	0831	曇無讖	北涼	佛所行讚	5	房	○	〔失〕	○	呂澂：「北涼曇無讖譯〔房〕。先失譯〔祐〕。」小野玄妙：「現附以曇摩讖譯名，而存於大藏中者，尚有佛所行經，大方廣三戒經等……此等果爲曇摩讖譯，或另有他情，未可下斷言。」
0311	-0002	曇無讖	北涼	大方廣三戒經	3	經	×	〔失〕	○	呂澂：「失譯〔經〕。後誤曇無讖譯。」
0374	0395	曇無讖	北涼	大般涅槃經	40	祐	○	○	○	
0387	0410	曇無讖	北涼	大方等無想經	6	祐	○	○	○	
0397	0048	曇無讖	北涼	大方等大集經（1-11,13品）	30	祐	○	○	○	
0563	-0197	曇無讖	北涼	佛說腹中女聽經	1	祐	×	〔失〕	○	呂澂：「失譯〔經〕。後誤曇無讖譯〔開〕。」
0663	0413	曇無讖	北涼	金光明經	4	祐	○	○	○	

1488	0695	曇無讖	北涼	優婆塞戒經	7	祐	○	○	○	
1500	0689	曇無讖	北涼	菩薩戒本	1	祐	○	〔闕〕	○	
1581	-0958	曇無讖	北涼	菩薩地持經	10	祐	○	〔闕〕	○	
1546	-1043	浮陀跋摩共道泰等	北涼	阿毘曇毘婆沙論	60	祐	○	○	○	
1577	0951	道泰	北涼	大丈夫論	2	經	○	○	○	
1634	0946	道泰	北涼	入大乘論	2	經	○	○	○	
1339	1325	法眾	北涼	大方等陀羅尼	4	祐	○	○	○	
0310（44）	0001（44）	釋道龔	北涼	寶梁聚會	2	祐	○	○	○	
0172	0800	法盛	北涼	佛說菩薩投身飴餓虎起塔因緣經	1	開	○	〔失〕	○	呂澂：「北涼法盛譯〔開〕。先失譯。」
0193	-0832	釋寶雲	劉宋	佛本行經	7	祐	○	×	○	小野玄妙：「現行大藏經中有佛所行讚五卷與佛本行經七卷二本，前者作為馬鳴菩薩造北涼曇無讖譯，後者作為宋寶雲譯。此係根據開元錄勘定者，然依筆者所見，此乃為錯誤之記錄。……」
0371	0387	曇無竭	劉宋	觀世音菩薩授記經	1	祐	○	○	○	
0277	0386	曇摩蜜多	劉宋	佛說觀普賢菩薩行法經	1	祐	○	○	○	
0407	-0061	曇摩蜜多	劉宋	虛空藏菩薩神咒經	1	房	○	?	○	小野玄妙：「其中虛空藏神呪經、象腋經及諸法勇王經四部，現以曇摩蜜多之譯名入藏，然並無準確性。」
0409	0063	曇摩密多	劉宋	觀虛空藏菩薩經	1	祐	○	○	○	
0564	-0198	曇摩蜜多	劉宋	佛說轉女身經	1	房	○	○	○	
0619	1074	曇摩蜜多	劉宋	五門禪經要用法	1	祐	○	〔闕〕	○	小野玄妙：「至於禪秘要，現行大藏中有署名羅什之禪秘要法經，吾人以為其中必有誤會。」

0814	-0309	曇摩蜜多	劉宋	佛說象腋經	1	房	○	?	○	小野玄妙:「其中虛空藏神呪經、象腋經及諸法勇王經四部,現以曇摩蜜多之譯名入藏,然並無準確性。」
0822	0104	曇摩蜜多	劉宋	佛說諸法勇王經	1	房	○	?	○	小野玄妙:「其中虛空藏神呪經、象腋經及諸法勇王經四部,現以曇摩蜜多之譯名入藏,然並無準確性。」
1421	0732	佛馱什共竺道生等	劉宋	彌沙塞部和醯五分律	30	祐	○	○	○	
1422	0731	佛馱什等	劉宋	彌沙塞比丘戒本	1	祐	○	○	○	
0365	0389	畺良耶舍	劉宋	佛說觀無量壽佛經	1	經	○	○	○	
1161	1317	畺良耶舍	劉宋	佛說觀藥王藥上二菩薩經	1	經	○	〔失〕	○	
1434	0729?	求那跋摩	劉宋	四分比丘尼羯磨法	1		?	○	○	
1472	0762	求那跋摩	劉宋	沙彌威儀	1	祐	×	〔失〕	○	呂澂:「失譯〔祐〕。後作求那跋摩譯〔經〕。」
1476	0697	求那跋摩	劉宋	佛說優婆塞五戒相經	1	祐	○	○	×	
1487	0712	求那跋摩	劉宋	佛說菩薩內戒經	1	祐	×	〔失〕	○	呂澂:「失譯〔祐〕。後誤求那跋摩譯〔開〕。」
1503	0696	求那跋摩	劉宋	優婆塞五戒威儀經	1	祐	×	○	○	呂澂:「失譯〔祐〕。……後誤求那跋摩譯〔開〕。」
1582	-0959	求那跋摩	劉宋	菩薩善戒經	9	祐	○	○	○	
1583	0711	求那跋摩	劉宋	菩薩善戒經	1	祐	○	○	○	
1672	0938	求那跋摩	劉宋	龍樹菩薩為禪陀迦王說法要偈	1	仁	○	?	○	小野玄妙:「至開元釋教錄,更追加一卷本之善戒經、菩薩內戒經、優婆塞五戒儀相經、龍樹菩薩為禪陀迦王說法要偈等……菩薩內戒經以下諸本,果為求那跋摩譯否?筆者亦不敢確信。」

0723	0955	僧伽跋摩	劉宋	分別業報略經	1	祐	○	○	○	
1441	0724	僧伽跋摩	劉宋	薩婆多部毘尼摩得勒伽	10	祐	○	○	○	
1552	1047	僧伽跋摩	劉宋	雜阿毘曇心論	11	祐	○	○	○	
1673	-0939	僧伽跋摩	劉宋	勸發諸王要偈	1	祐	○	○	○	
0079	-0521	求那跋陀羅	劉宋	佛說鸚鵡經	1	祐	×	〔失〕	○	呂澂：「失譯〔祐〕。後作求那跋陀羅譯〔開〕。」
0090	-0534	求那跋陀羅	劉宋	佛說鞞摩肅經	1	祐	×	〔失〕	○	呂澂：「失譯〔祐〕。後作求那跋陀羅譯〔開〕。」
0099	0425	求那跋陀羅	劉宋	雜阿含經	50	祐	○	○	○	
0120	0084	求那跋陀羅	劉宋	央掘魔羅經	4	祐	○	○	○	
0127	-0561	求那跋陀羅	劉宋	佛說四人出現世間經	1	祐	×	〔失〕	○	呂澂：「失譯〔祐〕。後作求那跋陀羅譯。」
0138	-0578	求那跋陀羅	劉宋	佛說十一想思念如來經	1	祐	×	〔失〕	○	呂澂：「失譯〔祐〕。後作求那跋陀羅譯。」
0141	-0583	求那跋陀羅	劉宋	佛說阿遫達經	1	祐	×	〔失〕	○	呂澂：「失譯〔祐〕。後作求那跋陀羅譯〔開〕。」
0177	-0786	求那跋陀羅	劉宋	佛說大意經	1	祐	×	〔失〕	○	呂澂：「失譯〔祐〕。後作求那跋陀羅譯〔開〕。」
0189	-0818	求那跋陀羅	劉宋	過去現在因果經	4	祐	○	○	○	
0270	0412	求那跋陀羅	劉宋	大法鼓經	2	祐	○	○	○	
0271	-0222	求那跋陀羅	劉宋	佛說菩薩行方便境界神通變化經	3	房	○	×	○	小野玄妙：「現入藏者亦有二十八部之多，除前列祐法師所載八部外，多自失譯經中掇拾其名字者，根據經典之譯語譯文判斷，均非求那跋陀羅所譯者。」
0353	-0046	求那跋陀羅	劉宋	勝鬘師子吼一乘大方便方廣經	1	祐	○	○	○	

0368	0393	求那跋陀羅	劉宋	拔一切業障根本得生淨土神咒	1	宋	○	×	×	小野玄妙:「現入藏者亦有二十八部之多,除前列祐法師所載八部外,多自失譯經中掇拾其名字者,根據經典之譯語譯文判斷,均非求那跋陀羅所譯者。」
0462	-0125	求那跋陀羅	劉宋	大方廣寶篋經	3	房	○	×	○	呂澂:「劉宋求那跋陀羅譯〔房〕。先失譯。」小野玄妙:「現入藏者亦有二十八部之多,除前列祐法師所載八部外,多自失譯經中掇拾其名字者,根據經典之譯語譯文判斷,均非求那跋陀羅所譯者。」
0497	0688	求那跋陀羅	劉宋	佛說摩訶迦葉度貧母經	1	祐	×	〔失〕	○	呂澂:「失譯〔祐〕。後作求那跋陀羅譯〔開〕。」
0536	-0189	求那跋陀羅	劉宋	申日兒本經	1	祐	×	〔失〕	○	呂澂:「失譯〔祐〕。後作求那跋陀羅譯〔開〕。」
0540	0178	求那跋陀羅	劉宋	佛說樹提伽經	1	祐	×	〔失〕	○	呂澂:「失譯〔祐〕。後作求那跋陀羅譯〔開〕。」
0560	-0865	求那跋陀羅	劉宋	佛說老母女六英經	1	經	×	〔失〕	○	呂澂:「失譯。……後誤求那跋陀羅譯。」
0670	0073	求那跋陀羅	劉宋	楞伽阿跋多羅寶經	4	祐	○	○	○	
0678	-0078	求那跋陀羅	劉宋	相續解脫地波羅蜜了義經	1	祐	○	○	○	
0747	0642	求那跋陀羅	劉宋	佛說罪福報應經	1	祐	×	〔失〕	○	呂澂:「失譯〔祐〕。後作求那跋陀羅譯〔開〕。」
0753	0671	求那跋陀羅	劉宋	十二品生死經	1	祐	×	〔失〕	○	呂澂:「失譯〔祐〕。後作求那跋陀羅譯〔開〕。」
0771	0112	求那跋陀羅	劉宋	四品學法經	1	祐	×	〔失〕	○	呂澂:「失譯〔祐〕。後作求那跋陀羅譯〔開〕。」

0783	0672	求那跋陀羅	劉宋	佛說十二頭陀經	1	祐	×	×	○	呂澂：「失譯〔祐〕。後作求那跋陀羅譯〔開〕。」
1013	-0320	求那跋陀羅	劉宋	阿難陀目佉尼呵離陀經	1	祐	×	〔失〕	○	呂澂：「失譯〔祐〕。後誤求那跋陀羅譯〔開〕。」
1690	0954	求那跋陀羅	劉宋	賓頭盧突羅闍為優陀延王說法經	1	祐	×	〔失〕	○	呂澂：「失譯〔祐〕。後作求那跋陀羅譯。」
1541	1029	求那跋陀羅共菩提耶舍	劉宋	眾事分阿毘曇論	1	祐	×	〔失〕	○	呂澂：「失譯〔祐〕。後作求那跋陀羅譯。」
0089	-0533	沮渠京聲	劉宋	佛說八關齋經	1	祐	×	〔失〕	○	呂澂：「失譯〔祐〕。後作沮渠京聲譯〔開〕。」
0452	0381	沮渠京聲	劉宋	佛說觀彌勒菩薩上生兜率天經	1	祐	○	○	○	
0512	0827	沮渠京聲	劉宋	佛說淨飯王般涅槃經	1	經	○	〔失〕	○	小野玄妙：「京聲另有諫王經以下約三十部之譯經，其中十餘部，現亦附京聲譯名入藏，此與前例同，乃抽自古失譯經中，托於京聲名下者，似非有可信之根據而擬為京聲所譯者。」
0514	0676	沮渠京聲	劉宋	佛說諫王經	1	祐	×	〔失〕	○	呂澂：「失譯〔祐〕。後作沮渠京聲譯〔開〕。」
0517	0842	沮渠京聲	劉宋	佛說末羅王經	1	祐	×	〔失〕	○	呂澂：「失譯〔祐〕。後作沮渠京聲譯〔開〕。」
0518	0844	沮渠京聲	劉宋	佛說旃陀越國王經	1	祐	×	〔失〕	○	呂澂：「失譯〔祐〕。後作沮渠京聲譯〔開〕。」
0519	0843	沮渠京聲	劉宋	佛說摩達國王經	1	祐	×	〔失〕	○	呂澂：「失譯〔祐〕。後作沮渠京聲譯〔開〕。」
0541	-0862	沮渠京聲	劉宋	佛說佛大僧大經	1	祐	×	〔失〕	○	呂澂：「失譯〔祐〕。後作沮渠京聲譯〔開〕。」
0542	0850	沮渠京聲	劉宋	佛說耶祇經	1	祐	×	〔失〕	○	呂澂：「失譯〔祐〕。後作沮渠京聲譯〔開〕。」

0620	0621	沮渠京聲	劉宋	治禪病祕要法	2	祐	○	○	○	
0751	0663	沮渠京聲	劉宋	佛說五無反復經	1	祐	×	〔失〕	○	呂澂:「失譯〔祐〕。後作沮渠京聲譯〔開〕。」
0798	0650	沮渠京聲	劉宋	佛說進學經	1	祐	×	〔失〕	○	呂澂:「失譯〔祐〕。後作沮渠京聲譯〔開〕。」
0826	1103	沮渠京聲	劉宋	弟子死復生經	1	祐	×	〔失〕	○	呂澂:「失譯〔祐〕。」
1469	0710	沮渠京聲	劉宋	佛說迦葉禁戒經	1	祐	×	〔失〕	○	呂澂:「失譯〔祐〕。後作沮渠京聲譯〔開〕。」
1481	0666	沮渠京聲	劉宋	佛說五恐怖世經	1	祐	×	〔失〕	○	呂澂:「失譯〔祐〕。後作沮渠京聲譯〔開〕。」
0414	0064	功德直	劉宋	菩薩念佛三昧經	5	祐	○	○	○	
1014	-0321	功德直共玄暢	劉宋	無量門破魔陀羅尼經	1	祐	○	○	○	
0268	-0143	智嚴	劉宋	佛說廣博嚴淨不退轉輪經	6	祐	○	○	○	
0269	0421	智嚴	劉宋	佛說法華三昧經	1	祐	×	〔失〕	○	呂澂:「失譯〔祐〕。後作劉宋智嚴譯〔開〕。」小野玄妙:「法華三昧經原非智嚴所譯,故其說未可置信。」
0590	1102	智嚴、寶雲	劉宋	佛說四天王經	1	祐	○	〔失〕	○	
0397（12）	-0070	智嚴、寶雲	劉宋	無盡意菩薩品	6	房	○	×	○	小野玄妙:「其中無盡意菩薩、法華三昧二經,現亦入於大藏中,然察其經目,亦不甚了了,不足信賴。」
0043	-0481	慧簡	劉宋	佛說閻羅王五天使者經	1	經	×	〔失〕	○	呂澂:「失譯〔經〕。後作慧簡譯。」小野玄妙:「其中閻羅王五天使者經等七部,今署慧簡譯名,編次於現行大藏經中。然此等亦均爲集自失譯經之不可靠目錄」

0060	-0500	慧簡	劉宋	佛說瞿曇彌記果經	1	祐	×	〔失〕	○	呂澂：「失譯〔祐〕。後作慧簡譯〔開〕。」
0134	-0571	慧簡	劉宋	佛說長者子六過出家經	1	祐	×	〔失〕	○	呂澂：「失譯〔祐〕。後作慧簡譯。」
0145	-0585	慧簡	劉宋	佛母般泥洹經	1	祐	×	〔失〕	○	呂澂：「失譯〔祐〕。後作慧簡譯。」
0797	0852	慧簡	劉宋	佛說貧窮老公經	1	祐	×	〔失〕	○	呂澂：「失譯〔祐〕。後作慧簡譯〔開〕。」
0827	0872	慧簡	劉宋	佛說懈怠耕者經	1	祐	×	〔失〕	○	呂澂：「失譯〔祐〕。後作慧簡譯〔開〕。」
1689	0784	慧簡	劉宋	請賓頭盧法	1	祐	×	〔失〕	○	呂澂：「失譯〔祐〕。後作慧簡譯〔開〕。」
0234	-0262	翔公	劉宋	佛說濡首菩薩無上清淨分衞經	2	經	○	×	○	小野玄妙：「現行之濡首菩薩經，不論譯語或文章，均為古譯時代之譯品，而非宋代之物。」
1490	-0718	法海	劉宋	寂調音所問經	1	房	○	〔失〕	○	呂澂：「劉宋法海譯〔房〕。先失譯〔祐〕。」
0640	0301	先公	劉宋	佛說月燈三昧經	1	經	○	〔失〕	○	小野玄妙：「然今仍應視為問題之書，避免斷而定之。」
0276	0422	曇摩伽陀耶舍	蕭齊	無量義經	1	祐	○	○	○	
1462	0755	僧伽跋陀羅	蕭齊	善見律毘婆沙	18	祐	○	○	○	
0073	-0514	求那毗地	蕭齊	佛說須達經	1	經	○	○	○	
0209	0894	求那毗地	蕭齊	百喻經	4	祐	○	○	○	
0233	-0261	僧伽婆羅	梁	文殊師利所說般若波羅蜜經	1	房	○	○	○	
0314	-0009	僧伽婆羅	梁	佛說大乘十法經	1	房	○	○	○	
0430	-1213	僧伽婆羅	梁	八吉祥經	1	祐	×	○	○	呂澂：「劉宋求那跋陀羅譯……後誤僧伽婆羅譯。」
0468	0714	僧伽婆羅	梁	文殊師利問經	2	房	○	○	○	呂澂：「梁僧伽婆羅譯。天監十七年（五一八）出〔房〕。先失譯〔經〕。」
0984	-1285	僧伽婆羅	梁	孔雀王呪經	2	經	○	○	○	
1016	-0323	僧伽婆羅	梁	舍利弗陀羅尼經	1	房	○	○	○	呂澂：「梁僧伽婆羅譯〔房〕。先失譯。」

1491	0704	僧伽婆羅	梁	菩薩藏經	1	經	○	○	○	
1648	1064	僧伽婆羅	梁	解脫道論	12	經	○	○	○	
2043	-0886	僧伽婆羅	梁	阿育王經	10	經	×	○	○	按：呂澂以大正藏阿育王經為西晉安法欽譯，阿育王傳為僧伽婆羅譯。小野玄妙則認為「唯阿育王傳一目，似為阿育王經重出之誤，故開元錄中亦削除此部。」
0358	-0353	僧伽婆羅等	梁	度一切諸佛境界智嚴經	1	經	○	○	○	
0232	-0260	曼陀羅仙	梁	文殊師利所說摩訶般若波羅蜜經	2	經	○	○	○	
0310（46）	0001（46）	曼陀羅仙	梁	文殊說般若會	2	經	○	○	○	小野玄妙：「文殊師利般若經合會於同經第四十八會，而文殊師利般若經則別行重出。」
0310（8）	0001（8）	曼陀羅仙	梁	法界體性無分別會	2	經	×	○	○	呂澂：「失譯〔經〕。後作梁曼陀羅仙譯〔房〕。」
0658	0116	曼陀羅仙	梁	寶雲經	7	房	?	○	○	呂澂：「梁曼陀羅仙僧伽婆羅共譯〔房〕。或失譯〔經〕。」小野玄妙「又寶雲經外，別有大乘寶雲經者。於現行大藏中此亦同附曼陀羅仙譯名，然此經是否應擬為後人須菩提所譯？」
0310（23）	0001（23）	月婆首那	元魏	摩訶迦葉會	2	開	○	○	○	
0308	0362	吉迦夜	元魏	佛說大方廣菩薩十地經	1	開	○	〔失〕	○	
0434	0373	吉迦夜	元魏	佛說稱揚諸佛功德經	3	祐	×	〔失〕	○	呂澂：「失譯〔祐〕。後誤吉迦夜譯〔開〕。」
1632	1004	吉迦夜	元魏	方便心論	1	祐	○	○	○	
0203	0882	吉迦夜、曇曜	元魏	雜寶藏經	8	祐	○	○	×	

1335	1404	曇曜	元魏	大吉義神呪經	4	經	×	〔失〕	○	呂澂：「失譯〔經〕。後誤元魏曇曜譯〔周〕。」
2058	1111	曇曜	元魏	付法藏因緣傳	6	祐	×	〔闕〕	○	按：呂澂編入「疑偽目」中。
0202	0884	慧覺等	元魏	賢愚經	13	圖	○	○	○	呂澂：「先作曇覺威德合譯〔祐〕。」
0305	0359	曇摩流支	元魏	信力入印法門經	5	房	○	○	○	
0357	0352	曇摩流支	元魏	如來莊嚴智慧光明入一切佛境界經	2	房	○	○	○	
0544	0179	法場	元魏	辯意長者子經	1	祐	×	○	○	呂澂：「失譯。……後誤元魏法場譯〔房〕。」
1520	0923	勒那摩提共僧朗等	元魏	妙法蓮華經論優波提舍	1	房	○	○	○	
1611	0995	勒那摩提	元魏	究竟一乘寶性論	4	房	○	○	○	
1522	0911	菩提流支等	元魏	十地經論	12	經	○	○	○	
1519	-0924	菩提流支共曇林等	元魏	妙法蓮華經憂波提舍	2	經	○	○	○	
0310（41）	0001（41）	菩提流支	元魏	彌勒菩薩問八法會		經	○	×	○	
1588	0988	菩提流支	元魏	唯識論	1	經	○	×	×	
0236	-0264	菩提流支	元魏	金剛般若波羅蜜經	1	經	○	○	○	
0272	0221	菩提流支	元魏	大薩遮尼乾子所說經	10	經	○	○	○	
0440	0369	菩提流支	元魏	佛說佛名經	12	房	○	○	○	
0465	-0154	菩提流支	元魏	伽耶山頂經	1	經	○	○	○	
0470	0159	菩提流支	元魏	佛說文殊師利巡行經	1	房	○	×	○	
0573	0249	菩提流支	元魏	差摩婆帝授記經	1	房	○	○	○	
0575	0088	菩提流支	元魏	佛說大方等修多羅王經	1	房	○	○	○	
0587	-0210	菩提流支	元魏	勝思惟梵天所問經	6	房	○	○	○	
0668	0083	菩提流支	元魏	佛說不增不減經	1	房	○	○	○	
0671	-0074	菩提流支	元魏	入楞伽經	10	經	○	○	○	

0675	0076	菩提流支	元魏	深密解脫經	5	房	○	○	○	
0761	0120	菩提流支	元魏	佛說法集經	6	經	○	○	○	
0828	0131	菩提流支	元魏	無字寶篋經	1	房	○	○	○	
0831	-0311	菩提流支	元魏	謗佛經	1	經	○	○	○	
0832	0140	菩提流支	元魏	佛語經	1	房	○	○	○	
1028A	1473	菩提流支	元魏	護諸童子陀羅尼咒經	1	房	○	×	○	小野玄妙：「然細審此經，令人有似與菩提流支之譯本不相應之感。」
1511	0916	菩提流支	元魏	金剛般若波羅蜜經論	3	經	○	○	○	
1523	0901	菩提流支	元魏	大寶積經論	4	經	○	○	○	
1524	0899	菩提流支	元魏	無量壽經憂波提舍	1	經	○	○	○	
1525	0900	菩提流支	元魏	彌勒菩薩所問經論	9	房	○	○	○	
1531	0904	菩提流支	元魏	文殊師利菩薩問菩提經論	2	經	○	○	○	
1532	0905	菩提流支	元魏	勝思惟梵天所問經論	4	經	○	○	○	
1572	0941	菩提流支	元魏	百字論	1	經	○	○	○	
1639	0949	菩提流支	元魏	提婆菩薩破楞伽經中外道小乘四宗論	1	經	○	○	○	
1640	0950	菩提流支	元魏	提婆菩薩釋楞伽經中外道小乘涅槃論	1	經	○	○	○	
1651	1016	菩提流支	元魏	十二因緣論	1	經	○	○	○	
0179	-0807	佛陀扇多	元魏	銀色女經	1	經	×	○	○	呂澂：「失譯〔經〕。後誤佛陀扇多譯〔開〕。」
0310 (9)	0001 (9)	佛陀扇多	元魏	大乘十法會	1	房	○	○	○	
0310 (32)	0001 (32)	佛陀扇多	元魏	無畏德菩薩會	1	經	○	○	○	
0576	-0089	佛陀扇多	元魏	佛說轉有經	1	房	○	○	○	
0835	0138	佛陀扇多	元魏	如來師子吼經	1	經	○	○	○	
1015	-0322	佛陀扇多	元魏	佛說阿難陀目佉尼呵離陀隣尼經	1	經	○	○	○	

1344	0316	佛陀扇多	元魏	金剛上味陀羅尼經	1	經	○	○	○	
1496	0699	佛陀扇多	元魏	佛說正恭敬經	1	經	○	○	○	
1592	0975	佛陀扇多	元魏	攝大乘論	2	經	○	○	○	
0162	0798	瞿曇般若流支	元魏	金色王經	1	房	○	○	○	
0339	-0032	瞿曇般若流支	元魏	得無垢女經	1	經	○	○	○	
0354	-0047	瞿曇般若流支	元魏	毗耶婆問經	2	開	○	○	○	
0421	-0175	瞿曇般若流支	元魏	奮迅王問經	2	開	○	○	○	
0429	1210	瞿曇般若流支	元魏	佛說八部佛名經	1	祐	×	×	○	呂澂：「失譯〔祐〕。後誤瞿曇般若流支譯〔開〕。」小野玄妙：「唯佛名經一本，收錄於現行大藏經中者，觀其譯文，絕非瞿曇流支所翻譯。」
0578	0653	瞿曇般若流支	元魏	無垢優婆夷問經	1	房	○	○	○	
0645	0144	瞿曇般若流支	元魏	不必定入定入印經	1	開	○	○	○	
0721	0595	瞿曇般若流支	元魏	正法念處經	70	房	○	○	○	
0823	-0105	瞿曇般若流支	元魏	佛說一切法高王經	1	開	○	○	○	
0833	0217	瞿曇般若流支	元魏	第一義法勝經	1	開	○	○	○	
1460	0754	瞿曇般若流支	元魏	解脫戒經	1	經	○	○	○	
1565	0929	瞿曇般若流支	元魏	順中論	2	開	○	○	○	
1573	0936	瞿曇般若流支	元魏	壹輸盧迦論	1	經	○	○	○	
1588	0988	瞿曇般若流支	元魏	唯識論	1	經	×	○	○	呂澂：「元魏菩提留支譯。先作瞿曇流支譯〔經〕。」
0341	-0035	毘目智仙共般若流支	元魏	聖善住意天子所問經	3	房	○	○	○	
1526	0902	毘目智仙	元魏	寶髻經四法憂波提舍	1	開	○	○	○	

1533	0925	毘目智仙	元魏	轉法輪經憂波提舍	1	開	○	○	○	
1534	0906	毘目智仙	元魏	三具足經憂波提舍	1	開	○	○	○	
1608	0984	毘目智仙	元魏	業成就論	1	開	○	○	○	
1631	0933	毘目智仙共瞿曇流支	元魏	迴諍論	1	開	○	○	✕	
1527	0922	達磨菩提	元魏	涅槃論	1	仁	○	✕	○	小野玄妙:「筆者以爲此本論與智昇所見之三卷釋論相同,仍爲一問題經論。」
0423	0121	月婆首那	元魏	僧伽吒經	4	經	○	○	○	
0478	-0192	月婆首那	梁	大乘頂王經	1	房	○	○	○	
0231	-0259	月婆首那	陳	勝天王般若波羅蜜經	7	房	○	○	✕	
0097	-0601	眞諦	陳	廣義法門經	1	房	○	○	○	
0237	-0265	眞諦	陳	金剛般若波羅蜜經	1	房	○	○	○	
0669	0082	眞諦	陳	佛說無上依經	2	經	○	○	○	
0677	-0079	眞諦	陳	佛說解節經	1	經	○	○	○	
1461	0756	眞諦	陳	律二十二明了論	1	經	○	○	○	
1482	0757	眞諦	陳	佛阿毘曇經	2	房	○	○	○	
1528	0921	眞諦	陳	涅槃經本有今無偈論	1	經	○	○	○	
1529	1106	眞諦	陳	遺教經論	1	房	✕	✕	○	按:呂澂編入「疑僞目」中。小野玄妙:「但遺教論、大宗地玄文本論之類,則爲假托其名,絕非眞諦所譯。」
1559	1049	眞諦	陳	阿毘達磨俱舍釋論	22	經	○	○	○	
1584	-0960	眞諦	陳	決定藏論	3	開	○	○	○	
1587	0993	眞諦	陳	轉識論	1	周	✕	○	○	呂澂:「失譯〔周〕。後作眞諦譯〔開〕。」
1589	-0989	眞諦	陳	大乘唯識論	1	經	○	○	○	
1593	-0976	眞諦	陳	攝大乘論	3	經	○	○	○	
1595	0978	眞諦	陳	攝大乘釋論	15	經	○	○	○	

1599	0965	眞諦	陳	中邊分別論	2	經	○	○	○	
1610	0996	眞諦	陳	佛性論	4	經	○	○	○	
1616	0967	眞諦	陳	十八空論	1	仁	○	○	○	
1617	0972	眞諦	陳	三無性論	2	經	○	○	○	
1618	0971	眞諦	陳	顯識論	1	周	×	○	○	呂澂：「失譯〔周〕。後作陳眞諦譯〔開〕。」
1619	0999	眞諦	陳	無相思塵論	1	仁	○	○	○	
1620	1002	眞諦	陳	解捲論	1	仁	○	○	○	
1633	1005	眞諦	梁	如實論	1	經	○	○	○	
1641	1051	眞諦	陳	隨相論	1	經	○	○	○	
1644	1037	眞諦	陳	佛說立世阿毘曇論	10	經	○	○	○	
1647	1058	眞諦	陳	四諦論	4	經	○	○	○	
1656	0953	眞諦	陳	寶行王正論	1	經	○	○	○	
1666	1107	眞諦	陳	大乘起信論	1	經	×	×	○	呂澂：「人雲眞諦譯。勘眞諦錄無此論，故入疑〔經〕。」小野玄妙：「吾人以爲此書不同於決定藏論，未可輕率推定爲梁世眞諦之譯本。」
2033	-1067	眞諦	陳	部執異論	1	房	○	○	○	
2049	1083	眞諦	陳	婆藪槃豆法師傳	1	經	○	○	○	
2137	1112	眞諦	陳	金七十論	3	房	○	○	○	
1343	-0315	萬天懿	高齊	尊勝菩薩所問一切諸法入無量門陀羅尼經	1	經	○	○	○	
0310（16）	0001（16）	那連提耶舍	高齊	菩薩見實會	16	經	○	○	○	
0380	0400	那連提耶舍	高齊	大悲經	5	經	○	○	○	
0397（15）	0056	那連提耶舍	高齊	大方等大集月藏經	10	經	○	○	○	
0397（16）	0059	那連提耶舍	高齊	大乘大集經大集須彌藏經	2	經	○	○	○	
0639	0302	那連提耶舍	高齊	月燈三昧經	10	經	○	○	○	
0702	0244	那連提耶舍	高齊	佛說施燈功德經	1	經	○	○	○	

1551	1046	那連提耶舍	高齊	阿毘曇心論經	6	經	○	○	○	
0673	0091	闍那耶舍	北周	大乘同性經	2	房	○	○	○	
0993	1414	闍那耶舍	北周	大雲經請雨品第六十四	1	房	○	○	○	
1070	1349	耶舍崛多等	北周	佛說十一面觀世音神呪經	1	房	○	○	○	
1337	1495	闍那崛多	北周	種種雜呪經	1	房	○	○	○